郭久麟 著

YAOYAN DE
XINGZUO

耀眼的星座

 四川大学出版社

特约编辑：胡晓燕
责任编辑：蒋姗姗
责任校对：张伊伊
封面设计：墨创文化
责任印制：王　炜

图书在版编目(CIP)数据

耀眼的星座 / 郭久麟著. —成都：四川大学出版
社，2017.12（2023.9重印）
ISBN 978-7-5690-1531-7

Ⅰ.①耀… Ⅱ.①郭… Ⅲ.①报告文学-作品集-中
国-当代 Ⅳ.①I25

中国版本图书馆 CIP 数据核字（2017）第 322009 号

书　名	**耀眼的星座**	
著　者	郭久麟	
出　版	四川大学出版社	
地　址	成都市一环路南一段24号（610065）	
发　行	四川大学出版社	
书　号	ISBN 978-7-5690-1531-7	
印　刷	永清县晔盛亚胶印有限公司	
成品尺寸	148 mm×210 mm	
印　张	7.25	
字　数	219 千字	
版　次	2018 年 3 月第 1 版	
印　次	2023 年 9 月第 2 次印刷	
定　价	48.00 元	

◆读者邮购本书,请与本社发行科联系。
　电话:(028)85408408/(028)85401670/
　(028)85408023　邮政编码:610065
◆本社图书如有印装质量问题,请
　寄回出版社调换。
◆网址:http://press.scu.edu.cn

愿将心血写星辰

——郭久麟新著《耀眼的星座》序

孙善齐

在这个世界上，有许多美丽的存在，美丽的事物给人类极大的美感，也给人类极大的引领。

无疑，浩瀚的星空，是一个最为美妙、最为崇高的存在。

夏夜，当我们仰望星空，我们的神思飞扬，心灵升华，引我们到无垠的时空之中。

今天，捧读在手的，是著名学者、传记文学作家、理论家郭久麟教授的短篇传记文学、报告文学选集《耀眼的星座》。

作者心中的星座，是一批重庆乃至全国卓有建树的文学家、艺术家、学者、文学翻译家、企业家与寻常百姓。无疑，这是一批人间的英雄、人间的星座，他们的创造、智慧、人格、心灵，宛如星辰，熠熠生辉。

问题是，在这个日渐商业化与物化充斥的时代，真的还存在英雄吗？在我们的头顶，还有一片湛蓝的星空吗？

答案是肯定的！读了作者的这部新著，我非常感动，非常欣慰，坚信今天依然是一个英雄辈出的时代！否则，就无法解释，改革开放仅仅30多年，我们国家就取得了那么多令世界惊叹的伟大成就。

正如鲁迅先生所说，中国自古以来就有拼命硬干、拼命苦干的人，他们才是中国的脊梁。

也正如作者所说："我从小就有一种英雄情结，我敬佩历史上那些为国家统一、富强而英勇奋斗的政治家、军事家，也尊敬现代社会中为科学技术、文学艺术的发展而呕心沥血、做出巨大贡献的科学家、企业家、文学家、艺术家、教育家与文化工作者。"

正是这种英雄情结，作为一种强大的精神驱动力，助力作者50余年孜孜不倦，创作出一批传记文学精品——《陈毅青少年时期的故事》《罗世文传》《雁翼传》《柯岩传》《梁上泉评传》《袁隆平传》等长篇传记，成为中国当代一流的著名传记文学作家。他在创作这些大型长篇传记文学作品前后，写了不少中短篇传记文学和报告文学作品。

习总书记在中国文联、中国作协大会上教导我们："文艺家胸中要有大义，心中要有人民，肩上要有责任，笔下要有乾坤"。

久麟先生正具有这种胸怀、这种节操、这种担当、这种追求，这一切成就了他，成就了他一番精彩纷呈的文学事业。他"文如命兮诗如魂"的座右铭，相当真切地坦露了他高尚的胸怀。

该书的第一篇作品《不应被遗忘的绿叶》，我是一口气读完的，确实是一篇心血之作，他为一个被冤屈者辨诬，这需要何等不计得失的正气，不辞辛劳的奔忙！与其说这是一次宛若传奇般的采访，不如说这是一次追求真相，坚守良知与正义的战斗！

传主是著名的革命先烈罗世文的亲密战友、妻子王一苇。她是一位坚定的革命者，但却在她为之奋斗一生的事业成功之际，遭到怀疑，受到冷遇，终至在自己战友和同事的批判和斗争中凄惨离世。

正是在作者的多方奔走之下，随着社会终入正道，她的不白之冤才终于昭雪了。

作者的感叹正是他内心的独白："我多么希望，在祖国的大地上，在漫长的征途中，一切的冤假借案都得到纠正，一切的冤假借案也不再发生，一切对祖国、对人民、对民族做过贡献的人，都得到应得的评价，都受到应得的尊敬与怀念！"

这正是作者报告文学成功的一大特点，对他笔下的传主，他投入了巨大的热诚，投入了充沛的激情，对他们丰富而崇高的精神与心灵世界，作尽可能全面深刻的展露与描绘，从而让传主带着温度、带着呼吸，鲜活而又立体地呈现在读者的眼前，给读者以深深的感动与启迪。

作者写女作家柯岩，令我们感动的正是她洁白而又深邃的心灵世界。柯岩说："生活里有很多优秀的人，他们自己含辛茹苦，却永远用生命的火去照耀和温暖他人。这样的人为什么有时不易被人看见？因为他们从不自吹自擂，从不浮在生活的表面，要找到他们，必须深入到生活中去。"

她说，她的愿望就是希望她的作品像岩石上的小树一样，为人民贡献一分氧气，给生活投下一片绿荫。

作者挖掘到柯岩的心灵深处，又以隽语诗意表现出来，瞬间就会击中读者的心灵。

以情感冲击情感，以心灵冲击心灵，这正是作家报告文学成功的精妙之处。

作者写诗人雁翼，说他准备为其写一部传记，雁翼回信说："人，都是感情的载体，有美亦有丑，我亦然。"要求作者既写他的美，也可以写他的丑；可以写他的成功和优点，也可以写他的失败与缺点。

作者抓住了这个精要的细节，雁翼坦荡与纯真的内心世界便跃然纸上了。

作者写梁上泉，写到他采访或远行，不喜坐轿车，不喜住大宾馆。这是为什么呢？

梁上泉说："一是怕麻烦朋友，二是怕麻烦有关部门，三是觉得挤大车、睡通铺能和平头百姓接触，听他们谈天南海北事，道生活酸甜苦辣，坐小车、睡宾馆就没有这种味道了。"

正因为对传主知之甚深，所以郭久麟才采撷到了这种以一当十的细节、这样透露灵魂的语言。

作者的《爱国的"叛国者"》一篇，是写德国学者关愚谦的，这真是一篇让我们掩卷深思的作品。传主在荒唐的年代逃出国门，被视作"叛徒"。但又有谁知道他心中的苦楚，知道他人生的磨难？更有谁看见了他金子般坚定的爱国之心？

关愚谦在德国扛过钢条，作过苦工，端过盘子，打过杂工，但这一切他都挺过来了，最终，通过他的拼命苦学，还成为一位著名的教授和著名学者。这是因为："我心里有一个支柱、一个信念，这就是祖国。在国外，既可以成人，也容易变鬼。但是，我把一切诱惑都当作身外之物。有一个钢铁的信念在鼓舞着我：我是中国人，我是炎黄子孙，我必须为祖国服务，为中外文化交流做贡献！"

这样的泣血之句出现在文章中，怎不令人动容呢？

作者的这部作品，感情真挚浓烈，写人形神兼备，细节经典传神，论理意气风华，读来引人入胜，宛入进入一座座辉煌壮丽的人类精神殿堂，观览群星闪烁的星空，感觉自己也与星辰同辉，也分享到他们的成功与大美。

更难能可贵的是，作者既写了一大批功业卓著、精神高贵的人士，也落笔于普通百姓，颂扬他们身上那一点点虽然微弱但依然瑰丽的星光。

作者饱含深情，叙写了他逝去的爱妻吴日华、年已九旬的女诗人傅本娴、勤劳致富的薛大哥，乃至一个送牛奶的小伙子。

当然，这部作品还是有值得改进之处的。有少许篇什，或是因为作者对传主知之不深，所以文章显得较平淡；写企业家的几篇，着眼于他们工作的实绩，心灵的展示有所欠缺。这些都有值得增益之处。

但是，这部作品无疑是当代社会急需的精神灵光、人格楷模。我发自内心地喜欢这部作品，也真诚地向读者推荐这部作品！

2016 年 12 月 15 日

（孙善齐：重庆市散文学会名誉副会长、重庆市巴渝文化研究院常务副院长）

目　录

不应被遗忘的绿叶……………………………………（ 1 ）

为群众办好事、办实事

　　——记重庆前副市长、四川大学重庆校友会名誉会长窦瑞华

………………………………………………………（17）

怀念臧克家……………………………………………（25）

太白岩上怀念何其芳…………………………………（28）

美的作品与美的人品…………………………………（31）

"中国的高尔基"………………………………………（37）

诗痴梁上泉……………………………………………（42）

蜚声日本诗坛的中国教授——黄瀛…………………（50）

歌德金质奖章获得者——杨武能…………………………（60）

爱国的"叛国者"……………………………………（66）

迎接明天的挑战

　　——记文艺理论家林兴宅教授……………………（76）

"西南写作一枝花"——董味甘 ……………………（88）

命运交响曲

　　——记著名诗人作家王群生…………………………（92）

为了捍卫屈原和中国文化的尊严……………………（95）

怀念冉庄挚友…………………………………………（99）

翻译家黄新渠………………………………………（103）

中外文化交流的使者——杜承南……………………（106）

香港畅销书作家——刘济昆…………………………………（108）

雨靴的怀念

    ——怀念日本和歌诗人、汉学专家石川一诚先生…………（110）

这样做人这样做事

    ——记重庆出版社社长李书敏先生…………………………（112）

怀念张自强………………………………………………………（117）

著名法学教授叶叔良…………………………………………（120）

寄兴丹青乐无穷

    ——记著名美术家、美术教育家魏传义教授………………（122）

江碧波的艺术人生……………………………………………（131）

国画大师李际科………………………………………………（141）

百岁画家——晏济元…………………………………………（150）

农民版画的辅导员——李毅力………………………………（153）

神州一鹤

    ——画家武辉夏之艺术人生…………………………………（159）

贤妻良母　画家才女…………………………………………（162）

怀念爱妻吴日华………………………………………………（166）

他有着企业家的胆略与风采…………………………………（172）

"铝矾土王国"的世界冠军……………………………………（178）

李俊峰与巴山厂………………………………………………（184）

他留下一个灿烂的金秋………………………………………（186）

怀念肖朝福……………………………………………………（193）

仗义执言的人民代言人………………………………………（196）

勤劳致富的薛大哥……………………………………………（198）

送牛奶的小伙子………………………………………………（200）

生命的交响曲…………………………………………………（202）

"席勒与中国·中国与席勒"国际学术讨论会………………（204）

中国独立学院发展的康庄大道………………………………（210）

后　记…………………………………………………………（224）

不应被遗忘的绿叶

大江东去，

浪淘尽，

千古风流人物。

苏东坡的名句，写出了多少哲理，多少感慨，多少深情！

历史上，有不少叱咤风云的英雄，他们像一座座高大的丰碑，屹立在人们心坎，像一朵朵鲜美的花朵，绽开在人们心田；而同时，他们身边必然有许多鲜为人知的伴侣、助手、群众，他们像载托丰碑的石子，像扶托鲜花的绿叶。人们在赞赏这些丰碑、欣赏这些名花的时候，也许常常会忽略它脚下的石子和它身边的绿叶。

然而，它们是不应该被遗忘的呀！

几年来，一位烈士亲属的坎坷遭遇不时地烧灼着我的心灵。她，就是一粒普通的、载托过丰碑的石子，一片平凡的、扶持和衬托过鲜花的绿叶。在急风暴雨中，她用青春的生命陪伴了英雄，为党的事业默默无闻地做出了自己的贡献。英雄和她为之献身的事业胜利了，英雄化作了丰碑，绽放为鲜花，屹立在华夏的沃土，香飘在人们心头。然而，她——英雄的伴侣，烈士的妻子，不仅没能享受到春天的温暖，反而受到怀疑，遭到审查，承受冤屈，像一片严霜下的落叶，在凄凉的处境中悲惨地结束了宝贵的年华……

这，是多么的不公正，又是多么令人痛惜呵！

几年来，在采写《罗世文传》的过程中，他的爱人的情况始而像一团迷离的云雾、继而像一股燃烧的岩浆，翻卷和炙灼在我心头，变成一种压力，一种不吐不快的感觉。《罗世文传》出版之后，这种感觉更凝聚成一种负疚！就在这个时候，我看到经多方催促中共四川省委组织部终于下发的《王一苇同志的革命事迹》的文件。我为党的三中全会路线的伟大英明而欢呼，也为省委组织部贯彻落实中央指示的精神所激动。是时候了！我应该把我所了解的关于王一苇的情况写出来！

这一天，我走进重庆市妇联宣传部。同志们听我讲了王一苇的遭遇，十分感动，热情鼓励我用报告文学的形式写出来。呵，人心相连，党心相通。省委的文件、市妇联的支持，弹响了我心中孕育已久的旋律，撞开了我激荡汹涌的感情的闸门。连绵不绝的思绪、悲壮激越的旋律，像春天的山溪一样，从我心中奔泻而出……

一、疑云一团

一九七九年春，刚开始采写《罗世文传》时，在重庆中美合作所集中营展览馆所搜集的档案材料中，一份署名王一苇的《回忆罗世文》的材料引起了我特别的注意：

"一九二九年，旷继勋部在遂宁起义，党派世文任旷部党代表，随军转战到下川东，失败后，他只好昼伏夜出，匿在乡村中农家的谷草树下，饥饿了，要点南瓜汤充饥。他回到重庆，生了一身的疥疮，而且患着痢疾，党决定他任宣传部部长后，我也调宣传部任秘书。那时候他身上只穿一件别人送他的破灰布大衫，一床破棉絮，很短，盖着头，就不会盖着脚。天气是那么寒冷，我不能看到自己同志受冻，才把我自己盖的两床棉絮抽了一条送他，又送他十五元大洋叫他做了衣服御寒，兼应付环境。

"一九三〇年，木青（穆青）同志（即王一苇前夫——郭按）被杀，刘愿庵、李明柯、周三元诸同志被捕，党的机关在重庆几处于不易建立地步，世文遂移住团的省委书记方明处，生活由我负担。一九三一年世文调成都任地委书记（即川西特委书记——郭按）。……汉州兵变失败后，成都白色恐怖严重……党决定派我带使命和文件到成都，参加地委秘书处工作。地委很穷，没有钱，由我在家中拿钱租屋建立机关，家具等都由我家搬去。世文在我未来时，即患肺病，呕血以碗计，呕血之后去找一位中医同志诊治，一面呕血，一面煎药，服药之后，继续工作，完全没有休养。这次见他面白如纸，清瘦异常，才买了鱼肝油给他服，并在饮食方面稍加注意，使增营养，身体渐渐好转，日益健康。

"世文是一个忠党、英勇、孝母、好学、坚苦、耐劳的好同志。他在七年前被杀害（应为四年前，罗世文是 1946 年 8 月被杀于白公馆——郭按），当我知道他的凶耗时，正是白色恐怖厉害的时节，我不敢哭，我只好在夜里偷偷地流眼泪。七年来，我没有一刻忘记复仇，也没有一刻忘掉完成他的遗志。……现在解放了，我不悲伤！也不难过了！我要把我两度坐监，二十余年被敌人压剩余下来的精力，用到巩固人民政府和建设新民主主义国家上面去，只有这样，才能安慰世文于地下；也只有这样，才能使我这颗破碎了的心有所寄托。"

这样真切而细腻的感情，显然只有世文的至亲才能写出。我向展览馆同志打听，他们说是罗世文爱人在中华人民共和国成立初期写的，可是此人在"文化大革命"前早已去世，也不知在哪个单位工作，只知她在中华人民共和国成立初期在重庆某法院工作。以后我向罗世文堂弟等了解，他们也说王一苇早年参加革命，但罗世文被捕后，就没有见过她了。我迫切希望打听到她的现状，以便了解罗世文更多的情况，但不可得。我只得在初稿中摘引了她的那份回忆材料。

但是，当年曾在四川省委任组织部部长、五十年代任重庆市委宣传部部长、现任西南政法学院党委书记的张文澄同志在审阅初稿时却慎重地提出了一个问题：王一苇能否称为罗世文的爱人，恐怕还要请示中央。我忙问为什么？他说因为抗战初期罗世文向省委提出与王一苇结婚，当时省委没有批准。罗世文提出他与王一苇关系已经很久，感情也很深。省委就要他向南方局请示。结果如何，不得而知。因此，到底算不算罗世文爱人，最好请示党中央。

一片疑云飘过我的眼前：王一苇经历和表现怎么样？为什么她算不算罗世文的爱人还要请示党中央？中华人民共和国成立后她在哪个单位工作？她还健在吗？看来，要写好《罗世文传》，我必须了解王一苇的情况！

二、冷遇

王一苇生前到底在哪个单位呢？

既然她在法院工作过，我就向在法院工作的同志打听。后来总算在西南政法学院的一些老同志那儿了解到，中华人民共和国成立后，王一苇由最高人民法院西南分院调到四川省高级人民法院作法官。她在重庆工作是很好的，思想进步，业务熟练，口才也好。但是到四川省高级人民法院以后，却被审查，现在情况如何，不得而知。为了弄清情况，一九八〇年春，我带着重庆市作协的介绍信，千里迢迢去省高级人民法院，希望能从他们那儿找到王一苇，了解到罗世文和她的情况。然而却没能如愿。一位中年干部听我要了解王一苇的情况，说："王一苇早就去世了，档案材料也不见了！"我问了很久，他才说"文化大革命"中被部队的人借走了，叫我到成都市和四川省档案馆去查。

我又到成都市和四川省档案馆查了——没有！只好又回高级人民法院询问。我诚恳地说明了了解王一苇的情况对于写好罗世文烈士的传记的重要性。但还是无果。在修改《罗世文传》的过程中，我再次感到了解王一苇情况的重要性，于是一九八一年暑假，我再度去到省高级人民法院。还是那位干部，他直截了当地说："王一苇的档案不在了，你不用来找了。"

我忙问："你不是说被人借走了吗？借档案总该有个借条，总得留下名字，单位。你能给我查一下吗？"

"那你过几天再来吧！"

过几天我又去了，谁知答复却更令人失望："我们查了档案底子，借档案的是成都警备区的王德明，我们问了部队，他们已不知档案下落和这个同志转业后的去向了。”

啊！我仿佛挨了当头一棒！

我不死心。“王一苇的档案找不到，那么，你能不能告诉我她生前的住址？我好找一找她的亲属，了解她的情况？”

“不知道！”他一口回绝了。

线索就这样断了……

三、山重水复

线索就这样断了吗？不，我不甘心。我不相信高级人民法院没有一个了解王一苇情况的人。于是，我在成都的作家朋友中到处打听，终于，一位曾在高级人民法院采访过的作家告诉了我一位在高级人民法院工作的老同志。我立即持他的信件前去高级人民法院拜访这位老同志。她说：王一苇刚调到省高级人民法院时，工作是很好的。可是，几次政治运动却把她作为审查对象，怀疑她是叛徒，怀疑她出卖了罗世文等，使她的精神受到了严重的刺激，长期处于病态之中，以致最后自杀。她在临死前，还把积蓄的三千多元交给了党。

“走，我带你到王一苇家去吧！”老同志带我走出高级人民法院大门。就在高级人民法院对面相距不过几百步的线香街，我们找到了王一苇的家。这是成都极普通的四合院中的一间平房。我在兴奋之后，很快失望了。王一苇死后，房子更换了主人，周围的居民都说她是孤寡老人，没有儿女，也不知道她的弟妹亲友住在什么地方。我问了派出所、居委会，他们也都不知道王一苇亲属的情况。谢过了热心的老同志，我独自回到了招待所。

线索又一次断了。

四、感动

线索真的断了吗？不！我不甘心，我不死心！下午，我又去了线香街。我在王一苇住所周围，挨家挨户地询问王一苇的情况。但没人知道。一会儿，我又走回王一苇家附近打听。

一位刚下班回家的、衣着入时的女青年告诉我说："你找的是隔壁王孃孃吧？她心地很善良。我小时候，她没发病时经常买糖给我们小孩吃，给我们讲革命斗争的故事。后来，她精神失常了，经常一个人关在房子里，哭喊着，说她是冤枉！她临死前，还是我给她大弟弟送的信，要他来处理后事！"

"呵！你给她弟弟送过信？"我大喜过望，立即抓住这个线索。但是，结果又令人失望。那还是十年前的事，她是按大人给她的纸条上的地址和名字去通知王一苇弟弟的；十多年了，她哪里还记得街道的门牌号数和王一苇弟弟的名字呢？

唉，刚到手的线索又断了！我沉重地漫步在蓉城的街头。成都的小吃精美香甜，可是我无心品尝；成都的公园小巧玲珑，可是我无心游玩。走过新华日报营业处旧址，我的心更不能平静：罗世文曾在这儿忘我地工作，也是在这儿被捕！烈士捐躯已经多年了，但是，他的业绩、他的生平，还没有完整地写出来！连他爱人的情况，都还没了解清楚！我怎能不着急呢?！

突然，我的脑海一亮。刚才那位姑娘不是说去过王一苇弟弟家吗？为什么不动员她陪我去找一下她当年去过的街道呢？我忘记了一切疲劳，又向线香街赶去。

这位姑娘叫李均，是一个工厂的工人。她忽闪着机敏的眼睛，听我讲述着罗世文烈士的事迹，听我讲到王一苇的亲人对于写好《罗世文传》的重要性。她忽地站起来，急切地说："好，我今晚就陪你去找吧！"

李均陪我去到红星路。在漫长的红星路上，我们按照李均的回忆逐一地询问着街道两旁的居民，每次听到姓王的，我的心就怦然一动！但仔细打听，又不是王一苇弟弟的家。我们夜晚的探问惊动了不少居民，他们或怀疑地盘问，或惊奇地探询，或好心地关心，也有人给我们介绍附近的居民委员……经过两个多小时的查访，一无所获。汗水早已湿透了内衣，李均更是劳累已极，我不能再麻烦她了！她明天还要上班呀！

我把李均送回家。她爽快地说："明天上午我倒班休息，我再陪你找！"

啊，多么热心的同志，多么纯真的感情！

第二天早上，我刚走到她家门口，她就兴高采烈地迎出来，欢欣地说："找到了！找到了！"原来，昨晚回到家后，她把找王一苇的事又给大家谈了一阵，大家都七嘴八舌地议论起来。一个才下夜班的同志说，她记得王一苇有个侄女叫"乃妹"，好像在战旗文工团工作。一听这话，我高兴极了，谢过她，就要走。可是李均说："你不熟路，我陪你去战旗文工团吧！"

到了战旗文工团，果然问到了"乃妹"，原来她叫王敦礼，从战旗文工团调到省广播电台工作。这下，线索出来了。我紧紧地握着李均的手，说不尽的谢意、道不完的感慨。李均只是一个普通的工人，但是却怀着对烈士的深情，牺牲自己的休息时间热心热肠地帮助我寻找线索。从她身上，我看到了青年人美好的情操和纯洁的心灵！

五、柳暗花明

告别李均，我到省广播电台找到了王一苇的侄女王敦礼。她热情接待了我，并带我去她父亲王琪瑞家里。王琪瑞就是我们昨天要找的王一苇的大弟，果然住在红星路——我和李均昨天还未找完这条街！王琪瑞住在一个四合院的两间平房里，生活是清苦的。他是一位英语教员。他给我介绍了王一苇的身世和经历：

"我父亲叫王绪初，清末秀才，民国后学政法，后来在法院工作。解放后作省参事室参事。我家有六姐弟。大的四个都是姐姐。大姐早年去世，二姐就是王一苇，她下面有两个妹妹。我是老五，老幺叫王众音，现任山东省委常委、副省长。我父亲思想比较进步，对二姐参加革命乃至与共产党的省委领导人结婚，都是支持的。二姐从小就很刻苦，很能干。她在成都四川法政学校毕业，就参加了革命，到广州参加了妇女运动讲习所。在广州，她同留法勤工俭学回国担任广东省委组织部部长的穆青结了婚。他们又一起参加了广州暴动。广州暴动失败后，中央派他们回川。穆青后来作四川省委书记，二姐就在秘书处工作。穆青是个很英俊的青年，第一次到我家来，他穿着西装，打着领带，但却规规矩矩地给父母亲叩了一个头。以后我们都爱笑他穿着西装还叩头。穆青性格活跃开朗，对全家人都很好。他白天在外搞工作，晚上就回到我们家里。一九三〇年，穆青被捕，父亲和二姐多方救援没成功。穆青牺牲后，二姐继续从事革命活动。一九三二年，二姐也被逮捕了！经过父亲多方托人说情，才放出来。二姐出狱后才知道有人以她的名义写了'反共宣言'。她十分气愤，要写申明否认。但她还在军阀李汉臣的爪牙监视之下，怎么办得到呢？后来，她向省委书记罗世文汇报了情况，说明'反共宣言'不是她写的。二姐古文不好，怎么会写骈体文的'反共宣言'呢?! 这以后，她继续支持世文、程子健等同志，并同罗世文生活在一起。

"一九四〇年罗世文被捕，不久，王一苇被李汉臣抓入监狱，经过一年多的刑讯、折磨，才放了出来。

"解放后，二姐就因为两次被捕受到怀疑、审查，使她精神受到刺激，生活非常痛苦。但就是在这种情况下，二姐也还是对党忠心耿耿。她在自杀之前，还把她积蓄的三千多元全部捐给了党。当时，我和三姐、四姐生活都很困难，她没有给弟弟妹妹一分钱，全部捐给了党。我们也都理解她的心愿，一致同意她这样做。她生前还写了不少材料，给了山东的幺弟和她的好友贺敬辉。"

"贺敬辉住在什么地方？"我忙问。

"'文化大革命'后我们再没见过面，一直没打听到她住哪儿。"

告辞了王琪瑞之后，我即向四川省委宣传部副部长陈文同志做了汇报。他同意我先找到贺敬辉的线索，再去山东采访王一苇的幺弟，然后去中组部请示王一苇的情况。

我到成都市公安局口卡科查到了贺敬辉的住址，经过几天的努力，终于从她丈夫那儿知道她住在北京女儿家。

六、渤海之滨的长谈

我乘上了北去的列车。

八月的骄阳倾洒在北方的原野上，车厢里，气温高达 38 摄氏度，人们都热得昏昏欲睡。我只嫌这列车太慢，我期待着即将到来的采访。

济南—青岛—烟台。

辗转几千里，我终于在威海市新建的招待所里，拜访了王众音同志。他正在那里治病，我到那天他高烧四十度。可是一听秘书说我来访，立即要秘书转告我，一定等他两三天。第三天，他体温刚下降一点，就同他爱人秦玉如一起热情地接待了我。

众音同志中等身材，清癯的脸庞，闪动着一双锐敏的眼睛。他感情深挚地说："我们家庭过去很贫苦，二姐好不容易才读了书。在姐弟中，她思想最进步、最活跃，积极参加社会活动。她二五年参加共青团，二六年入党，然后到广州妇女运动讲习所学习，邓大姐就是她的老师。在广州，她同省委组织部部长穆青结婚。穆青是留法勤工俭学学生，与周总理、邓小平、聂荣臻等同志都是亲密战友。姐姐和穆青都参加了广州起义，亲眼看见红旗在广州市飘扬。广州起义失败了。她同穆去到香港，然后去上海，向周总理汇报了情况以后，党又派他们回武汉及四川工作。穆青在武汉福昌旅馆被捕。二姐立即托父执帮忙，找到武昌警备司令部詹副长官。经说情后，穆青得以释放。周总理还高兴地夸奖了她。回川后，穆青任省委书记，二姐就在秘书处工作。一九三〇年，穆青在重庆被捕。为了救出穆青，二姐冒着风险去到对她怀有歹心的二十一军副官长李汉臣处，要李汉臣放出她的亲戚颜嗣良（穆青的假名）。但是，李汉臣假意敷衍，到底还是把穆青枪杀了！穆青牺牲前，托人给父亲带了信，要爸爸好好照顾二姐，并把他用的金表送给了二姐。穆青被敌人打了两枪，刺了一刀，死得很惨！父亲为穆青收尸后得了一场大病，二姐更是痛不欲生。后来程子健告诉她，出狱的同志带出穆青同志的遗信，信上希望组织上送她到苏联深造。但是组织上一时办不到，要她一切从工作出发，不要太悲伤了。于是，二姐强压悲伤，更加努力地从事革命工作。

"一九三一年，罗世文到成都任川西特委书记，二姐在特委机关做秘书，自己拿钱租来了房子，从家里搬些家具，建立了特委机关。她还细心地照料世文同志的生活，使世文同志身体逐渐好转。不久，他们同居了。

"二姐与穆青结婚时我还小；二姐同世文同居时我已懂事了。在我的印象中，穆青常西装革履，人很好，也很有才干。他性格开朗活泼，经常畅声大笑，同各方面的人都处得很好。世文也相当漂亮，身材魁梧，皮肤较白，高鼻梁，大眼睛，经常穿长衫、戴呢帽，笑容可掬，平时沉默寡言，说起话来却又很有分量。世文特别爱读书，手不释卷。还有一个怪脾气：好闻书。每看几分钟书，就要把书拿到自己的鼻子下闻一闻。我看见他闻书，问他闻什么？有什么味吗？他就笑了。

"二姐与世文见我长大了，就有意识地培养我。他们给我看左翼作家的作品，还让我给他们传书送信。一九三三年，世文介绍我加入了共青团，并给我看党内的油印刊物。他还叫我起草给工人和农民读的教材。我怕写不好，他说：没关系，你先写，我再改嘛！我写了一本介绍苏联的书，哪知这本书还未写完，他就到苏区去了。

"一九三二年，二姐在重庆法院被军阀逮捕。经父亲多方托人保释出来。出狱后她知道报上发表了以她的名义写的'反共宣言'后，十分气愤，因为她的确也不会写那种骈体文！她把这些情况给世文汇报后，世文在省委会上提出恢复她的党籍，未能通过；世文鼓励二姐以实际行动取得组织上的理解，他仍然相信她，并与她在一起生活。

"一九三三年，因在重庆逮捕二姐的军阀李汉臣部的势力扩大到成都，李汉臣仍对二姐有歹意，想讨她做小老婆，二姐只好在几个好友的资助下逃出四川，到日本留学。不久，世文去川陕苏区，行前给我送来一封信：'二弟，我已到苏姑母家去了（苏姑母是暗号，指川陕苏区），请你转告二姐。你有事可找姓韩的联系。一九三五年夏，我也在二姐和当时的教育经费的贷资资助下去日本留学。

"到日本后，我参加了党的秘密外围组织。是任白戈同志与上海'左联'取得联系后，组织的中国留日学生左翼文化大同盟，我在其中参加活动。二姐则参加妇女留日学生左翼联合会（这是文化大同盟领导下的一个公开组织）。她是该会主席。她口才好，组织能力强，很有威信，为党做了不少工作。

"'七七'事变后，我们在日的进步留学生齐起奋斗，最后全部回到上海。二姐已先回上海。我找到二姐后，二姐已同世文取得联系，世文要她去延安。于是，三七年八月，我们姐弟一起去了延安。我们到了西安八路军办事处，见到了邓颖超大姐。邓大姐热情地招待我们吃饭，并告诉二姐，世文这两天就要由延安到西安来，然后去成都工作。过了两天，世文果然到了西安。长期离别后的重逢，自然是不胜欣喜。世文告诉我们，他立即要飞成都，到刘湘处做统战工作。他还对我说：现在抗战了，要广泛发动群众。你这个名字'重英'，封建意识太浓（取天子重英豪之意），是不是改为众音好？群众的声音嘛。二姐也说改了好，于是我到延安后就改为众音。最近胡耀邦同志到山东视察，接见省委常委时，还夸奖众音这两个字取得好。这名字就是世文改的，这是个永久的纪念啊！世文因有要事在身，同二姐和我畅叙别情之后即飞蓉，而我与二姐则到延安。二姐见到了蔡畅、李富春、王首道等领导同志。这以后，我去到八路军总司令部工作，二姐则留延安法院工作。从此，我就再没见过二姐。

"解放后，我与二姐联系上了。知道她在受审查后得了精神分裂症。她得精神病是完全可能的。她从小很苦，家里对她没多大帮助，主要是组织上把她培养出来的。她很早就参加革命，聪明伶俐，活跃能干，个性极强，好胜心重；但是，她的经历又极其不幸！第一个丈夫穆青，被敌人残杀；第二个丈夫罗世文又身陷囹圄多年，惨遭杀害。这些对她刺激太深了！解放后，组织上又不相信她，甚至怀疑她、审查她、批斗她，她那样自负而高傲的性格，怎么受得了呢？

"总观二姐的一生，给我的印象是好的；她和穆青、世文，是我的共产主义的启蒙老师。她对我始终是很好的。她也是一个有才干、有能力的女同志，她经常在工人、学生中做工作，也经常在上层做工作，团结了许多人，也给党提供了许多情报。她是学法律的，是四川最早的一批女法官之一。她待人热情、诚恳，对同志和战友开心见肠；党所要求，在所不惜。世文同志领导遂宁暴动归来后，她热情资助；程子健说需要资金租房建立党的机关，她立即取下自己的金项链。一九三五年被捕出狱后，依然积极地在日本、上海及成都从事妇女工作、救亡活动。即使受到怀疑和审查，也还把最后的积蓄全部献给了党。"

众音同志完全忘记了自己病痛在身，还在发烧，感情深挚地讲述着。

众音同志的夫人秦玉如同志也很激动，她不时插话，发表她的见解。听到这里，她禁不住说道："一苇是大海中的一滴水，是冰山上的一朵雪莲，是花园里的一片绿叶……"

说得多好！王一苇确实是大海中的一滴水，冰山上的一朵雪莲，花园里的一片绿叶呀！然而，为什么她的遭遇却是如此不幸？

送我上车时，众音同志感情深切地说：

"二姐生前为党做了一些工作，临终又将全部积蓄交了党费，虽然没有恢复她的党籍，她却表达了一个党员对党的最后心愿。人已病故，夫复何求？只求组织上能了解她，并对她做出实事求是的评价，也就好了！请你回川后给任白戈同志反映一下，落实她的政策！"

啊，大海，离不开那一滴滴的海水；大山，离不开那一粒粒的沙石；鲜花，更离不开绿叶的扶托！

七、首都的访问

告别了众音，我直趋北京，拜访了贺敬辉。贺敬辉已是七十开外的老人了，但记忆尚好，谈锋犹健。她说：她与王一苇是一九二八年在重庆参加妇女界活动认识的。以后到了成都，她们也经常来往。后来因军阀李汉臣对王一苇有野心把她抓了，经多方保释后出狱，不得已才在妇女界的资助下去日本留学。

贺敬辉着重讲了抗战初期的情况:"抗战初,我在成都搞救亡运动。在张曙时等同志支持指导下,我和同志们发起组织了妇女赈灾会,组织了妇女救国会;以后我担任了妇女抗敌委员会总务股长,四川青年救国会组织部副部长。大约是一九三八年初,王一苇从延安回到成都,很快就同我们联系上了。张曙时叫我们利用各自的社会关系搞上层统战活动。王一苇就发起组织了妇女救济会,搞上层统战活动,找有钱人的太太出钱出力,支援抗战。她发起这个组织时,我还签了名。王一苇也和救国会、妇女救国会这些群众团体有联系。罗世文同志也经常到我家来(那时妇女抗敌委员会就设在我家里),指导我们从事救亡运动。

"一九三八年,林老、吴老到成都,罗世文来通知我带着朱老(即朱德——郭按)的女儿朱敏和我女儿贺高洁去看他们。他们说朱总很想念女儿朱敏。一九四○年,周总理派人把朱敏和我女儿接去延安。

"一九四○年三、四月,罗世文被捕。不久,王一苇来我家躲藏。当时她心情十分悲痛,晚上经常做噩梦。她有时半夜醒来,抱着我痛哭,说她刚才又梦见了世文,浑身都是血!我知道她心中的痛楚,赶忙好言安慰她!

"风浪平静一些之后,王一苇又出去活动了,谁知又被逮捕,受到敌人的审讯。经她父亲设法营救,总算出狱了。出狱后她又到我家住过一段日子。那时候,她两度被捕,成了有名的'共党'分子,一般人都不敢收留她。

"解放了,穆青和罗世文都成了烈士,为人们所敬仰和歌颂,王一苇照例也该有个好的归宿了。但是,她却受到怀疑和审查!一九六五年我从北京回成都,收到她寄来的信,赶忙去看她。只见她把自己关在家里,不敢开门。她说:不能开门,开了门他们要整我。真是令人痛心!我找到高级人民法院院长甘棠,她说有人告她在重庆写了反共文章,出卖了罗世文等。我听了大吃一惊,立即对甘棠说:王一苇古文不好，哪里写得出那种骈体文呢？罗世文被捕后她还到我家躲藏，以后她也被捕受审，怎么能说罗世文是她出卖的哩！

"但是，这些解释有什么用呢？！王一苇死得很凄惨！她是那个环境把她逼死的！"贺敬辉感慨万端地说道。

带着对王一苇是否能称为罗世文爱人的问题，我去了中共中央组织部，见到部长陈野萍和老干部管理局局长郑伯克同志。郑伯克抗战初期曾任四川省委宣传部部长，同罗世文一起工作过。他热情地、主动地介绍罗世文的事迹，帮助我查阅罗世文的档案材料。谈到王一苇的情况时，他回忆说：

"罗世文同王一苇结合已经很久了。罗世文曾向省委提出同王一苇结婚。当时，省委考虑到王一苇还没恢复组织关系，又从事上层统战工作，同罗世文正式结婚不利，就没有同意。但罗世文说他与王一苇已不是一般关系，也不是一天的感情了，不可能分开，希望能够同意他们结婚。省委因他是省委书记，只好请他自己去请示南方局。结果如何，就不太清楚了，但是罗世文仍然与王一苇住在一起。

"一九四〇年春，罗世文在'抢米事件'后被捕。省委担心罗世文留下什么文件，但我们都不敢进他家，省委决定由我去找王一苇，要她赶回住地把罗世文留下的材料立即清理、销毁。

"王一苇已经疏散出来，她也知道这样做是有风险的，但她还是毫不犹豫地接受了这项任务。第二天，她在约定地点见了我，说已将罗世文留下的有关材料又清理了一遍，全部销毁了。

"从这件事看，王一苇同志表现是好的，是可以信赖的。如果她有问题，那后果就严重了！

"根据她一生的表现，我觉得应该说，她是一个好同志，应该称她为罗世文的妻子。"

这剀切的、坚实的声音从中组部有关同志的口中说出，在我听来，就像是从历史的深处锻压出来的岩浆一样灼热，一样深厚！

郑伯克同志还从中组部档案馆中给我调出了罗世文的材料供我复印。我临走时，他高兴地介绍说："哦，韩子栋同志前些天到北京来了，你可以找他了解情况嘛！"

呵，韩子栋！我早就听人说他就是小说《红岩》中的英雄华子良的原型。能见到他，访问他，自然是非常荣幸的事！

韩子栋，这位在敌人监狱里，在人间魔窟中鏖战了十几年的老布尔什维克，在"文化大革命"中，竟然又被关了好多年。严酷的生活在他的额上、脸上烙下了一条条深深的皱纹。他瘦弱的身体里蕴藏着青春的热情，干瘪的嘴唇内吐出了那么多珍贵的回忆。他在详细地讲述了罗世文的事迹之后，感慨地说：

"罗世文在监狱中，立场非常坚定，斗争非常勇敢、顽强，而且又很灵活。他以模范行动带领息烽监狱的同志和朋友同敌人战斗，他不愧是一个优秀的布尔什维克！但是，他也是有血有肉的人，也有感伤和难过的时候。他特别怀念他的母亲和爱人王一苇。他母亲年轻守寡，把三岁的他抚养成人。他投身革命后，很少回家照顾自己的母亲，连他母亲想要的一副棺材，他都没来得及给母亲买好。每念及此，他都很内疚。他和王一苇一同生活多年，感情深厚，但组织上却未能批准他们结婚的要求。他常常给我讲：'如果你能活着出去，请找到王一苇，请她把我母亲接去同她一起住，代我照顾她老人家！'可惜，他的这个嘱托我未能办到！更想不到，世文在狱中无比思念的妻子，居然在解放后被审查和怀疑，凄惨地死去！……"说到这里，韩子栋哽咽了，晶莹的泪花闪亮在他泪腺快要干涸的眼角！

沉思了一会儿之后，韩子栋同志说："你应该把他们的爱情写出来！这不是给罗世文抹黑，而是进一步说明了世文同志的思想和性格。他的妻子和他的爱情虽然还不为组织所了解，但是他并未因此而丝毫动摇对党和共产主义事业的坚定信念。他在黑牢里、在刑场上，用自己的生命实践了入党誓言！但同时，他也相信他的观察和了解，在爱情上也是忠贞不贰、矢志如一的。现在，从几十年的事实看，王一苇同志确实是个好同志。罗世文的看法，已经为实践所证实了！

"一个共产党员，不仅要在对敌斗争中、在革命事业中经受考验，还要在与同志的关系中，特别是在受到委屈和怀疑的情况下，经受严格的考验！只有能够承担各种艰难困苦、能够经得起各种风浪考验的人，才是真正的布尔什维克！"

我久久地思索着这些话的深刻含意！

八、云开雾散

回到成都，我向省委宣传部陈文同志汇报后，陈文立即带我去向四川省顾问委员会主席、重庆原市委书记任白戈做了汇报。我还向任白戈转致了王众音同志的希望。白戈同志，这位二十年代参加革命、以后长期担任西南局书记和重庆市委书记的老前辈，给我们讲述了王一苇同志在日本的革命活动，然后感情深挚地说："我会立即给省委组织部同志讲，请他们尽快为王一苇同志落实政策。"正是在白戈同志和有关领导同志的关怀之下，中共四川省委组织部发出了《王一苇同志的革命事迹》的文件。不久，中共四川省委组织部又下发了《为王一苇恢复党籍的决定》。捧读这两份来之不易的文件，我不禁百感交集。经过了多年的怀疑和误解之后，王一苇同志终于得到了组织的信任和理解！经过了漫长、肃杀的严霜和冬雪之后，曾经扶托过鲜花的绿叶终于显露出她翠绿的色彩和清冽的芳香。

从一片落叶可以知秋天的到来，从这一片重获生机的绿叶，我看到了蓬勃的春天！

啊！祖国的春天真的来了！她来得多不容易！我们怎能不珍惜她呀！

现在，让我把这篇纪实性的文字，献给穆青和罗世文同志的在天之灵，也献给王一苇那颗破碎了的心吧！我是多么希望，在祖国的大地上，在漫长的征途中，一切对祖国、对人民、对民族做过贡献的人，都得到应有的评价和颂扬，都受到应受的尊敬和怀念呀！

1985 **年于渝**

（此文先在《重庆妇女》1985 年 17 期至 20 期连载，复转载于《报告文学选刊》）

为群众办好事、办实事

——记重庆前副市长、四川大学重庆校友会名誉会长窦瑞华

我亲爱的母校——四川大学校友总会委派我采访重庆的知名校友——四川大学重庆校友会名誉会长、重庆市政协副主席窦瑞华。这充分体现了母校对校友的关怀和厚爱。母校不仅培养了我们，而且在我们毕业多年以后还继续地关心和关注着我们。因此，返渝后即采访了窦瑞华校友。

一

窦瑞华是一位热情、开朗、多才多艺、平易近人而又热心公众事务的老川大。他 1956 年考入川大数学系，1961 年考上川大的研究生，1965 年分配到重庆邮电学院工作，在川大一呆 9 年，对川大感情极深。我们重庆川大校友会就是在他和王鸿举市长的关心和主持下经过近一年的筹备并在母校的支持下成立起来的。去年母校领导来渝召开重庆校友联谊会，他又亲自主持宴会，为母校领导接风，向母校领导汇报我们的工作。作为川大重庆校友会名誉会长，他对重庆校友会的工作十分关心，经常询问，给予帮助。

今天，窦瑞华在市政协接待了我。谈起母校，窦瑞华感情真挚地说："几十年来，我时常怀念川大，怀念川大的老师、川大的同学和校友，经常想起川大那美丽的校园。"

说到这里，窦瑞华和我一起回忆起美丽的锦江，绿荫覆盖的学校

干道，荷叶亭亭、荷花红艳的荷花池，藏书丰富的图书馆，古色古香的教学楼；还有毗邻的望江公园，凤尾萧萧的林荫道，波光摇曳的望江楼，我们在那儿度过了多少美丽的韶华啊！

谈起学校的学习生活，窦瑞华啧啧称赞道："川大数学系很强，老师水平非常高！从中学考进大学，学习的环境、方式和内容都有很大的变化。为了让我们尽快适应这个变化，系里为一年级安排了很好的教师，给我们打下了扎实的基础。"窦瑞华两眼灼灼闪光，深情地回忆说："我至今还记得，教我们数学分析的秦卫平老师，教解析几何的景淑良老师，教高等代数的雷国厚老师，他们对教材可谓滚瓜烂熟，善于启发，而且要求极严。那时我们高等代数的考试用的是笔试和口试。口试是抽题后由三位老师面试。第一年就有八个人不及格，来了一个下马威！教微分几何的胡鹏老师把很抽象的数学讲得非常美妙，使你听起来觉得十分安逸。"窦瑞华眼里闪射着愉快的光芒，仿佛又沉浸在胡老师讲课时的陶醉中了。"数学系的名教授很多，水平极高。教数理方程的魏时珍老师在德国取得了数学、物理双博士。魏老师讲课讲得慢，可是简洁扼要，可谓字字珠玑，而且很有韵味。听周雪鸥教授讲场论，那简直是美的享受！他把学科的重点、难点、关节、关键处，讲得一清二楚，画龙点睛，对我们帮助极大。全国有名的一级教授、学部委员柯召教我们读书要读懂、读通（就是要把书的整个体系、逻辑关系、上下联系搞清楚）再读薄（就是把全书的主要内容和主要的精华概括起来，记在心头）。数学系的老师们的严谨的科学精神、严密的逻辑分析、严格的治学态度及科学的治学方法，真让我们一辈子受益，一辈子受用。还有老师们的正直真诚、实事求是、服从真理的高尚品质，也为我们树立了很好的榜样。"

窦瑞华非常赞赏川大综合性大学的育人环境。他兴致勃勃地说："川大是大西南最高学府，最大的综合性大学，文史哲经兼备，这给了我们很好的综合熏陶。记得，母校几乎每年都要举办校系两级的科学报告会，许多著名的教授、专家都要做报告，这给了我们极好的学习机会。那时候，我除了听本系的科学报告以外，其他系的报告也去听。许多知名教授、专家，如历史系的蒙文通、中文系的杨明照、生物系的方文培的报告是很吸引人的，真使人开阔眼界，增长知识，深受启发。科学报告会上学生也可以发表论文，这对学生，也是一种锻炼和提高。川大是综合性大学，非常有助于人的全面素质的提高。这是学科单一的学校难以比拟的。"

窦瑞华还说，川大很重视学生的素质教育，每年都要举行学生文艺演出，还经常请文艺团体来校演出，请著名的艺术家、演员来做报告。假期学校和工会还搞各种艺术培训活动，如话剧、川剧、金钱板的培训。窦瑞华的金钱板就是四川著名的金钱板演员邹忠新教的。邹忠新参加过赴朝慰问演出，在金钱板的打法和唱法上都有创新，自成一派。窦瑞华还和中文系的同学们成立了邹忠新清金钱板艺术研究小组。窦瑞华在川大读书时爱好广泛，多才多艺，他不仅经常上台表演金钱板，还演川剧。川大演川剧《百丑图》时，他既是执行导演，又是演员，还兼打鼓。他参加工作以后，甚至于当了副市长、政协副主席以后，都还经常参加川剧或京剧演唱，这都得力于在川大受到的锻炼和培养。

窦瑞华还回忆起母校组织学生修铁路、修公路、修川大理化楼对他们的锻炼："这些劳动固然耽误了不少学习时间，但也培养了我们勤劳俭朴、艰苦奋斗的作风。"

窦瑞华感慨万分地说："我永远怀念川大，它是我们成长的摇篮啊！"

二

1965年夏，窦瑞华分配到重庆邮电学院后，先到邮电部515厂劳动了大半年，随即，"文化大革命"开始，学校停课。他不愿意卷入你争我斗的派性活动之中，又不愿浪费宝贵的光阴，就开始自学中医。

"我为什么要自学中医呢？"窦瑞华说，"因为'文化大革命'期间，方向迷茫，说是学院要停办了，教师要下乡。我想，学点中医，给社会和家人治病，还会有用场。于是，就把家中的医书和中医学院的教材找来看，经过一段时间的自学，就开始给学院的老师和职工看病了。1970 年，到南充部队农场劳动，我到农场不久，就被调到团部搞宣传，写字、画画、教唱样板戏、排演样板戏。以后又到乡下劳动，劳动之余又给社员看病，教他们唱样板戏。回校时，我被评为五好战士。"

听着窦瑞华的讲述，我感到非常亲切，我是 1965 年由川大中文系毕业分到四川外语学院的，1970 年也到资中部队农场劳动，我也在部队农场编过报纸，教唱并排演过样板戏。窦瑞华是属于在任何时候都对生活充满了热情，都为群众办好事，都努力做好自己的工作的人。

"1970 年底回校时，学院已变成总参通信兵部下面生产原件的529 厂，我在厂里做钳工兼厂医务室中医。我利用工余时间，复习了英语，并翻译了《信息论》一书，这为我今后的科研工作打下基础。1973 年，529 厂改为第九研究所，安排我搞传输研究，完全是从ABC 学起。1975 年在重庆召开的全国数字通信大会上，我做了学术报告，提出了我国 PCM 一次群码型方案。我设计的 HDB3 编译码器方案比英国晚两个月提出的方案还好，在我国研制的邮电和铁道PCM 通信线路上应用。

"1976 年，我应邀到中山大学做信息传输报告，并在该校讲课。以后又到重庆大学等高校讲过课，协助他们培养了一批信息传输方面的专业人才。

"1979 年，在大连召开的全国电子学会第二次年会上，我宣读了论文；在桂林召开的全国铁道学会年会上，我做了专题报告。"

70 年代末到 80 年代初的几年，是窦瑞华不断创新且大有所获的几年。那段时间，他编写、翻译、出版、发表了关于数字通信的《差错控制编码引论》《脉冲编码通信新技术》等三部著作和大量译文。他没有学过军事通信，却为人民邮电出版社审校了军事通信的专著；他没有学过纠错编码，却凭着当钳工时翻译的《信息论》一书中有两章关于纠错编码的知识底子，1980年自编教材自己讲授，为重庆大学的计算机容错专业硕士研究生和教师班开出了差错编码引论课程；他没有学过电路与系统，却用20天左右的时间，学完了邮电部为出国人员考试指定的有关电路与系统两本书，并且在1980年重庆邮电学院二十多位教师（其中还有教电路与系统的专业课教师）参加的邮电部为全国赴美访问学者举行的全国统考中，一个人一举考上！说到这里，窦瑞华自豪地笑了："为什么我们邮电学院教电路的专业课教师都没考上，而我却考上了呢？这得力于我在川大的数学。信息科学大都离不开数学——美国的信息科学专家，很多都是数学家！"

我想，这似乎还得力于他这些年对信息科学的研究和翻译工作，得力于他的勤奋学习和不懈进取。

三

1981年至1984年，窦瑞华到美国加州大学圣迭戈分校做访问学者，学习、研究扩频通信。对他来说，这又是一门全新的学问。窦瑞华从早到晚刻苦地学习着：老师的课要听，研究生的课要上，大量的书和论文要看，还要自己写论文。半年多的时间里，窦瑞华写出了一篇高质量的论文《具有多址和多调干扰的码分多址系统的差错概率》，发表在著名的《IEEE无线通信汇刊》上，引起了较大的反响。不久，他又完成了两篇论文。他还在加拿大召开的信息论的国际会议上发表论文。他在美国做访问学者的时间本来只有两年，因成绩优异，又延长了半年。这以后，他又五次去美国。在美国，他不仅搞科研，学习美国最先进的技术，了解美国的国情，同时还看中医、唱京剧、唱川剧，甚至还举办书法展览，向美国人民宣传中国的传统文化，增进中美人民的友好情谊。在美国，他结交了许多美国朋友，比如，他同美国前国防部研究中心主任、美国驻瑞士大使、曾获得过美国总统颁发的费米奖的加州大学圣迭戈分校老校长就建立了很好的友谊。老校长特别喜欢中国，在窦瑞华回国后，他带全家访问重庆，并在重庆大学和重庆邮电学院做报告。再如生物力学的创始人、被称为美国

"生物力学之父"的加州大学冯元桢院士，曾获得美国总统奖，并先后获得美国三院士——美国科学院院士、美国工程院院士、美国医学院院士；窦瑞华在美期间，曾在他指导下从事生物力学方面的研究工作，并合写论文，发表在著名的国际生物力学杂志上。另外，圣迭戈分校的教授费德尼亚·狄肯森博士，是位中国情谊特深，对中国特别友好的美国朋友。他的哥哥罗伯特·佛奈明为支持中国的抗日战争，放弃了正在加州理工学院攻读物理学博士学位的大好时机，来到中国，参加了飞虎队，不幸在飞行中牺牲。至今，费德尼亚·狄肯森博士还在寻找他哥哥牺牲的地点及有关资料。

四

1984年窦瑞华谢绝了美国的挽留，学成回国。同时，他也谢绝了西安一所有名大学的邀请，回到了重庆邮电学院，担任了电信系副系主任。1985年下半年担任了学院的副院长。1986年由讲师破格提为正教授。在担任副院长期间，他抓了学报的创立、计算机系的组建、研究生学位点的建立和外籍教师的聘用等重要而紧迫的工作。

窦瑞华在信息科技方面的成果及其在学院的工作成绩引起了四川省和重庆市有关方面的注意。1988年，他被选为四川省人大代表。1989年，窦瑞华当选为重庆市副市长，分管科技、卫生、民政和技术监督等方面的工作。1993年重庆市政府换届，窦瑞华再次当选重庆市副市长，分管科技、教育、文化、卫生、新闻、宗教、民族、体育等方面的工作。1997年，窦瑞华到重庆市政协当副主席，分管教科文卫工作。

我问到他担任行政职务后的感受，窦瑞华剀切地说："当选副市长后，有一个想法——就是要为老百姓办实事、办好事。党和人民信任你，你又牺牲了自己的专业，你不为人民办好事，对不起党和人民！另外，我也不愿离开教学岗位。我当选副市长以后，仍然坚持给学生上课，继续带研究生，继续为学院做些工作。"

谈到在市里的工作，窦瑞华说："这些年我在自己的岗位上努力为人民工作，也做出了一些成绩。"窦瑞华为号召全市人民献血，自己首先带头献血；到孤儿院视察，又主动为孤儿捐款。在视察中看见一位老工人患病尿床，他就用自己坐的车把老人送到医院，一个星期治好后，他又用车把老人送回家。

窦瑞华说，有两件事最让他感到欣慰。第一件事是他在副市长位子上的 8 年时间使重庆（指直辖前——郭按）百分之九十九的农民喝上了清洁卫生的自来水。他上任时，重庆尚未直辖，21 个区市 1500 万人，有百分之六七十是农民，他们大多数喝不上自来水，只能在河沟或堰塘担水吃，既不卫生，又不方便。窦瑞华深感这是关系到千百万人民的生活和健康的大事，应大力抓好。他每年大抓两次改水工作，年初召开现场会，落实任务，制定措施；年底现场检查、总结。连续 8 年，抓紧不放。到 1997 年，基本上解决了全市农民的饮水和用水问题，为边远地区的农民做了一件好事。为此，他被评为全国的改水先进工作者。

第二件事是争取到重庆高新技术开发区进入首批国家级开发区行列。他说："1991 年，国务院委托国家科委在全国大城市创办二十个国家级开发区。当时市里估计我们重庆大约可以排在十八九位，以为问题不大。不久，国家科委派了一位处级干部来重庆考察，我请他吃火锅，向他详细介绍重庆的情况，他见我热诚而又平易近人，才告诉我说：这次创办国家级开发区，国家科委排了队，你们重庆排在第二十四五位，其他各省都是省长出面在争取，你们重庆有些危险哟。这使我大为震惊，我立即把这个情况向市委书记肖秧和市长孙同川反映，引起了他们的重视，立即亲笔写信给宋健和李绪鄂。我立即带书信飞往北京，向李绪鄂主任汇报，并请他来重庆进行了考察，让国家科委的分管领导对我们重庆的科研和经济的实际情况及潜在能力有了比较全面的了解。重庆原有的高新技术开发区试验区，属沙坪坝区管。而要建立重庆国家级开发区，必须先使沙坪坝区管的开发区成为市级开发区，为此的协商谈判，亦非易事。重庆高新开发区进入首批国家级开发区之后，我担任了领导小组组长。为充分发挥规划、国土、计委、财政、金融、税务等有关部门的积极性，要做许许多多的工作，我们还多次组队到先进城市的开发区学习。市高新区从 1991 年批准创办，现在一年产值数百个亿，为重庆发展做出了重要贡献。"

同样，重庆的防治结核病的工作也在他的努力下走在了四川的前头。

窦瑞华在重庆算得上是一位口碑较好的干部。

谈到重庆今后的工作，窦瑞华深情地说："重庆由副省级市上升为直辖市以来，发展速度很快，这是十分可喜的。但是，也要看到，我们还有很大的差距。重庆这几年的高速发展，主要是靠投资推进，还应该努力加大科技创新和体制创新对经济发展的推进力度，尽快把重庆发展由投资推动转移到由创新推动上来。同时，重庆的进步还必须注意物质文明与精神文明的协调发展。"

谈到这里，窦瑞华分析了重庆的历史和现状。他说，由于重庆成立直辖市不久，各方面基础较差，重庆没有科分院，重庆的教育体系不健全，重庆文学、艺术、历史、文化的气氛也不够；这些，是与重庆的直辖市的地位很不相称的。应该看到，文化对经济的导向作用是很重要的，其作用和反作用都很强。我们要向先进地区学习，同先进地区比较，找出差距，认准目标，迎头赶上。

在与窦瑞华的谈话中，我体味到他对重庆、对工作、对事业的一腔激情，一种责任，一颗蓬勃跳动的赤子之心！

怀念臧克家

　　2月5日，本是热闹的元宵佳节，可是，这几天，天气却特别阴冷，下着时断时续的细雨。刚刚在重庆市作家协会参加了纪念老舍诞辰105周年纪念会，听了老舍长子舒乙先生关于老舍在重庆的精彩演讲，晚上就得到诗坛泰斗臧克家先生病逝的消息，我的心禁不住一阵悸痛。臧克家这一走，中国现代文学史上的著名大师，除了巴金还活在病床上以外，都已经先后离我们而去了。这绵绵细雨，似乎是老天在倾诉着悲痛的怀念！

　　臧克家先生是我从少年时代就喜欢的诗人。记得还在初一年级，我就爱上了诗歌，而最早在学校图书馆借的诗，就是臧克家和艾青的诗集。进了大学中文系以后，又反复地读他的诗。他的《罪恶的黑手》《烙印》《三代》《老马》《有的人》等诗，是怎样的质朴、凝练、含蓄而深沉，又是何等的高远、奇俏、超迈而悠长。他不愧是中国现代诗歌史上最著名的农民诗人和苦吟诗人。他的诗脍炙人口、深入人心，必将传之久远，本文无法细述。我这儿想说的是他对我的关心、支持和激励。这是我终生也忘不了的！

　　我在大学长期从事写作学教学。粉碎"四人帮"以后，以重庆师院董味甘教授为首的四川的写作学教师为了促进全国各省市写作学教师的交流和了解，提高写作学的教学科研水平，推动写作学科的发展，发起成立了中国写作学会。克家同志担任了学会的第二、三、四届会长和后几届的名誉会长，为中国写作学科的建设和学会的发展做了大量工作，做出了重大的贡献。这是我们写作界的同仁都铭记在心的。

臧克家不仅对写作学会和写作学科十分关心和重视，而且对年轻教师和年轻作家非常关怀。粉碎"四人帮"以后，我受重庆市委指定，协助老红军、周总理抗战时期的警卫副官廖其康写出了反映周恩来总理抗战时期的革命活动的回忆录《随卫敬爱的周副主席》。我把稿子带到北京，请周总理的机要秘书童小鹏审阅后，又到臧克家寓所，请他为该书题词。臧克家住在一个单独的四合院中，客厅和每个房间不是太大，但收拾得很清爽。臧克家身材颀长，身板挺得笔直，两眼炯炯有神。他看起来十分严肃，但对人却十分热情、谦和，说起话来笑容满面。他答应为回忆录题写书名，又关心地询问我教学和创作的情况。我回到重庆不久，他就寄来了题写的书名。

1987年，我在写了《散文知识与写作》一书后，决定再写《文学创作灵感论》一书。在这之前，我看过臧克家抗战时期在重庆写的一篇谈灵感的文章，写得很生动，又很有深度，对我很有启发。中外作家对灵感的论述不少，但像他那样专门写文章来论述灵感的，还真不多。所以，那一年我到北京出差时又去拜访他，向他求教。他高兴地给我谈了他对灵感的认识。他说，灵感确实是存在的，绝不是唯心主义的幻想。灵感是诗国的上帝，是作家的贵宾，我们应该创造条件，迎接它的到来。他说，研究灵感是一个涉及多学科的难题，要我从多方面进行探讨。我请他为灵感论的书写篇序并题写书名。他说，他年纪大了，现在一般没有再给人写序和题字了。但是，灵感的研究很重要，他对这个问题也很有兴趣，要我把书稿写出来以后寄给他，他看了以后再给我写序并题字。

经过一年的艰苦写作，《文学创作灵感论》定稿了。我把稿子寄给臧克家，请他审阅、修改。不久，他寄回了书稿，并寄来了序言和题词。他的序言表达了他对后辈的热情激励和殷切关怀，令我万分感动。他在序言中指出："搞清灵感理论，对于提高作家的文学艺术修养及艺术创作的自觉性是非常重要的，但是，文学创作灵感的专著，此前一直都还没有。”在这个背景下，他提出了我的这部书稿："令人高兴的是，最近读到了郭久麟同志献出的较为全面系统而又深入具体地阐述文学创作灵感的专著——《文学创作灵感论》。它论述了灵感的现象、特点、种类、定义及中外主要灵感理论，着重从文艺学、美学、哲学、心理思维科学及脑科学等方面，多方位、多角度、多层次地论述了灵感的本质；并扼要阐述了灵感的诱发机制，探讨了诱发灵感的基础条件和心理势态，详细阐述了灵感的触发和捕捉问题。应该说，这部著作在运用文艺学、美学、哲学、心理思维科学和脑科学综合研究灵感这一深奥课题方面，做出了一定的开拓和贡献。"臧克家还指出："作者在写作本书的过程中，以马克思主义辩证唯物主义理论为指导，以他二十余年文学创作中的灵感体验为基础，注意吸取当代世界社会科学和自然科学的新成果，运用系统论的方法，全面、系统、多方位、多角度地对灵感的本质及诱发机制进行了较为深入的研究和论述，因而，本书立论鲜明，建构完整，纲目清楚，例证丰富，文笔流畅生动，清新可读。"序的结尾高瞻远瞩，对中青年作家、理论家的成长寄予厚望："看了郭久麟同志写的这本长达二十多万言的大作，感到格外亲切和高兴！我为我国中青年理论家的迅速成长和崛起而欣喜，也为我国在灵感理论上的新收获而兴奋。"

1990 年，《文学创作灵感论》由我母校四川大学出版社出版，第二年，获四川省和重庆市社科三等奖。臧克家知道后在电话上表示热烈的祝贺，并希望我再接再厉，做出新的成就。

我深深地感谢臧克家对我的关心和帮助。我深知，在我成长的道路上，在我所取得的成绩中，凝聚着他的心血和期望，也凝聚着我的许多老师、前辈和朋友的心血和期望！

臧克家先生去世了，可是，他的诗篇，他的文章，却将永远流传；他忠诚文学事业、关心写作学科、热情提携后辈的精神，也将永远活在我们心头，激励我们在文学的道路上攀登不已，奋斗不止！

尊敬的臧克家老师，您安息吧！

太白岩上怀念何其芳

1998 年年底，我两次到四川三峡学院参加直辖后的重庆市首届写作学会和文学学会的成立大会暨学术研讨会，两次登上万州太白岩拜谒何其芳墓园。看到他那清俊的白色雕像，读着诗碑上熟悉的诗句，我不禁想起二十一年前拜访他的情景，眼前又浮现出他那敦厚而慈祥的面容，耳边又响起他那亲切而热情的乡音。

那是 1977 年 7 月 20 日下午，在北京东单西裱褙胡同的一座普通小院里，何其芳穿着便服，热情地接待了我。他有着胖胖的身材，宽宽的脸庞，高高的额头，一双炯炯有神的眼睛。他看了我捎给他的重庆市文联秘书长王觉给他的信，知道我是为一位老同志整理怀念周总理的回忆录来京，就高兴地鼓励我写好周总理，给我讲述了他抗战时期在重庆红岩村跟随周总理工作的情况，并给我介绍了他熟悉的、曾经跟随周总理战斗过的老同志，让我有时间去采访他们。

我早在中学时代就熟读了何其芳的《画梦录》等散文以及《我为少男少女们歌唱》等优美诗章，进入大学以后，又读了他的许多诗歌评论，对他更加敬佩。我向他转达了重庆几位老作家对他的问候，我们的话题转到了他的工作和身体上。何其芳说，前年他回家乡搜集创作素材，得到重庆市领导和作家的热情支持和帮助，回到北京以后，还有同志给他寄材料，他很感谢大家。他在重庆时，由于活动量比较大，回到北京后病了很长一段时间。前一段时间因为工作较忙，又发过一次心绞痛，医生要他多休息，少动脑。我不禁关切地劝道："你身体不好，每天上班，能坚持得了吗？"他满有信心地说："坚持嘛。粉碎了'四人帮'，文学研究工作要大上，文学研究所好多事情要处理，不工作怎么行呢？"他大约看出我的担忧，就安慰我，亲切地说："别看我已经六十多岁，可我还是每天上午上班，下午在家看稿子。文研所编了一本《唐诗选》，选了好几百首诗，并加了注释，我每首诗、每条注释都要看，每天都搞到半夜。前几天我就曾昏倒在马路上。"也许是看出了我的担忧的神色，他扬了扬头，高兴地说："今天我精神特别好，所以可以和你多谈谈。"

何其芳还说，他前年到重庆采访，是想写一部反映四川早期革命斗争的长篇小说，现在已经写了五万多字，他想在三五年内完成它。他还说，他准备写一本《马恩列斯喜爱的文艺作品》，介绍革命导师喜爱的文艺作品的思想内容和艺术特色，以帮助青年认识马列主义，提高文艺鉴赏水平。

我说："你这几本书写出来一定很受欢迎。我就很喜欢你写的几本关于诗歌创作的论集。"

他听了以后高兴地说："那都是'文化大革命'以前写的，我手头也没有多少了，只有《诗歌欣赏》还有几本，我只想给初学写诗的人做些启蒙工作，出版后却很受欢迎，印数很大，这说明群众是十分需要普及的。《诗歌欣赏》可以送一本给你。"

说完后，他从书架上取出《诗歌欣赏》，拿出钢笔，工工整整地在扉页上题上词，签上名，亲切地送到我手上，慈祥地说："作个纪念吧！"我尊敬地接过凝聚着老诗人心血的作品，心里一阵发热。以后，我曾多次阅读这部作品，并经常选择其中的章节给学生们讲授。

告别时，他把我一直送到大门外，又一再嘱咐，回重庆后问候王觉等重庆作家好，请王觉代他向给他提供创作素材的同志转致谢意。最后，又亲切地说："欢迎你以后再来玩！"

可是，万万没有想到：我再不能见到何其芳同志，再不能见到我尊敬的老诗人了！

就在我返回重庆的路上，我就在火车广播中听到了他不幸去世的消息！捧着他送给我的《诗歌欣赏》，我怎么也不敢相信，这样一位才华横溢、热情洋溢的诗人，竟然如此仓促地离开了我们！

何其芳老师啊！二十多年过去了，我时时在心里怀念着您。今天，当我又一次登上太白岩，同学者、专家一起瞻仰您的墓园，我怎能不把您深深的怀念！您的生命，将与这巍巍太白岩共存；您的诗篇，将与滔滔长江一起奔流。

安息吧，何其芳同志！

1977 年 8 月初稿，1999 年 7 月定稿于重庆

美的作品与美的人品

一

她坐在我对面，热情地、敏捷地倾谈着。她的容颜是秀丽而端庄的。尽管岁月的风尘和残酷的疾病影响了她青春的靓丽和矫健的身材，但是却夺不走她成熟女性的魅力。在她滔滔不绝的话语中，我感觉到的是她对生活的热忱、未来的信念以及她作为诗人的激情和敏锐、作为作家的博学和睿智。谈到她的爱情，她显得自豪和满足，诙谐而夸张，从中流露出的是幸福和甜蜜。谈到激动的时候，她的语言欢快爽朗，而谈到她厌恶的人或忧虑之事时，她的语言就显得尖锐锋利，针砭不留情面，谴责怒形于色。

她就是这样一位爱憎分明、情采焕发的女性——柯岩。

为写好柯岩传，我于今年上半年比较系统地阅读了柯岩的作品，8月中旬到北戴河采访了柯岩和她的丈夫——诗人贺敬之，以后又到北京采访了她的一些朋友和同事。通过阅读和采访，我逐渐了解了柯岩，并被她的丰富而优美的作品、高尚而优美的人品及其献身文学事业的崇高精神所感动！

二

柯岩是新中国极其杰出的、才华横溢的女作家。其创作时间持续之久，其创作门类之丰富，其作品思想艺术之深、之高，其作品在群众中的影响之轰动和强烈，在当代女作家中都是少有的。从创作时间看，从中华人民共和国成立初直到现在，除了"文化大革命"中被迫停笔外，她几乎一直坚持深入生活、忘我创作，直到重病动大手术，她都不懈创作；从创作门类看，有儿童诗、抒情诗、戏剧、报告文学、中篇小说、长篇小说、电视剧，还有散文、评论；而且在每一个门类几乎都有引起轰动、流传久远、思想艺术臻于精美的代表作：儿童诗如《小迷糊阿姨》《小弟和小猫》《"小兵"的故事》《帽子的秘密》，题画诗如《童话诗情集》《你想不想画得比他好》，儿童剧如《双双和姥姥》，抒情诗如《周总理，你在哪里?》《中国式的回答》，散文如《墨西哥的疑惑》《蓝色的思念》，报告文学如《船长》《奇妙的书简》《永恒的魅力》《癌症不等于死亡》，长篇小说如《寻找回来的世界》《他乡明月》《CA俱乐部》，电视剧如《寻找回来的世界》《他乡明月》《仅次于上帝的人》《月夜》，论文如《我们这支队伍》《为新诗队伍说几句话》等。

在五十多年的创作生涯中，她努力创新，不断向自己挑战！她说："我尝试着从各种样式中汲取长处，让它们相互作用并进行变化。……我试着把诗引进小说和戏剧，又把戏剧引进诗和报告文学。……这样，我就可以在多种变化中表现自己的特点，努力做到既不重复别人，甚至也不重复自己。"的确如此，多掌握一种形式，就多一种创作的本领，在表现丰富复杂的生活时就多一项选择。

"美的追求者"，这是柯岩为画家韩美林写的报告文学的标题，我觉得，这也是柯岩自己的美学追求。柯岩的诗歌、戏剧、散文、报告文学、小说、电视剧，总是用美的思想、美的情感、美的形式、美的语言，为我们描绘出美的心灵、美的境界、美的事物、美的人物。她的儿童诗，如朝霞中的朵朵鲜花，为我们展示了新时代童心的光明而纯洁的世界。她的报告文学，则如棵棵劲松，以诗的激情全力描写和歌颂时代的先进人物。长篇小说《寻找回来的世界》歌颂了以心血和深情挽救失足青年的灵魂工程师，《CA俱乐部》赞美了同疾病搏斗的勇士的情怀和他们圣洁的爱情……

柯岩告诉我："生活里有很多这样优秀的人，他们自己含辛茹苦，却永远用生命的火炬去照耀和温暖他人。这样的人为什么有时不易被人看见？因为他们从不自吹自擂，从不浮在生活的表面，要找到他们，必须深入到生活中去。"

柯岩不仅是这样做的，而且她本人就不懈地用生命的火炬去照耀和温暖他人。

三

柯岩原名冯恺。取名柯岩，是表示她愿做岩石上的树木，扎根于岩石之中，给人们氧气和绿荫。她说："我取柯岩的笔名，因为我知道写作是很难的事，决心终生把根深深扎入大地，终生奋力地攀登，从而使我的作品能像岩石上的小树那样富有生命力。"她说："我的愿望是让我的作品像岩石上的小树一样，能为我的人民贡献一分氧气，能给我们的生活投下一片绿荫，并且让它活得比我的自然生命长一点，我就感到十分充实和快乐。"

几十年来，柯岩一直是这样做的。

柯岩热爱生活，热爱人民，她长期深入生活，满腔热情地从人民的生活中汲取诗情。在深入生活、深入社会基层的过程中，她不怕任何艰难困苦，其精神令人十分感动。北京解放不久，北京市委查封了全部妓院，并将全部妓女集中进行学习改造、治疗，分配工作。刚刚参加工作，还只有十九岁、没有谈过恋爱的柯岩就被派去从事对妓女的教育改造工作。可以想象，这个工作对于她有多么艰难和尴尬！可是，积极上进的柯岩却毫不犹豫地去了，而且做得很好。

抗美援朝期间，柯岩参加了"文化列车"的宣传工作。她和其他文化工作者一起，每天坐着火车山南海北地奔波，顶着东北的飞雪、广州的烈日，每到一站就深入生活，采访、写作、排练、演出。生活艰苦，任务繁重，但她还是创作了不少作品。

在三年困难时期，柯岩怀孕了。就在临产前的那天，她还在剧团讨论剧本。中午时分，快发作了，肚子疼得越来越厉害，柯岩还坚持与同事讨论着。直到老同志实在不忍心见她忍痛硬撑，要她快去医院，她才骑着自行车（竟然是骑自行车！）赶到医院。还没走拢院房，鲜血已然长流不止，她晕倒在医院的过道上！这次难产，她失血过多，差点丢了命。医院给她输了两千毫升血，给了她和婴儿各半磅牛奶（在那个困难年头，这可是珍贵如命啊！）并让她休假三个月。可是回家不久，她听说楼下一位老同志得了重病，竟然把这磅牛奶送给了那位老同志，而让自己幼儿吃米粉。产假还没到期，剧团组织作家到农村深入生活，她立即响应号召去到农村，一住就是半年！

1963年春天，老将军王震把郭小川、贺敬之、柯岩叫去，要他们去了解雷锋同志的事迹。郭小川、贺敬之因工作忙，一时去不了，就由柯岩一个人赶去抚顺。她流着泪，读了雷锋二十多本没做任何修饰的日记；她聆听了雷锋指导员含蓄的讲述……回到北京，她迫不及待地给贺敬之讲了她采访的所见所闻，讲着讲着，她流出了激情的泪水；听着听着，贺敬之也流出了激情的泪水；连贺敬之的老母亲——这位一字不识的山东老大娘，也跟着流下了感动的泪水。就这样，柯岩饱含激情，很快创作了长诗《雷锋》，发表在人民日报上，引起广大读者的共鸣；一个月后，贺敬之写出了《雷锋之歌》，更是传遍了华夏神州。

"文化大革命"中，柯岩被造反派抓进牛棚，她在大字报上看了周总理和陈毅的讲话后，毅然写出大字报，抗议造反派强加在她身上的罪名，勇敢地冲出了牛棚。然后，她又带着孩子，去到她丈夫贺敬之关押之处，贴出大字报："贺敬之不是反革命"，鼓励贺敬之"挺起腰杆干革命"。贺敬之同她一起冲出了造反派设置的"牛棚"。

周总理去世后，她同人民一起深情怀念，在无比的悲愤中写出了脍炙人口的《周总理，你在哪里?》。50年代她到工读学校深入生活，同师生一起生活，积累了大量素材。粉碎"四人帮"后，为写出工读学校的生活，她又再次去工读学校体验生活。经过了二十多年的体验、酝酿、构思和孕育，她才写出了长篇小说《寻找回来的世界》！小说一出版，立即受到热烈欢迎和高度评价，很快被改编为电视剧，被誉为当代中国的"教育诗"。她以诗人的激情拥抱生活，采访了各条战线的大量先进人物，写出了很多优秀的报告文学。在《船长》中，她以磅礴的气势、感人的事迹和生动的细节，描绘了贝汉廷的高尚心灵、博大胸怀和夺目风采。在《奇异的书简》中，她以真挚的情感，再现了两位科学家在浩劫中攀登科学高峰的动人事迹。《美的追求者》以温馨的情意写出了韩美林苦难的人生经历和奋斗历程。柯岩同徐迟、黄宗英成为全国著名的报告文学作家。

90 年代后，柯岩因肾结核住院治疗，后又因心脏病做搭桥手术，同医生和病友建立了良好的关系和亲密的友谊。她又从中汲取了大量创作素材，满腔热情地在病痛中写出了报告文学《癌症不等于死亡》和长篇小说《CA 俱乐部》，在全国引起了巨大的反响，产生了重要的作用。

回顾自己的创作历程，柯岩自豪地说："我是'深入生活派'。"半个世纪以来，她始终坚持执行毛泽东在延安文艺座谈会上的讲话精神，坚持文艺的社会主义方向，为人民奉献了大量优秀的精神产品，受到了广大读者的欢迎和专家的好评。

四

柯岩不仅写出了大量文学作品，而且还写了许多评论，在坚持文学的社会主义方向上，做了大量工作。在粉碎"四人帮"以后召开的中国作家协会第三次代表大会上，柯岩做了题为"我们这支队伍"的精彩发言。在发言中柯岩满腔热情地说："在这大军集结的时刻我不但听见了进军的号角，而且还听见了同志们跑步前进的脚步声……我们不但满怀信心地穿过'四人帮'制造的血腥的漫漫黑夜而且还有力量在明媚的春天里继续放声歌唱。"柯岩热情地赞扬了我们的文学大军，我们的诗歌队伍，而且还向文艺界领导提出了要积极领导而不要消极防范和希望领导同志爱护广大作家的进言。

在文艺界拨乱反正的过程中，柯岩作为中国作家协会书记处书记和《诗刊》副主编，大胆发表许多尚未"解放"的老诗人的作品，促进了他们落实政策的进程；她还十分关心年轻诗人，帮助他们健康成长。她积极组织诗歌朗诵会，让优秀的诗歌走向人民大众。出于对文学事业的挚爱之情，她发表了不少讲话，写了不少评论，旗帜鲜明地抵制和反对资产阶级自由化倾向，坚持文艺的社会主义方向。

柯岩像一团火，温暖着周围的同志。"文化大革命"中，戏团的一位老同志的丈夫因不堪忍受造反派的凌辱而自杀了，柯岩多次冒着风险约这位老同志出来谈心，鼓励她、安慰她。至今，这位老同志给我谈到这件事时，对柯岩的热诚帮助都称赞不已、感激不已。

柯岩听说作家张长病了，立即把医生给自己开的药送一半给他。柯岩关心守门的大爷、家中的保姆，不仅平时同他们友好相处，还写文章赞扬他们。晚年，她生了病，住了多次医院。在动了几次大手术以后，她对癌症患者坚持同疾病做斗争的精神十分敬佩和赞赏，满腔热情地写出了《癌症不等于死亡》等书。她还那样热心地对朋友进行宣传，鼓舞朋友以顽强的意志和科学的方法去战胜疾病。

柯岩在诗歌《又见蔗林，观蔗林……》中写道："依然追寻，依然追寻——追大海辽阔，追高山坚定……"

我感到，柯岩永远在追寻着美，塑造着美！

2010 年 2 月于重庆

（刊《银河系》）

"中国的高尔基"

惊悉雁翼不幸病逝的消息,不禁悲从中来。

雁翼于1927年出生于河北省馆陶县。还在他少年时代,日寇侵略者的铁蹄就践踏了他的家乡!他怀着国仇家恨,才十四五岁就参加了抗日战争。为驱逐日寇、解放全中国,他流过血、负过伤。数十年来,他从心底憎恶侵略战争,渴望世界和平!中华人民共和国成立初期,只读过十三个月小学的他,出于对文学创作的挚爱,从工业战线来到重庆作协,当上了专业作家!五十年来,他以卓异的才华和超人的勤奋,创作并出版了诗集、散文集、小说集、戏剧电影集、评论集共六十余部。他的作品被翻译成英、法、德、日、俄等国文字在世界上发行,引起了较大的反响。他杰出的文学成就及其所体现的中华民族奋斗不息的伟大精神,受到了中国和世界各国作家的高度评价和热烈称赞。著名作家韩素音称他为"中国的高尔基"。

1997年,在他创作生涯五十周年之际,四川省作协和重庆市文联等单位为他举行了庆祝会及作品讨论会。来自世界各国及国内各省市的知名作家到会祝贺!

雁翼是一位永不自满的人,是一座开发不息的生命的矿山!最令我敬佩的是,他在年届古稀、功成名就之后,还邀请世界一百多个国家的主要领导人谱写了《世界和平圣诗》,并以六种语言文字出版!在世界诗歌史和人类和平发展史上做了一件功德无量的好事!

当你看到这部由当时中华人民共和国、美利坚合众国、俄罗斯等世界一百多个国家首脑亲自谱写的人类历史上罕见的、极其珍贵的由六种语言文字出版的《世界和平圣诗》的时候，在兴奋、喜悦和惊叹之余，你可会想到，发起并主编这部辉煌巨著的，就是著名诗人雁翼先生！

在 20 世纪末叶，雁翼突然产生了一个新鲜的创意，这就是约请全世界各国首脑共同谱写献给 21 世纪的世界和平圣诗，宣传和推动人类最关心的世界和平事业，迎接联合国确定为和平与发展的 21 世纪的到来！这在当时，是一个多么高明的奇思妙想、怎样艰难而浩大的工程啊！几百年来，世界各国的诗人、作家、出版家，都没有想到，也不敢想，更不敢亲自来操作！而雁翼，一个多次负伤的荣誉军人，竟然以"给我一个支点，我可以撬动整个地球"的豪情壮志，以七十高龄的衰弱的身体，离开自己温馨美满的家庭，住在北京，四处奔波，开始了这项也许将"撬动地球"的伟大工作！

他以英国剑桥国际名人传记中心副总裁的身份，约请美国著名诗人、世界诗人大会主席罗斯玛丽·魏尔金申女士共同来完成这一工作！罗斯玛丽·魏尔金申主席高兴万分。她欣喜地接受了雁翼的邀请，愿与雁翼共同主编这部圣诗。但是，罗斯玛丽·魏尔金申表示她只能协助雁翼工作，却不能出资。于是，雁翼决定拿出自己几十年的稿费积蓄投入约稿、编辑、翻译、排版工作。他和世界诗人大会主席通过各国驻联合国使团，向各国首脑发出了邀稿函。他们的邀稿函写道：

经过多少代人前仆后继的奋斗，人类正进入第三个千年。这是一个分享和平、共同发展的新时代。然而，破坏和平和发展的力量并没有完全消失。因此，为了提倡并进一步发展全世界的人类和平，我们将编辑一部诗集，书名为《各国首脑献给和平的圣诗》。显然，由于国家首脑们共同享有着对世界和平的特殊作用，首脑们献给和平的诗作将会产生强大的吸引力和巨大的精神鼓舞作用。为此，我们特邀您用您所热爱的母语写一首关于和平的诗。

各国首脑接到邀请函后，纷纷致函世界诗人大会，对这部《世界和平圣诗》的编辑出版表示支持，并希望它能对21世纪的世界和平起到实际的推动作用。很快，当时的世界主要国家的领袖，把他们对人类和平的呼唤的诗篇寄来了！但是，也有的国家领导人表示不善写诗，于是雁翼又写信给他们，表示写箴言和题词都可以。就这样，经过一年多的努力，全世界104个国家的首脑把世界各国人民对和平的渴求、祝愿和许诺送来了！

这是多么令人欢欣鼓舞的事啊！在世纪之交的时刻，各国首脑都在呼唤着和平、祈求着和平、渴望着和平！这是世纪之交人类和平运动史上的一件大事啊！雁翼又立即组织专家翻译、校对、编辑。两年多，雁翼几乎远离亲人，带着一批年轻人，默默地干着人类文化史、和平运动史上的这件大事！

《世界和平圣诗》的编辑出版，在人类历史上，在人类和平运动史上，在世界诗歌史上，在世界出版史上，都是第一次！都是一个创举！

作为一个传记文学和报告文学作家，也作为雁翼的学生，我多年一直同雁翼保持着亲密的友谊和密切的联系。得知他主编圣诗的消息后，我更以敬佩和关切的心情，关注着他这项工程的进展，并在重庆宾馆多次采访他。

1999年12月初，在北京的一座宾馆里，还在患病的七十二岁的雁翼高兴地把104位世界各国首脑的题诗及六种文字的译稿，以及他们的彩照给我看。看着这些掌握着各国乃至全世界命运的首脑们的动人诗句，我禁不住心潮激荡！

同我一起看着这些诗篇，雁翼老人兴奋地说："这部圣诗，将用六种语言出版！我们还要在香港印制特别纪念邮票，在全世界发行；我们还要在大连搞世界和平圣诗大型雕刻园，还要搞世界和平音乐会！"他脸上露出了欣慰的笑容。他说："我要通过编辑这部圣诗和这些活动，向全世界展示中国人民对世界和平的热爱！向世界显示，中华民族是热爱和平的民族，中国是热爱和平的国家！"

在《世界和平圣诗》的编后记中，雁翼同罗斯玛丽以主编的身份写下了这样热情的、诗一般的语言：

> 这部名曰《世界和平圣诗》的大书，是二十世纪向二十一世纪的献礼，是一百多位掌管国家最高权力、担负国家最高责任的领袖人物，代表各自国家的人民，向世界发出的最美好的祝愿，每一行诗每一句箴言都包含着时代真诚的希望。

希望是最具有活力的，它总是站在"明天"向人类微笑、招手。正如温暖、光明的太阳，虽然每天都会跌落，但又总是在"明天"升起，这是谁也没有力量改变的。

这部圣诗收录的领袖人物的诗和箴言，可以说是他们在人类文明史上画下的一个记号，那就是在战争、死亡、苦难中挣扎了几千年的人类，应当而且必须有一个没有仇恨只有友爱、没有战争只有和平、没有破坏只有建设的 21 世纪和第三个千年。

> 和平便是人类心中的太阳。

> 和平更是人类共有的信仰，因此，我们命名这部书为"圣诗"。

2000 年年底，雁翼送给我大 16 开本的、精装精印的《世界和平圣诗》，每双页一面，每一面是一位国家领导人的亲笔书写的诗作或题词，及该领导人的彩照，其诗歌则用六种语言文字翻译于旁。这部圣诗是新世纪、新千年的世界和平宣言！它具有多么伟大的现实意义和多么深远的历史价值啊！

我被雁翼的精神所深深感动！我决定为他写一部传记。他热情地支持这一工作，陆续给我寄来了他的全部作品和全部回忆录（包括已发表和未发表的）。他希望这部传记能突破一般的传记，他信中说："人，都是感情的载体，有美亦有丑，我亦然。"明确表示传记可以写他的美，也可以写他的丑；可以写他的成功和优点，也可以写他的失败和缺点。经过一年多的努力，我写出了三十多万字的《雁翼传》，由著名诗人贺敬之题写了书名。中国传记文学学会会长万伯翱、著名传记作家、学者桑逢康，邯郸学院党委书记杨金廷，分别写了序言。雁翼审读了初稿，对传记作审核修改，同意并希望能尽快出版。

今天，雁翼虽然去世了，但是，他的七十多部诗歌、散文、小说、戏剧、电影作品，他的坚毅、执著、顽强进取的精神，他的热诚、善良、高贵的品质，将长留我们心中；由他创意并主编的、凝聚着人类良知、汇聚着人类对世界和平的深情向往与真心祈祷的《世界和平圣诗》，将如灿烂的太阳，永远照耀在人类 21 世纪以及第三个千年的地平线上，温暖着亿万人民的心灵，辉耀着未来的历史！

2000 年 10 月 5 日于重庆

诗痴梁上泉

致梁上泉

耽于文艺痴于诗，六十五年一贯之。

边地风云化锦绣，巴山星月凝珠矶。

诗词歌剧呕心血，老少边穷系苦思。

著作等身留史迹，情传海枯石烂时。

——郭久麟

一

孔子说："知之者不如好之者，好之者不如乐之者。"

我认为，在孔子的"知之者不如好之者，好之者不如乐之者"之后，似乎还可加一句"乐之者不如痴之者"。这是我这些年在写雁翼、柯岩、张俊彪、梁上泉等诗人作家的传记的过程中，对这个问题所做的更深一层的思考：上述几位诗人、作家，都是根据自己的经历、才能、境地，而认识了文学，爱上了文学，乐于从事文学，最后竟痴迷于文学事业，而后乃成为著名诗人、作家的。

梁上泉对诗的痴迷，首先表现在六十多年来一以贯之地对诗的迷恋上。他从1947年开始写诗，之后就从未停止。他从大巴山的农村走出来，走向全国，走向世界，成为中国著名诗人。半个多世纪以来，梁上泉以全部的热情、智慧、才华和赤诚，坚持民族化、大众化的创作方向，创作出版诗歌（包括抒情诗、叙事诗、古体诗、散文诗、歌诗等）三十多部，戏剧（包括歌剧、电视剧等）十余部，散文集一部，文集七卷；受到广大读者的热情欢迎和众多评论家的高度评价。至今八十多岁了，尚且笔耕不辍，还在熬更守夜地编辑自己的七大卷文集。

二

梁上泉有幸，还在上中学时，就受到了他的中学老师、乡土诗人李冰如先生的喜爱、熏陶和教育，很早就爱上了诗歌，并那样热心地写作古体诗词，掌握了古典诗歌的音韵格律。这种情况在当代诗人中是少有的。

梁上泉有幸，高中快要毕业，家乡解放。他因为编辑的诗刊很有特色而被部队文工团招收成为文工团创作员而走上了文学创作的道路。同时，他又有幸一到部队就分派到云贵川边远地区，得以广泛而深入地体验边疆少数民族和边防战士的鲜活而沸腾的新生活。工作的性质任务同他的爱好与兴趣恰相吻合，并且他个人的追求和爱好又恰好同时代的要求和人民的趣味相吻合，再加上在艺术上的才华与在诗艺上的长期积累和刻苦钻研，使他的诗歌创作一开始就呈现出井喷之势。从1954年年底到1958年，他连续在中国最权威的文学刊物之一的《人民文学》上发表诗歌，而且从1956年年底到1958年，连续出版了五部诗集！

三

梁上泉对诗的痴迷表现在他终生都如痴如醉、坚持不懈地深入生活，深入老少边穷地区，深入部队、工矿、农村，从生活中汲取素材，进行创作。据不完全统计，几十年来，他几乎每年都有几个月时间在外地采访。有人戏称他是"结婚三十年，分居二十载"。在生活中，他始终与群众打成一片，总是与群众和睦相处，虚心向群众请教。外出采访，许多作家都希望能有舒适的条件，可是他却经常要求坐大客车，住大通铺。我问他为什么自找苦吃？他说："我不是不想住宾馆，坐小车。但我回家乡或是到基层采访，就经常不坐轿车，也不住大宾馆。一是怕麻烦朋友，二是怕麻烦有关部门，三是觉得挤大车、睡通铺能和老百姓和农民兄弟接触，听他们谈天南海北事，道生活酸甜苦辣麻，坐小车、睡高级宾馆就没这味道了。"而且，他每次外出都带着笔记本，及时记录下看到、听到、想到的东西。为了写好《梁上泉传》，我借阅了他的几十本生活和创作笔记。我在里面看到了梁上泉详细记录的观察笔记、采访记录、读书笔记，以及各民族、各地区的介绍，还有当地的风情习俗、方言俚语，以及他抄录的大量的藏族民歌、彝族民歌、云南民歌、四川民歌，等等。

在深入生活的过程中，他不怕苦，不怕累，不懈怠，始终保持旺盛的创作激情，时时刻刻积累感受，汲取诗情，激发灵感，写出优秀诗篇。1952 年夏，他去滇西南边疆生活。他极度晕车，只好迎风靠在军车车窗边，一天一天站着，连续站了七八天，一直站到保山军分区。到保山后，没有公路了，只能步行到镇康。他背着背包，带着干粮、手枪，同战士们一起爬山过沟。亚热带的气候，时而大雨倾盆，时而骄阳如火。大雨一来，全身如洗，太阳一出，汗水湿透军装。这样又走了 9 天方才到达边防哨所。他又给战士们上文化课，与他们一起巡逻、战斗，并做民族工作，荣立了三等功。1953 年他参加了雪山草地战役，一路负重急行军，经常和战士们睡在冰天雪地里，但他却还甘之若饴；接着又随西南军区慰问团沿康藏公路慰问采访，还经常参加工地劳动。以后他又两次到滇西南和西双版纳，两次都同边地军民一起生活半年以上。他就是在这样艰苦的环境中深入地观察和体验生活，捕捉诗的灵感，写出了优秀的诗篇。他的第一本诗集《喧腾的高原》就是这一时期的作品。1956 年夏，他又第二次到云南边地的西双版纳。这里万紫千红的鲜花、磅礴绵延的森林使他思绪翻腾，激情澎湃，《妈妈的吻》《茶山新歌》《月亮里的声音》《两棵树》《雨后》等优秀诗篇喷薄而出。第二年 7 月和 10 月，他又连续出版了诗集《开花的国土》和《云南的云》。

确实，梁上泉对诗的痴迷真正是到了废寝忘食、不避一切艰辛的地步！他给我讲过几个故事：一次，他同几位作家应邀到边防采访，登上海拔 5200 多米的唐古拉山口。由于缺氧，几位作家浑身不适，头痛欲裂，他却在随身携带的本子上写起诗来。司机非常惊讶，见他在本子上歪歪斜斜地划着，还以为他在用藏文写什么哩。司机不知道，这是他忍着高原反应，正奋力写诗哩！因为他深知思想的闪光转瞬即逝，创作的灵感如天上的飞鸟，如不即时捕捉，就会逝之渺渺了！

还有一次外出采访，他住每晚 5 角钱的通铺，合衣在床上和农民兄弟摆了一夜的龙门阵。第二天起来，身上奇痒，脱衣一看，只见一路一路的虱子在爬。我问："你怎么办？"梁上泉笑起来："嘿嘿，这有啥关系嘛！把衣服用开水烫一下就解决了。"他说，如果没有和农民兄弟同睡共谈的这一夜，也许听不到他们那么多的知心话，那还是一个损失呢！这就是他的痴：虱子换来的是同农民兄弟的心灵相通，是对农民兄弟生活的切肤体验，是诗的素材的积累甚至诗的灵感！

梁上泉对诗的痴迷，还体现在"文化大革命"时期。"文化大革命"初，他被造反派押送到他的家乡达县去"改造"，又被当地造反派怀疑是派来支援夺权的"黑后台"而抓了起来投入监狱，并被两手反背吊起来——"鸭儿凫水"，两个手腕都给吊烂了！可是，就在这样的时刻，他竟然吟出了悲愤的诗：

　　春雷春雨伴春风，催得桃花树树红。
　　徒有春光无限好，赏春人在铁牢中！

出狱不久，他一获自由马上又到西双版纳、大凉山、泸州气矿等地采访，到山东老区、西沙群岛采访，写出了不少诗篇。粉碎"四人帮"之后，他以更加旺盛的创作激情，深入生活，进行创作。1977年，梁上泉同几位诗人重走长征路，其他几位诗人因故返家了，他却坚定地走完了整个长征路，并于 1978 年出版《春满长征路》。从那以后，他每年都到老少边穷地区采访创作，从未间断！

四

梁上泉对诗的痴迷，还表现在他对生活的高度热爱和对诗的敏锐发现与及时捕捉上。六十多年来，他几乎走遍了整个中国，而西南边疆，他更是游历和深入考察多次！他总是登山则情满于山，观海则意溢于海！每到一处，他都会沉醉于人民的生活和建设之中，沉醉于山水田园之中，敏锐地观察感受，及时地触发灵感、捕捉诗意，写出优美的诗篇。1978年7、8月他到甘孜、阿坝、凉山，当年9、10月，又到玉门、柴达木。在那样艰苦、紧张的采访和工作之中，他几乎每天都写一两首，甚至三四首诗！很快，他就出版了诗集《在那遥远的地方》和《高原，花的海》。到井冈山几天，他写了18首《井冈山新绝句》；到张家界几天，他一口气写出13首《武陵源写真》。在这些诗歌之中，激荡着他激扬的内心世界，凝聚着他的心血和才华以及他对诗的痴迷和挚爱！

梁上泉对诗的痴迷，还表现在他对创作的倾心投入和执著勤奋上。1982年秋，解放军总政文化部邀请梁上泉和几位部队与地方作家到乌鲁木齐军区采访。他们在茫茫大漠中驰行，古代边塞诗人的千古绝唱和新时代边塞诗人的优秀诗作，都在他心中流淌。他心中焕发出前所未有的激情，写出了不少诗歌。军区首长知道他是军人出身，他的诗歌和歌词深受军民喜爱，所以，在采风即将结束之际，希望他为边防战士写一首好歌，要像《茶山新歌》一样广泛流传。他答应下来了，并提出还得更多地采访。于是，在其他作家都返回各自单位之后，他留了下来。军区派出一辆吉普车，并派专人陪同他再深入采访。他每到一处边防哨所，都与战士促膝长谈。就在这两个多月的时间里，他写了几十首诗！其中，《林带阅兵曲》以白杨为意象，以宏大的气魄写出了边防战士的英雄群像，受到军区官兵的好评。但是，这首诗只适合朗诵，不宜于谱曲，他还是不太满意。他想写出一首让战士们传唱的好歌。回到重庆后，他一直念念不忘新疆之行，还构思着新的乐章。1983年他又接受邀请，参加了由中国音乐家协会组织的访问团，赴内蒙古呼伦贝尔大草原和大兴安岭林区体验生活。在绵延起伏的边境线上，他采访了一座座哨所、一处处军营。在一处哨所，他看见值岗的战士像白杨树一样的挺立，而下岗的战士则在读书、写家信、弹吉他。一个战士手执军用水壶弯腰给树苗浇水，这吸引了他。梁上泉问战士："树苗哪来的？""家乡带来的。""什么树？""小白杨。"一听小白杨三个字，他心中闪现出在新疆时看到的白杨树林带，闪现出铺天盖地的白杨林。眼前的这棵小白杨一下子在他脑子里同眼前的新兵联成一体。"小白杨多像小战士！""小战士就是小白杨！"于是，酝酿了大半年的这首歌，一下有了灵魂！他找到了感情的突破口，找到了构思的切入点。在回到住地的路上，他边走边想，边想边写，边写边哼唱，《小白杨》诞生了。《小白杨》以鲜明独特的意象、高远的意境、生动的情节和精练的语言，受到作曲家的欢迎。作曲家士心为其谱写的生动流畅的曲子最为流行，为其插上了飞翔的翅膀。经歌唱家阎维文演唱，《小白杨》很快风靡全国。

《小白杨》的诞生，是梁上泉多年生活与感情积累的产物，更是梁上泉痴情于诗的生动表现。

五

梁上泉对诗的痴迷，还表现在对诗歌创作的坚守上。20 世纪 80 年代初，因为诗歌不景气，不少诗人提出改行写小说、写剧本，他却坚定地表示：我是死不改悔！绝不改悔！中国是个诗国，有几千年的诗的传统，我不相信中国的诗歌会没落！中国是诗的国度，诗应该越写越好！而且，在一些诗人把诗歌的不景气怪罪于读者的时候，他还多次撰文指出：是诗人远离了生活，疏离了读者，而不是读者远离了诗人和生活。

梁上泉对诗的痴迷，还表现在坚守自己认准了的诗歌道路上。梁上泉年轻时受到家乡生动的民间歌谣和革命老区的红色歌谣的启蒙教育；进入达县中学后，受李冰如老师的影响，学习并写作古典诗词，阅读新文学作品，喜爱现代新诗；参军后，他从沸腾的边疆军民生活中汲取诗情，运用选择了民间歌谣与古典诗词及现代新诗相结合的形式，闯出了一条以民间歌谣与古典诗词为基础的、雅俗共赏的、以歌唱新生活为主的诗歌创作道路，受到读者的欢迎。新时期以来，各种主义、流派、风格兴起，他和一些诗人走过的现实主义道路受到排斥和非难。在这种情况下，他仍然坚持中国老百姓所喜爱的民族化、大众化的道路，但同时又注意吸收新的表现方法，更好地、更富于美感地表现生活和情感。

从 1947 年开始诗歌创作到现在，梁上泉始终以诗为自己的缪斯，为自己的精神偶像，为自己的人生选择和终生追求。他的一生，就是为诗歌而生，热衷于诗，痴迷于诗，时时处处感受着诗的灵感；因此，他也把自己的人生诗化了！

六

早在四川大学读书时，我就爱上了梁上泉富于民族风情和民歌风味的诗歌。当时我拟大学毕业后写一部中国新诗史，也认真研究过他和其他一些现当代诗人的诗。大学毕业分配到四川外语学院工作后，同梁上泉多有接触，在一些会议和采访活动中也多有交谈。他对我也给予了不少指导和帮助：他为我的诗集《爱的琴弦》写序，为我六十岁生日亲笔题写对联，出席我的作品研讨会并赠送亲笔书写的诗歌……他对诗的痴情和挚爱，他的艺术才华和他为人的真诚热情，都使我钦佩敬重。我一直把他视为自己的老师和做人的榜样，努力向他学习。但是，20 世纪 80 年代以后，他和他的诗歌好像就逐渐淡出诗坛，外界对他诗歌的评价也越来越不怎么好了。我觉得这有失公允。因此在 2010 年至 2012 年我同张俊彪主编《大中华二十世纪文学史》并执笔撰写其中的"中国二十世纪诗歌发展史"和"中国二十世纪传记文学发展史"两篇时，就在诗歌史中辟专节论述了梁上泉和其他一些被某些诗评家淡忘或淡化了的诗人及其诗歌。而且我还决定为其撰写一部《梁上泉评传》。

经过半年多对梁上泉的采访和对他的作品及评论、日记的阅读，再经过半年多的写作修改，《梁上泉评传》于今年 4 月由西南师范大学出版社出版；5 月，重庆作家协会和重庆文史馆召开了《梁上泉文集》和《梁上泉评传》首发式和研讨会，中国作协副主席吉提马加来电祝贺，数十位诗人、评论家在会上发言，对《梁上泉文集》和《梁上泉评传》给予了高度评价。

由此，我更加固执地坚信：一切热爱人民，植根生活，为祖国、为民族、为时代呕心沥血歌唱的诗人，一切为自己的时代奉献出真诚而优美的诗歌的诗人，都会受到人民的尊敬和热爱，都不会被历史遗忘！

2016 年 10 月 3 日重庆

蜚声日本诗坛的中国教授——黄瀛

霏霏细雨弥漫着校园，我又一次怀着深深的感情，来到了黄瀛先生诗碑前。日语系前总支书记陪着我，同我一起读着诗碑上的文字和背面用日文刻录的他的诗集《景星》中的一首诗《夜》，一起悼念这位早年蜚声日本诗坛、晚年为中国日语教育及中日友好倾注了全部心血的老教授。

黄瀛，这位蜚声日本诗坛的著名诗人、四川外语学院日语教授、国务院政府特殊津贴获得者、川外原民革主委，在他九十九岁时离开了我们。

记得 2005 年春节前夕，我们老教授协会的教授们聚会，会长曾教授还宣布学院和老教授协会要在 10 月为黄瀛教授举办百岁庆典。谁知，他却于当年 7 月病逝了。

学院和日语系的师生们，怀着深深的忆念，在日语系建系 30 周年的纪念日里，在日语系办公楼前，为这位为日语系的建设和发展、为中日友谊倾注了几十年心血的教师和诗人，建立了这座诗碑。

看着这座诗碑，我仿佛又看到了黄瀛教授那瘦小的身材、满头的白发，仿佛又看到他在歌乐山下的苍松翠柏中、在风光如画的校园内、在学子们熙来攘往的校干道上，步履缓慢地走着。碰到老朋友，他就慈祥地微笑着递上香烟，又一起坐在路边石凳上，亲热地拉起家常。

我仿佛又看见他坐在他那堆满日语书籍的书房里，给我讲述他那坎坷曲折而又极其特殊的经历……

一、中日人民友谊的结晶

一百年前。

轮船穿过三峡，向着重庆航行。三十多岁的重庆学子黄泽民站在船头，激动地眺望着离别了多年的重庆，并向身边的日本妻子讲述着重庆的历史。黄泽民是抱着寻求先进科学文化的愿望到日本留学的。到日本后，黄泽民刻苦学习日语，学习日本的科学技术，并同热爱中国和中国文化的日本姑娘太田喜智结了婚。现在，黄泽民带妻子太田喜智回到了故乡重庆。他的心情怎能不激动呢？……

回到重庆后，黄泽民同重庆同盟会领导人杨沧白等积极进行革命活动。不久，黄泽民不幸因病不治，英年早逝，留下妻子太田喜智、儿子黄瀛和女儿黄宁馨。丈夫去世后，太田喜智就到重庆一所小学教书，艰难地抚育年幼的儿女。黄瀛六岁了，太田喜智决定把儿子带回日本读书。

在朝天门码头，太田喜智牵着儿子，站在轮船的船舷旁，一面同前来送别的中国亲友道别，一面深情地对黄瀛；说："儿子，你的父亲是中国人，你是中国人的后代，我一定要把你培养成人，再送回中国！"

刚到日本，他的日语不好，受到班上一些同学的讥笑；在母亲和老师的帮助下，小黄瀛努力学习，很快学会了日语，赶上了班上的日本同学。进入中学后，黄瀛开始显示出很高的文学才能，特别是写诗的天赋。他开始写日本诗歌，并与学校的日本同学一起，创办文学杂志和报纸。他的诗，发表在日本报刊上，得到了学校师生的好评。

二、荣获日本诗人桂冠奖

青岛，冬日宁静的早晨，青岛日本中学的同学都出去玩了，黄瀛一个人还在寝室做清洁。他是随同母亲回到青岛来读书的。擦完玻璃，黄瀛倚窗眺望，一幅生动的、优美的、动人的景致把他迷住了：

金色的太阳，蓝色的海洋，雪白的海浪，湿润的海风，悠扬的钟声，
轻灵的海鸥和喜鹊……黄瀛年轻而富于诗情的心灵沉醉在这美丽而宁
馨的氛围之中，诗的灵感向他袭来，使他不能自己！他拿起笔来，记
录下心灵的颤动：

> 看呵，
>
> 炮台上的天空，是极鲜亮的晴。
>
> 这个星期天的早晨呵，
>
> 若瑟堂的钟声悠悠传来，
>
> 吸引着许多教徒向上走去。
>
> 虽然是初冬，
>
> 但是在林荫里有喜鹊在飞鸣……
>
> ……
>
> 我擦着窗子，
>
> 好像春天来了的气氛，
>
> 在这个星期天的早晨，
>
> 我把大海瞻望……
>
> ——《朝日晨望》

　　一口气写出了这首抒情诗，黄瀛感到创造的幸福和成功的喜悦！
他哼着歌儿，翻着报纸，视线猛地停在了《朝日新闻》的一则消息
上：日本诗人协会发起举办第二届"日本诗人奖"，由日本著名诗人、
作家、评论家评选。年轻气盛的黄瀛，虽然还只是一个中学生，但已
经在《青岛日报》上发表了不少诗作，受到老师同学的称赞。于是，
他决定把这首诗寄去参加大赛，在诗坛上一试身手！

　　诗寄出后，黄瀛的心忐忑不安，期待着东京的消息。一天，他突
然在《朝日新闻》上看到一条消息：黄瀛获"日本诗人奖"第一名！
顿时呆住了，他甚至不相信这是真的！他拍了拍自己脑门，又揉了揉
眼睛，再仔细一看，真是黄瀛获得第一名！他一下高兴得跳了起来，
高声叫道："我得奖了！我得奖了！"这消息一下传遍了整个校园！青

岛日本中学的师生都为黄瀛高兴、祝贺！回到家里，黄瀛的母亲太田喜智，这位热爱中国的日本妇女，紧紧地搂着儿子，流下了幸福的眼泪！她激动地说："要是你的父亲还在，他该有多高兴啊！"

不久，黄瀛又到日本读书。在1931年和1933年，他先后在日本出版了日文诗集《景星》《瑞枝》。日本著名诗人称赞他的诗写得鲜活新颖，美丽动人，为日本诗坛吹进了一股清新活泼的气息。

黄瀛同草野心平、井伏鳟二、宫泽贤治等日本著名文学大师建立了深厚的友谊。

黄瀛还把郭沫若、胡适、朱自清、康白情、闻一多、冯乃超等人的诗歌翻译成日语，在日本的杂志、报纸上发表，促进了日中文化的交流。

三、黄瀛头像进入日本教科书

这天，正在日本东京文化学院读书的黄瀛去看望正在画室进行雕塑的日本著名诗人、雕塑家高村光太郎。黄瀛与高村光太郎是好朋友，经常在一起谈诗歌、谈美术。今天，高村似乎心情特别好，他高兴地看着黄瀛，突然眯细眼睛，认真地、仔细地打量着他，看得黄瀛不知所措。猛然间，高村双手一拍，高声地笑起来："好呵！黄瀛！你的相貌是可以雕刻的！"他好像灵感突然降临一般，把黄瀛按在他的转椅上，把黄瀛转来转去观察着、审视着："你可以给我当模特儿！你很像贝多芬和一位美国名演员。我一定要把你雕塑好！"

黄瀛一听这话，感到受宠若惊。但他想到高村给人雕一个头像要上万元的酬金，自己哪有这么多钱？因此他迟疑地说："高村！你给我雕像，我可是没有什么钱给你呀！"

"嗨！谁要你的钱！我是看上你的人头了。我要雕出一个优秀的艺术品来。"

于是，黄瀛按照高村的嘱咐，每天下午从文化学院到高村画室，让高村为自己雕像。高村仔细地观察着他的头，用泥土捏起来。有时，高村还摸着黄瀛的头、黄瀛的脸、黄瀛的下巴，体味其质感、光滑度和硬度。

经过一个多月的工作，高村把黄瀛的头像雕刻出来了。高村兴奋地凝视着眼前的杰作，高兴地对黄瀛说："嗯，这是我雕得最快的作品，我太喜欢这尊人头像了！我要把他铸成银子的，送给你，作为永恒的纪念！"

后来，高村果然用白银铸成了黄瀛的头像，并把它放在自己的展览馆中长期展出。1945 年，美军轰炸东京时，高村的小花园被炸毁，里面珍藏的黄瀛的头像也毁于一旦。好在日本著名摄影师、画家土门拳为这尊头像摄下一张珍贵的照片。后来，日本的一些教科书上选用了这张照片。

日本发动侵华战争之后，高村被人利用为日本帝国主义进行宣传鼓动。日本投降后，高村闭门谢客，十分沉痛地忏悔自己为军国主义效劳卖命的罪行，在抑郁中去世。

四、黄瀛与鲁迅

20 世纪 30 年代中期，上海虹口公园旁边，有一座小小的"内山书店"。从日本回国的黄瀛穿着笔挺的校籍军服，又到书店选书。黄瀛在日本通讯学院毕业后回到祖国，参与国民党通讯学校的筹建。他常到内山书店买书。这天，结实而矮小的日本人内山完造先生笑容满面地迎了出来，顺手递上了一杯新沏的浓茶。

黄瀛接过酽茶，轻轻地呷了一口，问内山又到了什么新的日文和中文书。

内山递上几本新到的日文诗集和画册。黄瀛选好书，付了钱，笑着向内山致谢后，准备离去。

内山警惕地环顾了一下四周，见没有多少顾客，就靠近黄瀛，悄声地对他说："黄先生，中国有位姓周的作家想会会你，不知你有空否？"

黄瀛问道："不知这位中国作家叫什么名字？"

内山更近地贴着黄瀛的耳朵，轻声地、充满敬意地说："他的笔名叫鲁迅!"

"啊,鲁迅!"黄瀛惊喜地脱口而出,两眼放射出兴奋的光芒。内山忙用食指竖在自己的嘴巴上,示意黄瀛噤声。

黄瀛也意识到自己的冒失,伸出舌头,道歉地笑了笑,然后小声地对内山说:"请您转告周先生,我非常希望早日拜会他,向他请教!"

几天后的上午,暖暖的阳光照耀着虹口公园,也给内山书店平添了一份暖意。黄瀛早早起了床,没穿军装,而特地换了一套西装,兴致勃勃地来到了内山书店。

内山早已站在门口等候。见黄瀛来了,就带着他进入了书店的内堂。内山指着屋内坐着的老人说:"这就是鲁迅先生!"又转身指着黄瀛,对鲁迅说:"这位就是黄瀛先生!"

黄瀛疾步向前,热切地叫了声:"鲁迅先生,久仰!久仰!"他伸出双手,紧紧握住了鲁迅那精瘦而有力的手。

"呵,黄先生!你好!我听内山先生说你是从日本回来的诗人,所以特地约你来谈一谈!"鲁迅高兴地说。

内山忙着张罗:"你们请坐,慢慢谈。我去沏茶。"

黄瀛兴奋地端详着多年来十分仰慕的文学大师,心情十分激动。只见鲁迅穿着牙黄羽纱长衫,身材瘦削,神采矍铄,嘴里噙着一个烟斗,十分亲切。

鲁迅关切地问询了黄瀛在日本的学习、生活和诗歌创作情况,问询了日本文坛的现状。才从日本回国的黄瀛给鲁迅介绍了日本普罗列塔(无产阶级)文艺的兴起和发展,讲了他自己的创作及同普罗列塔文艺运动的主要作家德永直、曾德河广一郎、中野重治等人的交往。黄瀛还向鲁迅介绍了鲁迅十分关注的日本的木刻和日本儿童文学的近况。

鲁迅还问黄瀛在日本发表诗作的稿酬是多少?黄瀛说每首诗是8元。鲁迅感慨地说:"比较起来,我在北新书局拿的稿酬就少得可怜了!"

告别的时候,鲁迅对黄瀛说:"我本想请你到家里做客,但因内人被家务所烦,感到不便,太对不起了!"

黄瀛感到眼睛有些湿润，真诚地说："谢谢你了！你的心意我领了。我因军务缠身，也不便邀请你到家做客，心里甚为不安！"

这之后，黄瀛还同鲁迅会晤了一次。他感到鲁迅亲切和蔼，思想深湛，很想多同鲁迅见面。但是，他同鲁迅交往的事很快被军方探知，报告了上司。上司本想处罚他，但考虑到黄瀛的妹妹是何应钦的侄儿媳妇，故不敢下手。何应钦知道后，就叫交通厅交通司司长丘炜警告黄瀛，不许他再同"不三不四"的人交往，否则对大家都没好处。

黄瀛非常气愤。但他知道，如再去会见鲁迅，不但自己可能挨整，更会危及鲁迅！他怀着深深的遗憾，通过内山先生，最后一次会见了鲁迅先生。

这一天，天气阴冷，黄瀛怀着抑郁的心情拎着两罐 Capstar 香烟，来到内山书店。他把香烟送给鲁迅。鲁迅说："你太客气了！这烟太好了，留着写作的时候抽吧！"

黄瀛实在不愿把军方不许他同鲁迅交往的命令告诉鲁迅，就强忍悲抑的心情，装着无事一般，同鲁迅交谈着艺术、文学、人生。

夕阳西坠，暮色四合，黄瀛心中也浓云密布。眼看不得不告别了，黄瀛才悲愤地告诉鲁迅，国民党军方不许他们再交往。他紧紧地握住鲁迅的手："我再不能同先生见面了！"

鲁迅深深地吸了一口烟，真切地说："谢谢你，黄先生！你这个人真好，真坦白！"

黄瀛含着眼泪，深情地说："周先生，再见了，请您多多保重！"

五、接受日本投降

不久，黄瀛去到南京。抗战时期他主持建立了国民党军队的第一所通讯学校，设信鸽、通讯狗等专业，为抗战培养了大批通讯人才。他还积极从事抗日宣传活动。

经过艰苦的长期抗战，中国人民终于取得了抗日战争的伟大胜利！黄瀛作为陆军少将级翻译，参与了在芷江和南京进行的接受日本投降的有关活动。中国致日本的文件和日本的投降书，都是他翻译的。

中华人民共和国成立前夕，黄瀛作为一名国民党军队的副师长，在贵州率部起义。这以后他在西南革大学习，参加了工作。"文化大革命"初期，突然有一辆汽车开到他家门口，两位干部模样的人下车来，说是有日文资料请他去翻译。他高兴地上了车。谁知这车子却一直开到重庆第二监狱门口！从此，他被作为"日本间谍"，关在监狱十一年。黄瀛说，这客观上是保护了他！如果他不进监狱，像他这样的"日本间谍"，很可能被打死了！

"文化大革命"后，他无罪释放，重庆市政府把他分配在市参事室做参事。不久，四川外语学院发现他的日语才能，请他到川外教日语。

六、黄瀛与宫川寅雄

20 世纪 70 年代末，初夏的重庆。

壮丽的人民大礼堂之前，一位身材清瘦的中国老人和一位身材魁梧、衣着富态的日本老人高声互叫着对方的名字，眼含热泪，紧紧地拥抱在一起：

"黄瀛！"

"宫川！"

这是两位老人离别四十多年的会面，也是具有历史意义的拥抱。

黄瀛同宫川寅雄的友谊从中学时代就开始了。当时黄瀛在日本正则中学读书，而宫川则在邻近的芝中读书。由于他们都喜欢诗歌，就逐渐熟识。不久，黄瀛从青岛日本中学结业进入日本文化学院读书，宫川则考上了日本最著名的早稻田大学，他们的关系就更密切了。他们共同创办了《碧桃》杂志，一起讨论诗歌、艺术，并经常同日本诗人、画家聚会。

不久，黄瀛几次到早稻田大学找宫川，都没找着。一位朋友捎信给黄瀛，说宫川是日本共产党，经常带着手枪出入工人区，神出鬼没地从事地下活动。这个消息使黄瀛感到震惊！但是，这并没有动摇黄瀛对宫川的友谊。他了解和信任宫川，也不干涉他在政治上的选择，只是在心中更关切宫川的行踪和安全了！

终于有一天，黄瀛担心的事发生了！这天黄瀛在银座门口看见了宫川的妹妹雪子。雪子面容憔悴，神色凄然地告诉黄瀛："宫川哥哥，他、他被捕了！"

黄瀛焦灼地问："啊！什么时候？关在哪里？"

雪子睁大双眼，警惕地望了望四周，低声地说："听说是关在巢鸭监狱！"

"走，我陪你一同去看他。"

雪子感激而又担心地说："你，你别去吧！谨防受牵连！"

黄瀛义愤地说："哼，这个世道！太没道理！为了朋友，怕什么牵连！我们这就去吧！"

雪子做了安排。黄瀛买了生活用品和营养品，在雪子陪同下往巢鸭监狱探监。

"黄瀛！"

"宫川！"

两双手紧紧握在一起，两颗心紧紧贴在一起。铁窗隔不断真诚的友谊，牢墙锁不住奋飞的雄心……

四十多年后，这两双手又紧握在了一起。这次是在重庆人民大礼堂。宫川告诉黄瀛，"文化大革命"后，日本朋友就失去了同他的联系，但是，日本朋友都很想念他。宫川多次到北京，向周总理打听他的消息。经过国务院同志的工作，终于打听到他在四川外语学院工作，宫川这才专门到重庆来会他。

物换星移，世事沧桑，但是，他们的友谊却更深沉、更凝重了！

了解到黄瀛在四川外语学院任教以后，作为日本知名学者和日中文化交流协会负责人的宫川寅雄，向四川省教委推荐黄瀛担任了四川外语学院教授。

七、中日文化交流的桥梁

黄瀛担任川外日语系教授后，兢兢业业地从事教学。他不仅满腔热忱地给本科生上课，还热情辅导年轻教师。20世纪80年代初，黄瀛还同首批到川外任教的日本专家石川一诚等一起，办起了川外、也是中国第一届日语硕士研究生培养点，以后又连续培养了八届日语研究生。他为川外日语系的发展，为培养日语系本科生、研究生做出了贡献，获得了国务院政府特殊津贴。

黄瀛是日本文学界20世纪30年代的著名诗人，当"文化大革命"结束他"复出"于日本文学界时，就像"出土文物"一样，受到了日本文学界、文化界的高度重视。80年代以后，日本文学界再版了他30年代在日本出版的日文诗集《景星》《瑞枝》，并出版了回忆他的经历及研究他和他的诗歌的几部专集。日本文学界还多次邀请他到日本访问。黄瀛到日本后，日本文学界盛情欢迎他，请他到他的故乡、母校访问，会见旧日文友，发表畅谈中日友好的文章，促进了中日文化交流。他在九十五岁的时候，还应邀访问了日本。日本广岛电视台还专门到重庆拍摄了黄瀛的专题片，在日本电视台播出。"复出"的黄瀛，诗的激情重新焕发出来，他又经常写诗了。二十年来，他写了几百首诗，陆续寄到日本发表。也经常有日本朋友到重庆、到川外来拜望他。黄瀛成了中日友好的象征和中日文化交流的一座桥梁，沟通着中日文化，也沟通着中日人民的友谊！

黄瀛，以其在日本文学界的资历和成就，担任了中国日本文学研究会顾问和中国和歌、俳句研究会顾问，同他的女儿住在一起，愉快地生活着。他还被评为重庆市的健康老人。

就在我们准备为他举办百岁大庆的时候，他却因病，悄悄地走了。但是，川外的师生将永远怀念他。诗碑就是明证。

歌德金质奖章获得者——杨武能

  2013 年 5 月 23 日，德国文化名城魏玛举行了隆重的授奖仪式，1885 年创办的、具有广泛影响的国际性的歌德学会把歌德金质奖章授予中国著名翻译家杨武能教授。这是中国德语界第一次获此殊荣，是对杨教授六十年来孜孜不倦地致力于歌德翻译和中德文化交流的最高奖励。

  杨武能教授是重庆人，20 世纪 60 年代初，在他还是南京大学的学生时便已在《世界文学》《人民日报》等经常发表译作。大学毕业到四川外语学院任教，由于极"左"路线和十年浩劫的干扰，他不得不痛心地放下手中的笔。1978 年已四十岁且已评为讲师的他，放弃了安定的家庭生活，抓住时机，以优异成绩考上了中国社会科学院冯至教授的研究生。

  在科学的春风和人才难得的呼唤声中刚刚筹建起来的中国社会科学院研究生院，是全国社会科学的最高学府，被人们称为"翰林院"。可当时条件却十分艰苦，甚至连简陋的宿舍都没有，他们不得不六个人一间地借住在别的大学的宿舍中。但是，生活条件虽然差，各学科的导师却是绝对一流，而院长更是大名鼎鼎的中宣部副部长周扬。在研究生院自由民主的学术氛围下，杨武能感到如鱼得水、如鹰飞天，感到了从来没有过的兴奋和舒畅。在研究生院，他得到了杰出的诗人和翻译家冯至教授的耳提面命，受到了学识渊博的田德望、杨业治、张黎和朱虹等老师的教诲。在研究生院，他天天忙着跑科学院的图书馆，忙着为出版社译书，忙着替报纸杂志写文章，忙着访问学术界的前辈和朋友，忙着撰写在1981年夏天必须提交答辩的硕士论文，还忙着提前为纪念1982年歌德逝世150周年准备论文……总之，杨武能深感肩上责任重大，深感过去失去太多，必须尽快补起来。因此，他废寝忘食地奋斗着。物质生活，他已全然无所谓了。下雪了，到旧货市场买一顶有护耳的棉军帽；嘴馋了，就用家里带来的煤油炉子煮豌鸡蛋挂面；要访师会友了，就去人民出版社或《读书》编辑部，在那里，傅惟慈、冯亦代先生和舒雨等朋友，给了他多少关怀、帮助和温暖呵！在北京，他还见到了早就十分敬仰的学界名宿朱光潜、宗白华、季羡林等，从他们的言谈和著作中汲取了精神力量。

开明的政治和学术氛围，杰出的导师的指导，使他被压抑了多年的创造力像火山的岩浆一样迸发出来！从1978年开始，在短短的5年中，他陆续翻译了歌德的中篇小说《少年维特的烦恼》、黑塞的长篇小说《纳尔齐斯与歌尔德蒙》、海泽的中篇小说集《特雷庇姑娘》以及《施笃姆诗意小说选》，同时还主编并参加翻译了《德语国家短篇小说选》《德语国家中篇小说选》《海涅抒情诗选》。值得一提的是，他所翻译和编辑出版的全是德语文学的名著、精华，受到广大读者欢迎。仅《少年维特的烦恼》一书，就发行了150万册。此外，他还有一些论文和译著在省、市获奖。这是他事业上的第一个高潮。

1982年5月，他刚刚结束研究生学业，便随冯至教授出席了在德国古色古香的海德堡举行的"歌德与中国·中国与歌德"国际学术讨论会。这次会议，不但让杨武能初次游历了美丽繁华的德意志，而且让他结识了众多蜚声世界的歌德研究专家并聆听了他们的锦言高论，学到了不少东西。同时，初出茅庐的杨武能用德语发言和讨论的应用自如，也受到与会专家的称赞，说他"为中国争了光"。

当杨武能恋恋不舍地告别海德堡的时候，他万万没有想到，他竟然会在一年多以后，能以享受洪堡奖学金的高级访问学者的身份到海德堡大学研修一年又三个月。洪堡奖学金是由德意志思想文化天幕上著名的双子星座，即威廉·洪堡和亚历山大·洪堡两兄弟中的弟弟亚历山大·洪堡于 1860 年创立的。其宗旨之一是资助高水平的外国年轻科学家到德国进行较长时间的研修。在 1984 年夏天，杨武能还受到了德国总统卡斯滕斯的接见。总统亲切地鼓励他们：你们都是科学的希望，都是我们德国在你们国家的科学文化的使者！

在北京的五年，杨武能生活得紧张而充实，如果继续留在外文所，生活可能清苦一些，但事业的发展却肯定会更加海阔天空！但是，由于他的妻子故土难离，更由于四川外语学院的院长陈孟汀非常爱惜并看上了他这个难得的人才，在他编制还在社会科学院外文所时，就破例把他提升为副教授、副院长，于是他第三次回到了川外。

回到川外，杨武能当了六年副院长，并提升为正教授。这六年中，为了学院的发展，他不得不在一定程度上牺牲个人的学术研究和翻译工作。在这六年里，作为分管教学和科研的副院长，他注意重视和团结学校的知识分子，注重培育学院的学术氛围，有力地推动和促进了学院的教学和科研工作。他在川外做的最漂亮、最有影响，也最体现他的水平且最为川外人怀念的事，就是凭着他在德国文学界的地位和影响，在他的倡导、努力和推动下，于 1985 年在川外主持召开了我国外语界第一个大型国际学术讨论会——"席勒与中国·中国与席勒"国际学术讨论会。数十位中外德国文学和席勒研究家、翻译家汇聚四川外语学院，汇聚重庆，研究席勒及席勒的作品在中国的翻译和影响，为中德文化交流做出了贡献，也大大提高了川外的学术地位和影响。

在川外的六年时间里，他在紧张的工作之余，抓紧时间进行学术研究和文学翻译工作。他翻译并出版了黑塞的名著《纳尔齐斯与歌尔德蒙》，海泽的小说《特雷庇姑娘》，托马斯·曼的名著《魔山》（与人合译），还翻译了《里尔克诗选》，出版了歌德的研究性专著《野玫瑰——歌德抒情诗精华》等著作，迎来了他学术上的第二次浪潮。

1990 年，他调到四川大学，开始专心致志研究歌德。到了天府之国的成都，杨武能并没有陶醉于望江公园的竹林、青羊宫的小吃、武侯祠的古迹。他"不恋春花秋月，甘冒严寒酷暑"，勤勤恳恳地耕耘着。因为他深知，要在全国知名的大学站住脚，要想在学术上取得更高的成就，不更加忘命地拼搏是不行的！所以，他更加勤奋了。

1995 年，杨武能作了让成都人惊讶不已的壮举：他这位在成都非亲非故的新居民，居然邀集了众多学科的著名教授、专家、学者，主编了成都有史以来的第一本百科全书式的《成都大词典》，为成都人献上了一分厚礼。

在此前后，他还翻译出版了《莱辛寓言》《亲和力》《格林童话全集》《茵梦湖》《德语文学精品》等著作。然而，他的主攻方向依然是歌德。在他看来，在世界级的大文豪里，能够像歌德那样既有数量巨大、形式多样的文学作品，取得了那样杰出的成就，同时又是伟大的思想家的，实在不多。歌德被尊为"欧洲诗坛的君王"，"奥林帕斯山上的宙斯"。他认为自己应该坚持专攻被一些人视为"老古董"的歌德，在研究和翻译方面做出突出的成绩来。

1999 年，对于杨武能是极不平凡的一年。他多年的艰苦耕耘和辛勤工作，在这一年结出了丰硕的果实。在这一年，杨武能用德文撰写的《歌德在中国》一书在德国出版发行，受到德国有关专家的高度评价，认为该书是世界上第一部研究歌德在中国的传播及被接受的著作。在这一年，他还出版了数十年潜心研究歌德的心得的专著——《走近歌德》。该书共三十多万字，分为"走近歌德""歌德抒情诗咀华""浮士德面面观"三部分。在"走近歌德"中，杨武能对歌德的"生平、思想和创作"作了脉络清晰的描写和介绍，对他成长的内部动力（勤奋、热情和不懈追求）及外部条件（家庭、环境和时代）作了生动感人的介绍和分析，并结合其代表作剖析了歌德成长经历中的几个里程碑。在歌德的诗歌中，数量最多、成就最高的是抒情诗，"歌德抒情诗咀华"就顺着歌德人生历程和性格发展的线索，对歌德的精美的抒情诗作了精彩的分析和评述，并进而勾画出作为"天才诗人"和"庸俗市民"的歌德的形象。最体现本书的学术水平的是"浮士德面面观"，在这一章中，杨武能在综合前人研究的基础上，以自己多年的钻研和独到的见解，对歌德的这部旷世不朽的巨著进行了系统的、全方位的、深刻的剖析和论述，对《浮士德》的时代精神、诞生始末、人物形象和哲学内涵都进行了深入的、鞭辟入里的阐释；同时，杨武能还分析了中国几代翻译和研究歌德的专家学者的成果，表达了自己对歌德的尊敬和崇拜。《走近歌德》对广大读者认识、理解和接受歌德及其著作，提供了良好的帮助和启迪，代表着中国研究歌德的最高水平和最新成果。

为了迎接歌德 250 周年诞辰，他出版了他个人翻译的、包括《少年维特的烦恼》《浮士德》《威廉·迈斯特的学习时代》《迷娘曲——歌德诗选》《亲和力》等在内的六卷本 140 万字的《歌德精品集》。而且，他还与著名的出版家刘硕良共同作为主编，约请北京、上海、广州等地的全国著名的德国文学翻译家共同翻译出版了十四卷集的《歌德文集》。这两部译著，都充分传达了原著的思想内涵，又保留了原著的高度的审美价值，体现了原著的艺术成就，并适应了中国读者的欣赏习惯。这两部译著，尤其是后一部译著的出版，实现了几百年来包括郭沫若、冯至等在内的中国几代歌德研究和翻译专家们的夙愿，是近百年来第一次对世界最负盛名的文学大师歌德的作品的大规模的、系统的、科学分类的翻译出版，是中德文化交流的一件盛事，是献给歌德 250 周年诞辰的最好的、最珍贵的礼物！

三十多年来，杨武能穿梭于中德两国之间，成为中德文化交流的使者，站到了国际舞台的前沿，受到德国文化界的高度重视和评价。他四次受到德国总统接见，2000 年获得德国总统颁发的德国"国家功勋奖章"。2001 年他获得只颁发给全球在学术上有重大贡献的少数学者的"洪堡研究奖金"——而且他还是中国学者中第一个获此奖项的人！2013 年他更获得了具有极高国际荣誉的歌德金质奖章！

德语界老前辈严宝瑜教授把歌德在中国的传播分为三个阶段：第一为郭沫若阶段，第二为冯至阶段，第三为杨武能阶段。当我问到他这个提法时，他谦虚地说：杨武能阶段不仅仅指我个人，同辈中研究和译介歌德的很多人成就斐然，我只是他们的一个代表。第三阶段由于天时地利等原因，比前两个阶段的气势大得多，成果丰硕得多。

　　杨武能认为，要创造传之久远的、能纳入本民族文学宝库的翻译文学，要创造翻译文学的美玉、瑰宝，必须充分发挥翻译家的主观能动性和艺术创造精神。因此他认为文学翻译是艺术再创造，文学翻译的最高境界是文学，翻译作品必须具有文学的一切美质，能够流传久远，进入本民族文学宝库。一个优秀的翻译家，应该同时既是作家又是学者，不仅能很好地掌握外语，还能对所译作品及其背景深入研究，吃透原文；同时，一个翻译家还应该具有作家的文学禀赋，要有丰富的想象力、敏锐的感知力和优美的文笔，这样才能把原著的风格、神采和情调等微妙之处恰如其分地表达出来。所以说，翻译家的最高境界是作家、学者和翻译"三位一体"！

　　当我在杨武能住所看到他翻译和主编的几千万字的译著和研究专著时，我不禁感到心灵的震撼！这几十年的拼搏，已经使杨武能成为中国第一流的歌德翻译和研究的权威专家，成为中国第一流的德语文学翻译家和研究家！他达到了文学翻译的最高境界！作为他的重庆同乡、一中校友和川外同事，我为之感到骄傲和欣慰！感到自豪和荣耀！我衷心地期望杨武能取得更大的成果，为中国文化的发展和中外文化交流做出更大的贡献！

爱国的"叛国者"

　　年近古稀，我无法追悔以往所做的一切。但是，有一点我感受最深切，受过亡国之苦的我们这一代人，故乡和祖国的观念，比现在的年轻人强烈得多。她常常和母亲的形象连在一起，饱受苦难而善良宽容。祖国就是我的母亲。祖国再受尽磨难，祖国再穷困，祖国再使我受了委屈，我对祖国仍然充满了真挚深情的爱……

　　在德国住了几年，我感到，中国的灿烂的文化很少为世界各国人民所知。过去，欧洲的文化凭着洋枪洋炮，由传教士等带到了中国。今天，为什么我们不能用和平友好的方式，把中国的悠久而优美的文化输送到国外，让欧洲人民及其他国家人民知道呢？我们这些居住海外的人，为什么不可以起到中国的"传教士"的作用呢？我是中国人，我应该为祖国文化的传播做出贡献！

——关愚谦

一

　　他，高高的身材，轮廓分明的脸庞，大而富于神采的眼睛，高高的鼻梁上架着一副玳瑁眼镜，一头略显灰色的浓发，穿着笔挺的西装西裤，系着红色的领带，说着一口流利而纯正的普通话和流畅的德语，风度潇洒，充满了活力，显示出自信而又乐观的神态。

他就是我要访问的德国汉学家关愚谦先生。

我第一次采访他是 1985 年，在重庆举行的、中德两国几十名专家学者参加的"席勒与中国·中国与席勒"国际学术会上。我作为东道主——四川外语学院的教师和特邀记者，通过会议发起人之一、年轻的副院长杨武能副教授的介绍，认识了他。

他的坦率而诚挚的谈话，一开始就深深地吸引了我：

"我原来在国内读书、工作，后来因为各项政治运动太具体，我才离开祖国到了国外。对此，我一直引为内疚。无论怎样，我还是祖国培养的人，什么时候都不能忘掉自己是炎黄子孙，龙的传人，要为祖国做贡献！"

啊。"炎黄子孙，龙的传人"！生活在祖国怀抱里的人，也许觉得这些语言太平淡，可是，他却是以深沉的语调和深刻的感慨说这些话的！而且，还是在我同他刚刚认识的时候，他就禁不住向我倾诉出他的心曲了，足见他心中感情之深。

五十多年前，关愚谦出生在一个革命知识分子家庭，他的父亲关锡斌，是同周恩来、陈毅、邓小平等先后留学法国的勤工俭学学生，中华人民共和国成立后在上海市委及国务院参事室工作。他母亲是中国最早的女大学生之一。他本人从小在上海读书，父亲参加革命去了，全靠母亲早出晚归教书来维持一家人的生活。从小时候起，母亲就教育他要正直、诚恳、勤奋、好学。他在母亲的熏陶下成长起来。

上海解放后，关愚谦在北京外国语学院俄语系毕业，分配到中央财政部做翻译。那时候他年轻聪明，业务拔尖，接受新事物快，各方面表现也出色，因此，尽管生活紧张，工作劳累，但他却能很好胜任，而且心情舒畅。

突然，一层阴影罩上了他的脸。他沉重地忆起了新中国历史上那段令人痛心的往事。一九五六年，整风运动开始了，团组织号召团员帮助党整风。当时他住在北京外国语学院，领导上要他把北京外国语学院内的大字报抄一些到单位（财经部）去，他照办了。谁知反右斗争一开始，他就被当成了重点批判的靶子，差点被打成了右派。不久，他被从北京下放到青海"锻炼"，那时，他才二十多岁。

说起青海的生活，关先生的情绪激动起来了。

"当时，青海一些地区的地方主义与极'左'思潮比较严重！有的人对下放干部能整就整，毫不留情。我虽然划的'中右'，档案上却写着'极端反党反毛泽东思想'，当然更是被整的对象，于是我被派到最边远的日月山人民公社劳动一年，以后又被派到青海湖打鱼一年。"

我有意识地问道："青海湖风景很优美吧？"

关先生点起一支烟，缓缓地说："青海湖！至今想起来记忆犹新！青海湖湖水平静，景色的确优美。可是，当你吃不到米，吃不到面，吃不到猪肉、猪油和蔬菜，顿顿只靠点干鱼维持生命的时候；当你在零下30℃的严寒之中，还住在没有生火炉的棚子里的时候；当你在凌晨脱光衣裤到结冰的湖面撒网打鱼的时候，你会顾得到欣赏风景吗?！记得，我们好多人都得了严重的浮肿病和关节炎。我又是浮肿，又是关节炎，一直肿到小肚子以下，大腿肿得像水桶！……

"那段日子的艰难，我可以给你举一个极小的例子。我们打鱼的地方，周围几百里没有人烟。有一次，为了填饱肚子，我和朋友们到野外打猎。那一次还真幸运，我们发现了一只鹿子，我们拼命追赶，终于击毙了它！我们打起火把，轮换着把鹿子抬回驻地。然后围着炉火，烤起驴肉来！这难得的喜事让我们忘乎所以，我们把各自长久积攒下来的白面都拿出来和着鹿肉一起吃了。每个人都吃得那么多，似乎完全不知道饱！谁知，乐极生悲！一喝水，肚子就胀起来，胀得像大鼓，胀得像孕妇，疼痛难忍，可是吐又吐不出，拉又拉不出，一个个都抱着肚子叫起来。

"突然，我看见吃饭用的洗脸盆，马上想出了一个主意。我们轮流趴在面盆上，让人在背上使劲踩，终于吐出了一大摊东西，这才转危为安。可是，一头鹿肉，也就这样报废了！

"一年以后，调我到青海报社当了一段时间记者。那段时间，我成天在少数民族聚居的牧区、山区搞采访。那时的生活有多少惊险的插曲啊——

"有一次，我到一个藏区去采访一个劳动模范——藏族姑娘安卓玛吉，我背着照相机去到他们村子。她没在家，有人用手指着对面山上说：她在对面山上放牧。我一看并不远，就背着相机，披着大衣，往山脚走去。谁知道从下午一点多走到晚上六点，才刚刚走到山脚。放眼一看，周围没有半点人烟，只有一条小路通向山顶。眼看太阳就要落山了，怎么办？回去吧，又要走大半天，还不如往山上走。看来山也不太高。于是我鼓足劲往上爬。谁知，爬到夜里十一二点钟，才爬到半山腰，山上黑黝黝的，一边是高山，一边是深谷，我战战兢兢地爬着，真希望眼前有一户农家，让我歇一下。

"突然，前面出现了两盏灯，绿莹莹的，放着光。我高兴极了！好了，总算有人家了！我兴奋地加快步子。猛然间，前面一声狼嚎，尖锐凄厉，山鸣谷应，吓得我毛骨悚然，虚汗直冒！天哪，刚才看见的哪是什么灯光呀，是饿狼的眼睛！再一细看，不得了！前面闪着无数双绿莹莹的眼睛！怎么办呢？前面是一群饿狼，后面是陡壁狭谷，我不是葬身狼腹，就是跌进山谷。我完全绝望了！绝望中，我猛然想起，狼怕火光。我突然急中生智，想起了照相机上的闪光机！我迅速取出闪光机，对着逼近的狼群，一按快门。刹那间，一片雪亮雪亮的光辉照彻山谷。狼群被这突如其来的、从未见过的闪光吓坏了，嗥叫着仓皇逃窜了！狼群一逃，我也顿时全身瘫软，一屁股坐在地下！刚才的危险情景使我后怕，而且我感到筋疲力尽了！我真想多坐一会儿呀。但是，我立刻又挣扎着站了起来！我知道，在这严寒的夜的山谷里，只要一坐下去，就可能永远被冻死在这儿。何况周围还有'狼'视眈眈的狼群哩！我咬紧牙关，挣扎着往上走。我怕狼群再来，也为了照照亮，就走一阵，按亮一下闪光机。爬呀，爬呀，在东方刚刚发白的时候，我终于爬上了山顶，摆脱了狼的威胁。

"爬上山顶，望着初现的朝霞，我不禁长长地出了一口气。可是，你看，山头上，荒寂无人，更无屋子，对面又是一座大山，山谷深不见底，只有一条羊肠小道垂下深谷，不知要走多久才能登上对面的山头。经过一天一夜的跋涉，我已经完全没有力量再爬上爬下了。这时，我发现两山之间有一条水槽，悬在这无底的深渊之上。我只能从这水槽上爬过去了！水槽只有半米宽，几十米长，试了一下，似乎还能承受我。于是，我坐在水槽中，用双手撑起身子，一寸一寸往前挪动，到了两山峡谷中间，水槽受力过重，颤悠悠地摇晃起来；再一望峡谷，深不见底，不由得打了个寒战：多危险哪，稍有不慎，就会粉身碎骨！但是我已经没有退路了，只有豁出去，走向山对面，我精神极度紧张，一寸一寸地挪着身子到达了对面山头。

"一个人，当他到了极度危险的境地，就只有一个念头：豁出去，活下去！在青海，以后在国外，多少次遇到这样类似的危险情况，我也都是这样凭着顽强的毅力拼搏过来的！

"我刚从水槽边站起来，走到面对山头。没提防，突然之间扑上来几条猎狗。我立即同恶狗厮杀起来。正在恶战之际，几个藏民前来喝住了猎狗，他们一看我是汉人，都大吃一惊：哎呀，同志，你胆子太大了！别说你一个汉人，就是我们土生土长的藏民，也不敢一个人晚上上山！他们带着我访问了安卓玛吉（这个名字我一辈子也忘不了），我终于完成了任务！

"这，就是我在青海的几年生活中的无数插曲中的一个！"

二

当他听说我想写他本人的报告文学的时候，他显得有些受宠若惊，从沙发上站起来，在室内走动着，看看窗外校园的绿树鲜花，情绪振奋地说：

"你要写我，我可以给你讲三天三夜，但是，你不要把我写得太好了。我是有不少缺点的。我出国后，曾经被当作叛国者。今天，能够回到祖国，得到祖国人民的承认和接待，我已经感到很高兴，很满足了！"说到这里，关先生停了一下，抽着烟，似乎在梳理着胸中波翻浪涌的感情，在思考着如何表达这些感情。他的话说得较为缓慢，但却是经过深思熟虑的，准确而富于感情和表现力的：

"俗话说:在家千日好,出门一步难。何况还是去到无依无靠、无亲无故的异国!我尝到了多少屈辱和痛苦!我真正体会到:一个人没有祖国是最痛苦的!我开始谴责自己:我出生在革命的家庭,是祖国人民把我养大,可是我却给自己家庭抹黑,离开了自己的祖国,我怎么对得起父母,怎么对得起祖国啊!我下决心,绝不做对不起祖国人民的事,绝不给祖国丢脸,绝不给父母丢脸!"

听到他的话,我想起了一句名言:异国是爱国主义的培养基。我也想起多少年来我们有些人的一种偏见:谁离开了中国,谁就是叛国。现在看来,这种偏见冤屈了多少爱国的华侨。

"出国后,"他继续说,"我由香港到非洲,再由非洲去德意志联邦共和国,我颠沛流离,浪迹天涯,我饱经忧患,备受折磨。但是.我感到最大的饥饿不是缺乏饮食,而是缺乏学习:我想学习,想成为一个有丰富知识的人,为祖国做出贡献!"

"刚出国,我语言不通,无依无靠,无亲无戚,没有任何经济来源,我做过苦工,扛过钢条,端过盘子,打过杂工,这一切我都挺过来了,因为我心里有一个支柱,一个信念,这就是祖国!当我境遇稍好一点的时候,又有人劝我莫当教师,而去做生意,赚大钱。而且西方开放的生活方式,金钱、美酒、女人,这一切也不是没有一点诱惑力的。在国外,既可以成人,也容易变鬼,但是,我把这一切都看作身外之物,我只想努力实现自己的愿望!将近二十年的生活实践证明:一切艰难困苦,一切诱惑欺骗,都没能改变我的初衷和志向,更没能使我沉沦或堕落,我坚强地挺过来了!因为,有祖国在支撑着我,有一个钢铁的信念在鼓舞着我:我是中国人,我是炎黄子孙,我必须为祖国服务,为祖国和外国的文化交流做出贡献!

"呵,理想和信念,是多么伟大的动力!

"在最困难的时候,是我现在的妻子和德国著名汉学家傅吾康、刘茂才教授帮助了我!"

谈到他妻子,关先生一改沉思和歉然的表情,流露出甜甜的微笑:

　　"我的妻子太好了，她父母热爱中国文化，她也热爱中国文化，而且心地特别善良。我是在极其偶然的情况下认识她的。有一次，我去参加一个朋友的生日晚会，我因只能讲英文，不会说德语，所以就孤单地坐在一个角落里看热闹。她也是来参加晚会的，她发现我怪孤单的，就主动用英语同我攀谈起来。她拉我到她那一桌，同我热情地交谈。她知道我是中国人，非常高兴，愿意帮助我学习德文，而让我教她中文。那个晚上，我们过得多么愉快！从此以后，她经常悄悄地帮助我。在我一个马克都没有的时候，我常常在我寝室的电冰箱里发现她放的面包、奶油、香肠等食品。她是在我最穷困潦倒的时候，给了我物质上和精神上的帮助！

　　"逐渐地，我发现她对我产生了爱情，我惶惑。她比我小十多岁，在一个工厂当打字员，我对她说：'不，不能这样！我是中国人，我要回中国，而你是德国人，中国不适合你，我们不能有进一步的关系。'但是她不管这些。依然爱我关心我。那段时间，我曾经想回国，但国内一个又一个政治运动，使我难于成行。当时，我没有德国国籍，在德国居住和找工作都是很困难的。在这种情况下，朋友们都劝我同她结婚。他们说：只要你同她（德国姑娘）结了婚，就有了德国国籍，身份证、定居、职业都迎刃而解了。但是，我谢绝了朋友们的好意，我不能为了留居国外而结婚，而且我还要学习，要读大学，以便留在大学工作，为中德文化交流尽力；所以，我一直坚持到大学毕业，取得了博士学位和汉堡大学终生讲师的职务，并且获得了德国国籍以后，才同她结了婚！就在这段时间，在我最困难的时候，她热烈地支持和帮助了我，她成了我的妹妹、母亲、同志、亲人的化身，我的硕士学位和博士学位论文，都是同她合作的，都有她的心血。她看到我这样拼命学习，也受到感染，努力学习起来。她先进夜校高中，补习完了因病耽误的高中的功课，然后考上了汉堡大学汉学系。现在她正在写毕业论文。她会说中国话，写中国字，做中国菜，对中国的文化历史十分热爱。我的几本著作，也是同她合作的！"

　　说到这里，关先生坐在沙发上，微眯着双眼，仿佛沉入了甜美的回忆之中。一会儿，他自豪地从上衣里取出一个皮夹，递给我说："我这里有妻子的照片，你看看吧。"

我接过来一看，皮夹里嵌着他妻子的彩照，漂亮而圆润的脸庞，浓浓的深黄色的卷发，褐色的大眼睛。她微笑着，水汪汪的眼睛似乎正深情地凝视着关先生。

"我也忘不了我的恩师傅吾康、刘茂才教授。他们都是德国老一辈著名的汉学家。在我求学无门、工作无路的时刻，他们审阅了我写的文章，十分赏识，立即介绍我到汉堡大学半工半读：一面当学生学德文，一面当临时助教，教中文。就这样，我得到了工作和学习的机会，以后，他们又指导我写硕士论文和博士论文，使我获得了博士学位。他们还支持学生向校方和教育部请愿，让我提前当上了汉堡大学的终生讲师。他们对我的帮助，我是终生难忘的！这次傅吾康教授也到贵院来参加席勒学术讨论会了，你可以访问他。

"我在汉堡大学的学习是十分艰苦的，形势逼人啊！我知道，不读大学就拿不到文凭，就取不了学位，就不能在大学工作，就不能实现自己的愿望！为此，我不能不白天读书、做工，晚上学习。"

说到这里，关先生情绪激昂了。他站起来，把手高高扬起，又迅速地劈下去，表现出一种义无反顾的决心。

"我一个猛子扎了进去，一扎进去就是六年。那些时候，我早上天不亮就起来学习、工作，晚上两三点钟还在学习。每天工作学习达十四小时以上。我一周要教十几节课，还要学习二十来节课。我不但学了德文，还学了俄文和教育学。就这样，经过两年的学习，获得了硕士学位；又经过四年的学习，获得了博士学位。"

关先生架着记忆的轻舟，闯过了山穷水尽的困境，驰入了柳暗花明的胜境。他的情绪显得愉快而轻松了。

"获得博士学位以后，我取得了汉堡大学终生讲师的职务，结了婚，安了家，有了稳定的工作和生活。我可以为祖国服务，为中外文化交流贡献力量了！在德国住了几年，我感到，中国的灿烂的文化很少为世界各国人民所知。过去，欧洲的文化凭着洋枪洋炮，由传教士等带到了中国。今天，为什么我们不能用和平友好的方式，把中国的悠久而优美的文化输送到国外，让欧洲人民及其他国家人民知道呢？我们这些居住海外的人，可否起到中国的'传教士'的作用呢？我是中国人，我应该为祖国文化的传播做出贡献！于是，我在给德国的大学生讲授中国文化的同时，还自觉地承担起把中国的文化传播给德国民众的任务。几年来，我先后写作，出版了四本书：一本是《现代汉语的一般规律》，一本是《论曹操的功过》，第三本是《中国的民间故事》，第四本是《中国文化和名胜指南》。第四本书有五十多万字，在德国影响很大，反响很好，第一版四千册（这在德国已经是大数字了），很快就销售一空。它适应了中国的对外开放政策，能帮助德国民众更好地了解中国的文化名胜古迹，帮助他们更好地来中国旅游和工作。我现在正与同事合作，搞德译本的《鲁迅选集》和《王蒙选集》。我还想写更多的书，把中国文化介绍给德国人民。

"另外，我还同一些热爱祖国和人民的有一定地位和声望的华侨发起组织了'欧洲华人协会'。我们出版了《欧华学报》。我担任了协会的副理事长和《欧华学报》副主编。我还是德意志联邦共和国《德中论坛》杂志的中文主编。这几件事都是为了一个目的，就是希望在我还有精力的时候，能够作为一个桥梁——中国和德国之间的友好合作的桥梁，中国和欧洲文化交流的桥梁。我准备过几年，等我退休的时候，再回到祖国定居，写出自己坎坷、曲折的一生，给后代以借鉴和教益。"

我笑着说："在坎坷、曲折的后面还应该加上'奋斗'二字，你在国内经历过的那段惨痛的历史已经一去不复返了！你什么时候回来，祖国都会欢迎你的！"

三

我在激动之中，很快写出了报告文学《灼热赤子心》，并在刊物上发表。他收到杂志后很快回信说，这是第一篇写他的报告文学，他非常感谢！

1996年，关先生退休了。在他65周岁生日的那一天，他徘徊在他家旁边的阿尔斯特湖畔，他一生中那些大幸和大不幸，又像电影里的慢镜头一样，开始在眼前一幕一幕地缓缓回放。他内心深处"永远有一种挥之不去的游子情结，永远有一种有家难归的梦魇"。他三十多年来一直有一个心愿：把自己的一生写出来！就在65岁生日那天，在阿尔斯特湖畔，他对自己说："趁现在你还有精力和记忆力的时候，把这本书写出来，对你自己的一生，对你的时代，对历史也是一个交代。"于是，他开始"敲击记忆的键盘了！"两年多的时间里，他几乎天天写作，有时工作到凌晨两三点钟，几乎是手不停歇地敲击电脑键盘，几乎是一气呵成！终于他在妻子的帮助下，写出了数百页的德文稿和中文稿。又经过半年多的修改，两本书都写完了！中文版《浪，一个"叛国者"的人生传奇》在霍英东的帮助和王蒙、王培元、聂震宁等人的支持下，在人民文学出版社出版，受到了中国读者的热烈欢迎。短短几年，印数即达数万册。德文版也受到了德国和欧洲读者的喜爱！德国汉堡市市长读了该书，还专程到关先生家中拜望他！

今年6月，关先生同夫人佩春回到中国，并专程到重庆拜访我和杨武能。我赶到重庆宾馆接待他们，并陪同他们游览了鹅岭公园。看到华灯齐放、星海和灯海交相辉映的山城夜景，关先生高兴万分！他把《浪，一个"叛国者"的人生传奇》及几部新作送给我，十分欣慰地说："《浪》能在中国出版，而且是在中国最有名的文学出版社出版，我真是高兴，感到像在做梦一样！当然，我更希望这本书能由你改编成电视连续剧和电影，在中国和德国的屏幕和银幕上演出！"说着，他欢快地笑了！

在关先生发自内心的笑声中，流露出无比的自豪和欢欣；在关先生爽朗、幸福的笑声中，我深深感受到了一个海外华人的拳拳赤子之心。

迎接明天的挑战

——记文艺理论家林兴宅教授

1985 年 7 月，得知中国文学研究所等单位要在福建厦门大学举办当代文学讲习班，文学理论界的一些知名人士要莅会，尽管我已在大学执教二十余年，且已提副教授，但是，为了更新知识、开阔眼界，我毫不犹豫地报名参加了。十几天的讲座，主要是厦门大学与我同龄的林兴宅讲授。他讲授的内容很快吸引了我！我被他新鲜的、新颖的观念震撼了，我也被他的学识、经历、成就吸引了。我想了解他，写一写他，就对他进行了采访。我在他身上发现了很多与我相同、相近的东西。回到川外后，我写出了初稿。

一

在大海环抱、海浪簇拥的厦门大学，在花团锦簇、桂圆垂实的鲁迅纪念馆大楼的教室里，一位中年教师正在讲坛上授着课，听众是来自全国各高校的中青年教师。他，四十多岁的年纪，中等身材，面庞白皙，在脸部轻浅的纹路中，透露出孩童般的纯真、善良与柔和，给人以谦逊而又可信赖的感觉；但是，在他充满自信和深思的眼光里，又分明透露出聪颖、刚强与自尊。而他讲起课来，那新鲜的内容、锐敏的思想、独到的见解、严密的逻辑，随着那富有感情的生动语言，强烈地冲击着我固有的观念，又像磁铁般攫住了我渴求新知识、新观点的心灵：

"传统的艺术观念源远流长而又根深蒂固，主要的就是功利论和认识论的观点。功利论从现实的利害和原则出发看待文艺，其最突出的表现是把文艺视为道德教化和阶级斗争的工具；认识论则认为文艺是社会生活的反映，是生活的镜子或百科全书，因而认为文艺是一种与其他意识形态只有内容上的差别的意识形态。这两种观点都是片面的、不科学的。……

"这两种观点都面临现代科学的挑战。当代艺术观的变革，最突出的成就是文艺本体论的建立。它是从文艺本身固有的属性和功能来研究文艺，认为艺术是审美观念的固定化，是传递人的审美信息的载体和媒介。它要超越狭隘的世俗观念达到人类自控系统的最优化。

"艺术要获得永久的生命力，关键是对题材的超越。题材只是作品的再现性因素，我们不主张抛弃这个因素，而是说作者要超越它，抓住题材时空之外的意义，从而借助这些把自己引导到生活的彼岸，借助这些表达作者自身的理想、愿望和潜意识的秘密，使自己的创造力进入艺术的优美殿堂，进入虚实相生的艺术境界。艺术超越题材，才有永恒的价值；思想超越肉体，人才能不朽。我的文章就是我的生命的对象化，是我的自我价值的实现。评论家也要超越作品。把作品当作表达研究者个性、感情的媒介，当作把自己引向彼岸的桥梁，这样，真正的研究也就和创作一样了！

"近年来，文艺方法有三个层次的突破：

"一是借鉴外国批评流派，打破了过去单一的社会学的批评方法，丰富了文学批评方法。

"二是引进自然科学的新概念，打破了文艺批评自身的封闭性，形成了新的观点和方法。

"三是引进了系统论、信息论和控制论等新方法，在文艺思维方式和批评方法上实现了革命。……"

啊，"春风又绿江南岸"，新的艺术观、方法论的春风，吹绿了我思想的原野！

海浪冲击着海滩，我在海涛中搏击。我的心，随着洁白的浪花，插上海燕的翅膀，飞向高高的晴空。

于是，我借来林兴宅的论文《论阿Q性格系统》和专著《艺术魅力的探寻》来阅读。我的心被全新的思想观念和分析方法所慑服。

黎明，我捧着书本，缓步登上了厦门大学旁边的南普陀寺，登上了面向大海、高插云霄的五老峰。海风阵阵，海浪滔滔，绚丽的云霞在海面上挥舞，红艳艳的朝日从海平面升起来，升起来，照耀着我的身躯，温暖着我的心房。我的心在这迷人的境界中陶醉了，我的思想进入了一个新天地。

是的，我应该写他，写他的探索，他的开拓，他的创新，他的成就；写他丰富而复杂的内心世界，写他柔弱感伤而又刚毅顽强的性格；写出一代开拓者的苦衷、心愿、追求和向往！

当我把这个想法告诉他时，他欣喜而又谦和地笑着说："我是值不得你写的。我只不过是当代新思潮的探索者中的一个。只是，我们的探索是十分艰难、十分寂寞，也充满了苦闷和风险的！如果你能把我作为他们的一个代表，给予报道，对我们这代人的探索给予支持和鼓励，我就感到高兴了！而且，我是主张超越的。报告文学同样应该超越！我很推崇作家祖慰的观点：我报告了他，他报告了我！我的情况只不过是一个具体材料，希望你用这个材料，表达你的感受、思考，写出你的理想、情感。这就是我的心意！"

我很高兴他对我的支持和理解。

他向我敞开了他的心灵。他是我的同龄人，听他的讲述，仿佛是在重温自己走过的历史。只不过，他出生于闽南山区的贫农家庭，我出生于重庆知识分子家庭；他读的厦大，我读的川大；我的人生遭遇比他稍顺利一些；但是，我们的追求，我们的向往，我们的信念，我们的奋斗，乃至我们的气质和禀赋，都是那样的相同或相近！

二

苍茫暮色中，在闽南山区的崎岖山路上，一个瘦弱的小青年，挑着一担米面和蔬菜，在艰难地跋涉着。涉过一条小溪，翻过一座山岗，他累了，放下担子，吐着粗气，擦着热汗，看着满山的绿叶，听着树上的鸟鸣，愉快地笑了。他取出担子里母亲为他准备的干粮——用糯米蒸熟炒干磨细的炒面，轻轻地放了一把在口里慢慢嚼着。在这淡淡的甜香中，他仿佛领略了母亲的心意，母亲的情意，母亲的希望……

就是这样，林兴宅在闽南山区的崎岖小道上、艰难而苦寒的人生道路上，度过了少年时代，以坚忍顽强的毅力和优异成绩，跨过了中学阶段。

夏夜，星光万点。厦门海湾风柔浪软。海波一浪一浪，浸入两位挚友的亲切交谈的岸线。对面鼓浪屿的灯光和海上渔火的微光，与他俩心中的理想的闪光遥相呼应。

林兴宅和刘再复在海滩上漫步着，激动的心潮就像那无边无尽的海浪在波涌着。是啊！年轻人的心，怎么能够平静呢？四年紧张而有意义的大学生活结束了，即将踏上人生的新阶梯，走进人生的新课堂；好友即将分别，有多少回忆、多少情思、多少遐想在心中交融……

"繁星啊，是天空倾注的诗篇；波涛啊，是大海挥洒的雄文；人民啊，是我们伟大的母亲！"富于文学才情的刘再复回想起几年来学校用头等助学金把他培养到大学毕业，又分配到中国社会科学院文学研究所，不觉感慨万端地抒发着心中的激情。

"是啊，人民养育了我们，学校培育了我们，我们该怎样报答她呢？"更倾向于理性思维、决定留校任教的林兴宅也在心里骗织着未来的美梦："我总想，我们的生命是非常有限的，只有为社会创造财富，才能使生命产生价值；我们要以自己辛勤的劳动在世界上创造精神的财富，留下人生的足迹，以此报效祖国和人民！"

"海阔凭鱼游，天高任鸟飞。母亲把我们养大了，我们的羽翼丰满了，是我们展翅奋飞，大展宏图的时候了！"刘再复望着星空，心驰神往地说。

"对！我们要寻找一条超越自我生命的路，寻找一条超越肉体生存而取得更高生命价值的路!"林兴宅心中也充满对未来的渴望!

三

　　林兴宅留校任教以后,生活,并没有像他想象的那样五彩缤纷,人生的道路也不像他设想的那样笔直平坦。一毕业,林兴宅就被派去搞社教,两年后回到学校,学校已变成了大批判的战场。他也怀着圣徒般的虔诚投入了这场"反修防修"的"伟大革命"之中。由于派性的影响,1972年学校招生之后,他一直未能担任教学任务,一直在繁杂的行政事务中耗费着宝贵的青春。直到1977年以后他才当上了一名助教。一种沉重的紧迫感压在他心头,他产生了一种读书、教书、科研的疯狂劲。但是,他的家庭景况又很不好。他在"文化大革命"中戴着臭老九的帽子和一个仅有初中文化程度的售货员结了婚,婚后又生了三个孩子,经济负担重。他的妻子既不能理解和尊重他的事业,又不能尊重和孝敬他恩重如山的母亲,他们经常发生矛盾和冲突。加之妻子又在远处工作,他不得不当起"家庭主男",跳起了"锅边舞",把宝贵的光阴付诸繁杂的家务。除了婚姻、家庭、经济、家务这些有形的、物质的烦扰,林兴宅还有无形的、精神上的痛苦。他发现,自己在世俗生活中是个弱者,他无权无势,而又正直纯洁,书生气十足,这就注定了他在生活中常常陷于屈辱的、被人欺负的境地。在人事的纷扰中,他渴慕着人情的纯真和高尚,可是当他用纯洁的心灵去感受世界,却发现世界并不如他想的那样纯洁;当他用真诚的态度去对待世人,却发现许多人极不真诚;当他用理想的眼光去看待生活,却发现生活很不理想。为了摆脱这种不幸,他尽力地发展内心的刚强,把意志导向精神的充实和强大、人格的独立和自由,从而产生顽强奋斗的倾向。于是,从1977年以后,他拧紧了生命的发条,把做家务当作脑力劳动后的休息,一忙完家务就往图书馆、阅览室跑。一到了那儿,他就感到解脱和欢欣,他的心立即沉浸在知识的海洋中。他感到全身心的轻松和愉悦,感到作为一个真正的人而生活的乐趣和意义。他深刻地体会到:人,只有在学习着、思想着、创造着、奉献着，才是真正高尚的！

他开始了中年时期的第一次冲击！他发觉，文艺理论研究乃是他超越庸俗生活和平庸生命的最好手段，于是，他开始结合《文学理论》教学，根据十一届三中全会"拨乱反正"的精神，写一些文章。在读书、钻研和写作的过程中，他感受到，真正的人生幸福乃是对自由的体验。他如醉如痴地在知识的海洋中遨游，在真理的山路上攀登。他常常不自觉地沉醉在惊喜、满足、崇高、优美的情绪中，忘却世俗生活的痛苦。

1978年，他在厦大中文系举行的科学研讨会上宣读了《谈文艺的形象思维》的富于新意的论文。

1979年，他在厦大中文系举行的科学研讨会上宣读了评述毛泽东关于文艺的两个批评标准的论文。

1979年，他在厦大中文系举行的科学研讨会宣读了一反当时流行的把文艺的教育、认识作用同美感作用等同起来的观点的论文。

这三篇论文都很受学生欢迎和支持，但是却有老师批评他"标新立异"，想在清理精神污染时"清理"他一下。这使他再次感到了探索的孤寂和开拓的艰辛。

四

1980年春天的一个温馨的傍晚，厦门大学绿树青葱，繁花似锦，月光朦胧，香气氤氲。

林兴宅应约去到中文系系主任郑朝宗教授的客厅。郑教授早年留学英国，学识渊博，待人诚恳，奖掖后进。从1979年开始，他同许怀中副教授联合招收了八名文艺理论研究生，就把林兴宅调来做他们的助手共同开了文艺鉴赏选修课。在这个过程中，郑教授对林兴宅的学业、事业给予了热情帮助和有益的指导。今晚，郑教授又约林兴宅到他家中摆谈。

郑教授把林兴宅迎进客厅后，拿出钱钟书先生的《管锥编》送给他，要他好好研读钱老的这部学术巨著。郑教授又关切地询问林兴宅最近的科研计划。林兴宅一时答不出来，心里一阵惭愧。因为最近这段时间，当他决定向理论研究的纵深方向发起第二次挺进时，他发现自己这几年的研究带有很大的随机性，像打游击战一样，东打一枪，西放一炮，没有自己的阵地，没有相对稳定的研究课题。一时想搞古典文论，一时又想搞美学，一时又想搞形象思维学。到底搞什么好呢？自己也确定不下来。

郑教授语重心长地说："你这段时间的思索是好的。我也正想同你谈谈这个问题。搞理论研究，一定要有自己的阵地，自己的领域，决不能满足于东打一枪，西放一炮。"

林兴宅颔首点头。

郑教授还深情地说："你这几年写了一些论文，是有你的见解的，也是有成绩的。但是你的研究方向还不明确，不集中，知识积累呈无序状态，不可能实现几何级数的增长，力量分散，成果也不显著。你都四十岁了，时不我待啊！一定要尽快选定自己的主攻方向，集中时间，集中精力，全力以赴，一头扎进去，早日拿出高质量的科研成果来！"

一席话，像一盏明灯，拨亮了林兴宅的思想；又像一场春雨，浇绿了林兴宅思想的绿洲。他手捧《管锥编》，缓缓走出郑教授的家，向五老峰走去。他想起，自己在郑教授、许副教授的指导下，同他们合开文艺鉴赏这门课后，对文艺鉴赏问题有了浓厚兴趣和一定研究，为什么不沿着这条路走下去呢？主意拿定之后，他像决战前的将军选定了突破口一样兴奋！刚好，从前年开始，林兴宅独立承接了原来同郑教授、许副教授合开的文艺鉴赏课，并独立开出了选修课文艺批评的方法。从这时起，他有了明确的主攻方向和科研目标，他真正在学术上"安营扎寨"了！他的读书和积累、教学和科研、研究与写作，都围绕着文艺鉴赏与文学批评这两个中心来进行。由于目标明确，课题集中，他的研究越来越深入，进展大大加快，知识积累像滚雪球，写起文章来也越来越顺手了！他越来越领会到做学问的乐趣，越来越意识到，自己的创造性劳动为人类创造了精神价值，从而补偿了自我生命的消耗，超越了自我生命，使自己的生命获得了净化和升华，生活也越来越充实，越来越有意义了！

就在他向文艺鉴赏与文学批评进军的时候，就在他尝试用各种方法、各种角度及各类艺术的知识来分析、评价和鉴赏文学作品的时候，他偶然间在一本杂志上看到了关于系统科学的介绍文章，感到很受启发，并敏感地意识到这是文艺理论研究的新路子。于是他想方设法寻找并如饥似渴地阅读有关系统论、方法论和信息论的文章，思考这三方面的原理，并积极运用系统方法来重新思考和摸索做学问的方法。首先，他调整了自己的知识结构，逐步建立起以现代哲学意识为中心的综合型知识结构。其二，确定了读书原则——抓两头，即一方面集中时间精读学术名著，吸取智慧精华，一方面泛览最新杂志，汲取最新信息，跟踪世界足迹。其三，读书方法也由重知转向重悟，读书时不重知识的积累和资料的收集，而侧重对书中内容的理解和感悟，用以激发自己的联想和灵感，打开创造性思维的闸门。其四，科研和写作采用迂回战术，在选定具体研究对象后，故意绕开这一对象的研究成果，反复阅读原作，调动知识储备进行思考，形成大纲。然后用一段时间看些杂书，从别的学科领域寻找启发，激发联想，待思考成熟后再写出初稿。最后才参考有关研究成果，进行补充修改和完善——这有利于摆脱原研究者的思路和自己原有的思维定式，开拓新的思维空间。

1981年，他尝试用系统论方法写出了《小说〈月蚀〉中感情的诗化》一文，受到评论界关注。小说作者、著名作家李国文热情回信给他说："您的文章很有见地。……看了您的文章，深有知己之感。"论文被收入《中国新文学大系（1976—1982）理论二集》之中，著名文学评论家朱寨在该集导言中对这篇评论给予了较高评价。

初步的尝试使林兴宅看到了新的科学方法的生命力：它有利于开拓思维空间和研究领域，有利于文艺研究水平的提高和文艺理论自身的建设。于是，他想选择难度较大、分歧较多的课题来进行系统论科学方法的尝试。

一天，一位鲁迅研究的专家到厦门大学中文系做关于鲁迅研究的报告，他说，几十年来，中国和世界对阿Q形象的研究文章很多，但众说纷纭，莫衷一是，迄无定论。林兴宅听后蓦然想到：为什么不用系统方法对阿Q形象进行分析研究呢？显然，这是一个艰巨的任务，但是，要想把系统论引入文艺领域，取得较大的突破，就必须进行高难度的开拓性的工作！

林兴宅开始了艰苦的高难度的探索！

几个月的时间里，他把《阿Q正传》读了一遍又一遍，反复回味，仔细咀嚼，深入思索，他发现，面对阿Q这样一个复杂的、立体的、有机的整体形象，再用传统的、线性的、单一的思维方法进行分析显得很不够，必须运用系统论的方法，即：用有机整体观念代替机械整体观念，用多向的、多维的联系和思维代替单向的、线性的、因果联系的思维，用动态原则代替静态原则，用普遍联系的复杂的综合方法代替互不关联的逐项分析方法。也即把阿Q作为一个系统、一个整体来进行全面的、立体的、综合性的分析、研究和考察。于是，他深入地思考了阿Q身上的各种性格因素以及构成阿Q性格整体的结构和层次，并从它们的有机联系中把握了阿Q性格自身的规定性，即固有本质。接着，他又把阿Q形象放到社会大系统中，从各个侧面考察它的系统质。最后，再历史地考察阿Q典型在文艺欣赏中，在不同时间、不同空间以及在不同读者、不同审美状态等条件下所产生的不同的功能质。

就这样，他写出了论文《论阿Q性格系统》。

一颗新星升起在中国文艺理论界的星空！

的确，系统论引入中国文艺理论界，给文艺理论研究带来了新的生机和活力，扩展和提升了理论研究的领域和水平。我在1990年出版的理论专著《文学创作灵感论》就自觉地运用了系统论、信息论等方法，把灵感这一复杂而深奥的课题置于文艺学、美学、哲学、心理思维学和脑科学几个大系统中去研究，而且把灵感不但作为一种心理现象去研究，还把它作为一种与抽象思维、形象思维并列的、最富创造性的思维方法去研究。我还把灵感的研究由灵感本质扩展到灵感的培育、诱发及捕捉,全面深化了对灵感的研究,受到著名诗人臧克家等的高度评价。这就是系统论等新方法带来的作用。

《论阿Q性格系统》的成功,使林兴宅更加意识到新方法的优越性和生命力:随着现代科学技术发展而产生的新方法,是一股来势汹涌的浪潮,它首先冲击与科技关系最密切的经济领域,然后逐步波及其他社会科学领域;文艺科学虽远离这一冲击波的中心,但也或迟或早要受到影响;而且这冲击波一旦到来,必将打破传统文艺观点和方法一统天下的局面,给文艺科学注入新的生机!他决定自觉响应现代科技革命对文艺研究工作者的召唤,做一个开拓者、先行者,继续深入下去。

于是,他又选择了艺术魅力和艺术的永恒性这个迷惑了人们千百年的难题进行研究,向更高的目标冲刺!

1985年,他在四川人民出版社出版《艺术魅力的探寻》一书,接着,又在此书基础上写成《论文学艺术的魅力》的长篇论文,在《中国社会科学》杂志上发表。这两部作品是中国现代文艺理论的杰出篇章,也是林兴宅对文艺欣赏和文艺理论所做的卓越贡献。

《艺术魅力的探寻》一书一开始就改变了过去把艺术性质看成是单一地反映生活的传统观念,而提出艺术是一个三维的立体结构的观点(即再现、表现和评论);进而改变过去把艺术魅力看成是凝聚在作品上面的客观属性的观念,而把艺术魅力的本质界定为一种效应:即作品的三维结构的审美效应。"因而,魅力的秘密不能仅仅到文艺作品中去寻找,而应该在文艺欣赏的实践中去寻求解释。"接着,林兴宅从系统论的"要素——结构——功能"这三个环节的轨迹出发,对艺术魅力进行了静态分析。他根据美的本质存在的两大范畴(美是审美主客体在实践中的统一和内容与形式的统一),寻觅出构成艺术美的四种要素——模仿因素(要求真实可信)、表现因素(要求独特新颖)、内容因素(要求真挚深沉)、形式因素(要求含蓄蕴藉);而这四大要素又和读者审美结构中的知觉、想象、情感、理解四种元素一一对应，呈现出一种有序状态。这四种因素的有机结合，就成为作品美感效应的内在根据。这就把作品的审美结构揭示得十分科学。接下来，林兴宅还进一步运用系统论关于事物都是一个不断地与周围事物进行物质能量和信息交换的开放系统的原理，对艺术魅力进行了动态分析，考察揭示了艺术魅力生成动因的三个方面：一是文艺作品的美学特征，二是欣赏者的个人条件，三是欣赏过程的环境因素。而艺术魅力的产生则是这三种动因共同作用下形成的。接着，他通过对艺术魅力生成的历史层次和心理层次的分析，提出了欣赏者的审美感知图，并得出了深刻结论："艺术魅力乃是文艺作品的美的信息对欣赏者的刺激与欣赏者的审美心理结构中历史的积淀和心理组织作用所形成的合力。""这是一种美感效应。""一个作品艺术魅力的大小是这个作品在一定时空条件下对欣赏者的美感效应的综合测报。"特别值得称道的是，他还揭示出人物的艺术审美活动是一种象征行动，而艺术的生命力实际上存在于作品的象征功能之中。在此基础上，林兴宅建立了艺术欣赏过程的理性模式。

这部作品的发表立即引起了理论界的高度重视。著名作家刘心武、阎纲，著名评论家刘再复、王世德、朱寨、何西来、谷雨、何开四都撰文予以肯定和赞扬。刘再复高度评价林兴宅："把艺术魅力这一复杂现象放到整个审美系统中来考察，打破了人们把艺术魅力看成文艺作品的客体属性的观念，而把艺术魅力界定为文艺欣赏中的美感效应，并揭示出它的内在结构，并在此基础上建立了艺术魅力的结构模式、对应模式和个体发生模式。作者努力把艺术魅力现象的研究从经验性的描述引向科学化的道路，这对研究的深入和理论的前进无疑是有很大意义的。"何开四在评述了这两部作品的较高学术价值之后，还指出了它们在文艺研究方法论变革中的特殊意义及其对文艺工作者本身的启发意义：一，在文艺研究中要提倡创造性思维；二，文艺理论工作者要重视自己知识的更新；三，对于当前文艺研究方法论的更新，应取支持的态度。

就这样，林兴宅以他长期的积累、艰苦的探索、大胆的开拓，取得了卓越的、令人惊羡的成果，由一个默默无闻的普通教师，一举成为文艺战线的一位名人、一颗新星！这以后，中国社会科学院文学研究所和不少理论、学术研讨会请他作中心发言或学术报告。1985年，他加入中国作家协会，并被提升为厦门大学文学研究所副所长，还被评选为福建省先进教育工作者。他的事迹在许多报纸、杂志上宣传。一位教师幽默地说："林兴宅是拜伦勋爵，一夜之间成了名人。"

不过，林兴宅并没有拜伦的过人才华和豪气。他是在贫寒而清苦的人生道路上，在坎坷而艰辛的生活中，以坚忍不拔的毅力和高迈卓越的胆识，以敢于开拓的精神和富于创新的劳动，经过艰辛而顽强的奋斗，才超越了人生的平庸和痛苦，超越了尘世的纷扰和烦恼，创造了高度的人生价值，获得了心灵的自由和幸福的！他的成功，是悬崖绝壁上的跋涉，万仞深渊上的攀缘，寂寞中的探索，压力下的苦斗，苦闷中的追求的成果！他的成功，渗着血汗、混着艰辛、伴着黄连、融着苦胆啊！

为了迎接明天的挑战，为了文学事业的蓬勃发展，我们是多么需要像林兴宅这样敢于探索、敢于创新、敢于不断地超越自我的开拓者啊！

"西南写作一枝花"——董味甘

董味甘是四川荣县人，20世纪40年代毕业于四川大学中文系。他是重庆师范大学中文系著名的写作课教师，讲课从不带教案，滔滔不绝、抑扬顿挫、中心突出、层次清楚。不管是鲁迅杂文或是长篇作品，他都倒背如流，烂熟于心，一时之间，传为美谈。各个大学中文教研室，纷纷组织前往听课。我也跟着教研室老师去听了他的课，真是敬佩不已！不久，重庆成立首届四川大学重庆校友会，他担任会长，我和黄宗模等担任副会长。那时候我们每个月都要开一次理事会，一起商量工作，跟他更熟了。就这样，我采访了他，写了这篇文章。

一

刚刚粉碎"四人帮"那会儿，重庆等地写作教师们热情高涨，积极筹备成立写作学会。1978年，由四川及云南、贵州、江西等省的写作教师发起，在南充及重庆等市进行了校际的公开教学。全国10省21所院校的写作课教师参加了这次活动。公开教学由四川的三所师范学院写作教研室主任打头阵。董老师讲授《为了六十一个阶级兄弟》——这是一篇传统教材，并不新鲜。但是，董老师却从写作与阅读的角度来讲，讲出了新意、深意。他上课不仅没带一张讲稿，而且那一万多字的通讯，连标点符号都清清楚楚地印记在脑海里，随手拈来，恰到好处。板书也紧扣中心，简明扼要而又精当合适。到会的高校写作课教师都为他娴熟、高超而绝妙的教学技艺所倾倒和折服了！讲完课，听课的学生和老师情不自禁地跳起来，掌声如雷，久久不绝。大家热烈称赞他，把写作课讲活了，讲出了水平，讲出了威风。有的同志还夸他是"西南写作一枝花"。江西师院中文系讲师、中国作家协会江西分会会员沈世豪在散文《山城灯火》中描述了他听课时的感受："听课的人们，一忽儿凝神屏息，如入幽谷，寂然无声；一忽儿笑脸绽开，如轻风拂来，万树争春。人们的思想随着董老师那韵味浓重的四川口音，渐渐地融进一个精妙无比的境界。听这样的课，不仅增长知识，而且是美的熏陶，艺术的享受。"董老师有几十篇这样的"传统教材"，都可以倒背如流。他又善于根据学员的特点、性质、水平、任务，灵活地改变教学的角度、方法、难度、深度、内容，以适应各种学员的需要，所以深受欢迎。

董老师认真总结了自己多年的教学经验，提出了"生者熟之，熟者生之；易者难之，难者易之；实者虚之，虚者实之；常者变之，变者常之"的"四字经"以及内容丰富的"三字经"，为中青年教师写作和语文教学提供了宝贵的借鉴。

二

为了振兴写作事业，提高写作学科的地位，以重庆、四川、贵州、云南等省市的写作教师为主酝酿成立了全国写作学会，大家选举董味甘与周姬昌为正副组长。经过多方工作，1980年秋，教育部和社会科学院批准成立了由董味甘、周姬昌为正副组长的写作学会5人筹备小组。喜讯传来，董味甘感到十分振奋！董味甘想：尽管筹备组代表了十来个省市的高校写作教师，但是，要造成全国性的声势，成为全国规模的学会，还必须进一步团结全国同行，联系全国各地区有代表性的学校和学者参加。尤其是华东地区的写作教师已经组织起来，更应充分同他们协商。于是，董味甘同南充师院陈显耀老师一起，于9月初从重庆出发到武汉大学、江西师大等，同那里的老师们洽商，把原拟由江西师大担任的东道主任务让给教育部批示的武汉大学。然后他们乘车至华中师大、杭州大学、复旦大学，同这些学校的同行商议；并同东北、西北、华北地区有代表性的学校及学者取得了联系。经过 3 个多月奔波，董味甘、周姬昌、陈显耀同全国高校写作老师取得了联系，协商了步调。为了充分调动各方面的积极性，董味甘和筹备组同志抱定不当白衣秀士王伦的宗旨，把教育部批示的 5 人筹备小组扩大到 21 人。董味甘还主动把筹备组组长让给东道组组长、武汉大学周大璞教授担任，周姬昌也把筹备组副组长让给其他高校的教师担任，西南农大付德岷也把常务理事让给了贵州师院的王强模。就这样，中国写作学会于 1980 年 12 月 24 日成立。写作学会的成立，有力地推动了我国写作学的教学研究工作。在学会建设中，董味甘始终坚持团结务实的原则，坚持学会要姓"学"，要博采众家之长，贯彻双百方针，团结老中青教师，把教学、科研搞上去。在发展过程中，出现矛盾和分歧的时候，董味甘作为学会主要领导人之一，始终促使大家团结起来。许多同志称赞董老师为维护学会的团结和统一做出了巨大贡献。

为了振兴写作事业，提高写作学科的地位，从理论上、实践上建立起科学的写作体系，董味甘同全国的写作教师一起，进行了艰苦的探索和创造。他认为，要振兴写作学科，关键是要出成果，要破除门户之见，汲取当代世界科学成果，运用脑科学、心理学、美学、思维科学以及其他社会科学成果研究写作，使写作学更加富于科学性、系统性和实践性。为此，1978 年，董味甘同西南几所院校写作教师一起，编写了《写作知识》《范文选讲》《写作参考资料》（上、中、下），适应了广大高校师生对写作教材的需要。仅《写作知识》一本，一、二版就发行了 80 万册。不久，他又同付德岷、胡熙绩、彭斯远等老师编写了《散文名著欣赏》。1986 年，由董味甘任主编，付德岷、王强模任副主编的《普通写作学》一书出版。这本教材打破了过去以文章要素安排章节的传统模式，汲取信息论、系统论、控制论的科学方法，从心理学的角度，按写作主体的心理轨迹，从感受、思维、想象、情感、构思、技巧到创造、语言，构成一个新的完整的写作系统——体系新，论述深，内容广。此书出版后，受到了写作界专家、学者的赞扬，纷纷称此书是对写作学科的新贡献。董味甘还以此书的提纲在中国写作学会（设武汉大学）助教训练班上给来自全国的数十名助教作了讲授，受到学员的热情欢迎。

董味甘深知，振兴写作学科要靠几代人的辛勤努力和艰苦奋斗。因此，他在担任重庆师范学院写作研究室主任后，又带领重师写作教研室中青年教师编写了《现代阅读学》，以弥补当前写作学科的缺门。

90年代退休后，董味甘又写出了大量优秀的旧体诗词和赋等，成为重庆著名辞赋专家和诗人。

命运交响曲

——记著名诗人作家王群生

混沌的薄雾笼罩着大江，深冬的严寒窒息着山城。

当我沉重地跨进王群生的病房，我惊呆了！他妻子不是来信说他得了肾癌并做了肾切除手术吗？然而此刻，他却坐在靠窗的木椅上，俯身于窄窄的洗脸架上，在稿笺上急速地书写着！洗脸架上放着一盏小台灯和一部小型收录机。收录机正播放着贝多芬的《命运交响曲》。

突然，他咳了几声，魁梧的身体抽搐起来——看来，他是病得不轻哪！

"啊，郭老师来了！"他回头拿毛巾擦脸，看见我站在他身后，亲热地叫了起来！这声音，还像平日那样热情爽朗。

"国际友人研究会让我来看望您！"

"你等一会儿，我把这节赶完！"他回头握起笔，更快地写起来……

唰唰唰，唰唰唰……这是春蚕在吐着精美的蚕丝，是蜡炬在迸射着生命的光焰，是信念在同命运作顽强的决战！环顾他窗前的长江，凝视他工作的背影，难言的激情涌上心间。我一向特别钦佩他的拼搏精神。中华人民共和国成立后，他出版了《红缨》《新兵之歌》《火凤》等长篇叙事诗，粉碎"四人帮"以后，更一气写出了《彩色的夜》（获全国优秀短篇小说奖和解放军首届军事文学奖）、《蓝宝石花》、《朋友，我爱你》、《雾都浪漫曲》、《血与火的恋歌》、《情山梦海》等几部长篇及中篇小说集，还改编了几部电影和电视连续剧。可是想不到，在身患绝症之后，住在医院中，他还如此"忘命"！

"哎呀，对不起，对不起！"王群生放下笔，转过椅子，同我促膝倾谈起来。

我向他转达了重庆国际友人研究会领导对他的关怀和慰问。他说：

"去年十月，刚写好历史小说《镇妖却鬼录》的提纲，突然感到心口不舒服，到医院一检查，竟然是肾癌！这是我在化验单上发现的，医生和爱人都瞒着我——后来给我切除了一个肾。消息传出以后，市里领导都来关心，文艺界的前辈林默涵、贺敬之、刘白羽和省外朋友来电来信慰问，四川与重庆文艺界朋友都来看望，我很受感动，在病床上躺了两天。再也躺不住了！我要写，要在我没断气之前，把想写的东西尽量写出来……"

他指着当书桌用的洗脸架说，"为了这个'桌子'，我不晓得给医生、护士磨了多少嘴皮，终于感动了他们，允许我把洗脸架搬来当桌子。"

他诙谐地笑了笑："得到桌子以前，我还作了一个梦！我梦见自己被判官带到阎王殿，阎王老爷问我，你在阳间是干什么的？我说摇笔杆。他问我到了地狱有什么要求？我说，我只有一个要求——给我一个单间——我要写小说！他似乎还特别优待我，说：好吧！就叫判官把我带到一个单间——咦，怎么回事，冯骥才也在里面，莫非他也向阎王爷要单间来了？我们俩都相视大笑起来……"

王群生哈哈大笑起来！他那宽阔的脸膛上，露出了兴奋的光彩。可是我却笑不出来！我被这奇特的梦震撼了！俗话说：日有所思，夜有所梦。这个梦反映了多么深广的内涵啊！我们的作家，我们的知识分子，是多么执著，多么勤奋，多么纯真，多么富于理想和事业心啊！在即将进行癌症手术的时候，心中想的，竟只是一个安静的环境，以便安心写作！他们的情怀是多么高尚，他们的品质又是多么可贵啊！

正说着，一位清瘦的老人走进病房，他听了我们的交谈，对我说："老王真不简单，每天早上医生一查房就起床，除了看病、打针、吃药、吃饭，他中午都不躺一会儿，就趴在这小桌子上写，一直写到晚上十二点！"

我恳切地劝他注意休息，他毫不在意地说："没关系，习惯了！我是当兵出身。十六岁到了朝鲜战场，看到多少战友倒在身旁啊！从那时起，我就没把死放在心上！这写作习惯，也是在战场上练出来的。那时候，我趴在战壕里写，蹲在防空洞里写，一寄回国都给发表了。所以我在什么条件下都可以写作……"

他指着桌上厚厚的两摞稿笺说："你看，手术住院两个多月（还包括开刀的时间在内），我写了二十多万字，现在还有十来万字。我要在春节前在病房里把这部小说写完！"

说到这里，王群生对清瘦的老人说："就是影响你休息了，真对不起！"

"哪里，哪里！"老人家真诚地回答。又对我说："他晚上写作就用毛巾罩在台灯上，一点都不影响我睡觉！"

"王老师。"随着一声清脆的女中音，一位衣着时新的女作者走进了病房。王群生热情地问起她的创作和生活。亲切地询问她丈夫去海南岛的准备情况，就像慈祥的大哥哥，充满了热情，充满了人情味，哪像个得了癌症的人呀！

走出医院，回头仰望王群生那面对大江的窗口，我似乎又看见了他俯身疾书的身影，那激昂高亢的《命运交响曲》又在我心中回响起来！……

为了捍卫屈原和中国文化的尊严

1981年6月，炎夏的余晖还笼罩着重庆师范学院宁静的校园，四十多岁的黄中模正看着中国社会科学院文学研究所编的《文学研究动态》（以下简称《动态》）。突然，他双眉紧锁，两眼圆瞪，原来《动态》上说，日本二十几所高等学校有名的教授、副教授共同编写的《中国文学史》的《序言》中，提出了屈原是"传说人物"，《离骚》《九歌》不是屈原所作的观点。黄中模感到手中的这份《动态》沉甸甸的，像一团火在烧灼着他的心。他想，自己是一个中国人，一个从事楚辞研究的人，怎么能对此置若罔闻呢？他决心就此问题发表意见，同全国的《楚辞》专家一起来反驳日本学者的否定屈原的观点，维护屈原的形象。

黄中模遇到的第一个棘手的问题是：到哪儿去找日本学者的原始资料？他到南京、杭州、上海等地图书馆去查阅，都没能找到。他把他刚刚出版的《〈屈原〉诗话》寄给日本学者，请日本学者代他搜集日本出版的《楚辞》方面的著作。不久，他收到了日本学者寄来的《中国文学史》等著作及其他有关屈原的论文。他发现，日本学者多数是肯定屈原的，只有少数学者持否定态度。

日本学者的文章搜集到之后，黄中模又考虑如何把它们公开，让中国广大学者、专家和群众了解。他选出了两篇有代表性的论文，请重庆师范学院外文系韩基国老师译成中文，然后与陈守元老师各写了一篇同日本学者辩论的文章，送重庆师范学院学报同期发表，在全国引起了极大的反响。全国著名的《楚辞》专家姜亮夫、四川师范学院教授汤炳正、北京大学著名教授林庚、河北大学教授魏际昌、中共中央顾问委员会委员曹瑛等，写信对黄中模表示了支持。

黄中模在前辈的支持下，以充沛的热情和严谨的科学态度，投入论争之中。他对屈原研究中的疑难问题进行了深入探析。

究竟"屈原否定论"起于何时？日本学者说是起源于辛亥革命后廖季平著的《楚辞新解》。黄中模决心要找到此书看个究竟。他到全国各大图书馆及学者私人家中寻觅，终于找到了这本书。经过认真研究，他发现本书是在辛亥革命前写的，其中并未否定屈原。真正最早否定屈原的，是廖季平的《楚辞讲义》一书。经过研究，黄中模写出了《廖季平从〈楚辞新解〉到〈楚辞讲义〉的变化》一文，澄清了这个讹传了六十多年的重大学术问题。国务院古籍整理规划小组编辑的126期《简报》上肯定了它是"我国《楚辞》研究的新成果"。

由于中国著名史学家司马光在编撰《资治通鉴》未载屈原行事，"五四"以后，一些知名学者责备司马光是"腐儒"，是不满屈原。日本的一些学者却硬把这点作为否定屈原的根据之一。事实真相到底如何呢？黄中模花了几个月的时间，查阅了多达八十卷的《温国文正司马公文集》。他像在沙里淘金一样，寻觅着司马光关于屈原的只言片语。终于，他在司马光的著作中找到了司马光歌颂屈原的诗篇《五哀诗·屈平》，这就消除了近几十年来一些人对司马光的误解，并驳倒了日本学者否定屈原的这个重要论据。

对屈原的生辰问题，多年来，一直没有统一的认识，这也成为日本学者否定屈原的一根支柱。对这一较为复杂的问题，黄中模作了反复、深入的研究。他利用出差的机会，到南京紫金山天文台向天文学家学习和请教有关古代星象和历法的问题，还专门到长沙查阅了1973年在马王堆汉墓出土的震动世界的天文史资料《五星占》，并参阅了1975年湖北云梦睡虎地区出土的秦简《日书》等文献。经过多方面的详尽的分析，他写出了《解开屈原生年之谜》一文，深入论证了屈原生于公元前342年夏历正月，即楚历的楚宣王二十八年，从而澄清了一些对屈原诗句的误解，驳斥了日本一些学者提出的"屈原是想象中的作家"的论点。

就这样，从1982年到1985年这三年间，黄中模一连写了十篇有关屈原的论文，在国内报刊上发表，为屈原及《楚辞》研究做出了贡献。

黄中模不仅个人积极撰写论文，而且竭尽全力在学术界及全国各地宣传此事，使学术界的专家、学者了解此事，行动起来，投入争论。为此，他先后应邀到湖南大学、湖北大学、湘潭师范专科学校、荆州师范高等专科学校等向师生作了批驳日本学者的"屈原否定论"的学术报告，动员广大师生关心此事，同时还与全国各地的《楚辞》专家联系，在大连、武汉等地召开的有关学术研讨会上发表讲话，呼吁全国《楚辞》专家关心此事，召开全国性的会议来讨论此事，维护屈原的威望。他的行动得到了中共湖北省委顾问委员会副主任李尔重及全国《楚辞》专家以及四川师范学院的领导、四川省委的支持。终于，在1984年端阳节前，在四川师范学院召开了全国性的屈原问题讨论会，对十年来中国少数学者及近年来日本一些学者提出的"屈原否定论"给予了集中的、有力的辩证。《成都晚报》以整版篇幅刊登了著名学者杨明照、屈守元、汤炳正等老先生的诗文及黄中模的文章，把中国学者同日本一些学者围绕屈原问题进行的论争，第一次在新闻报纸上向广大群众做了详细的报道。之后，国内一些报刊也作了报道。

黄中模发起与日本学者就屈原问题的论争，用了从1983年直到1990年的八个年头。在这八年中黄中模共撰写出版了200万字的楚辞著作，其中的《屈原问题论争史稿》《现代楚辞批评史》被誉为中国两千多年来的第一部楚辞学史。他的《与日本学者讨论屈原问题》《中日学者屈原问题论争集》《楚辞研究成功之路》等八部楚辞专著被国内多家出版社争相出版；他获中国屈原学会一等奖，六次获四川省、重庆市政府二、三等奖，被《中国日报》等海内外四十多家报刊评论推荐为当今国际著名的楚辞专家。21世纪以来，黄中模还主持承担了重庆市人民政府自中华人民共和国成立以来最大的社科研究项目：中国楹联圣人钟云舫及其《振振堂》研究，其成果为 400 万字的 14 部专著，由中央文献出版社于 2012 年出版，获重庆市人民政府优秀科研成果二等奖。近年黄中模还致力于研究台湾诗歌，出任重庆师范大学海峡两岸诗歌研究所所长。他主持的团队对连横诗歌的研究已见成效。其成果《连横诗词选注》38 万字，即将出版。丙申端午，黄中模在台北受连战的接见，受到台湾学界与连战的充分肯定和好评。

怀念冉庄挚友

昨天，刘扬烈兄告诉我说"冉庄走了"。我的心好像沉入了冰窖，凄苦异常。短短的一年多的时间里，重庆文学界先后走了诗人杨山、何培贵、小说和报告文学作家陆大献。前些天，雁翼的小儿子雁鹏从邯郸赶来参加"杨山逝世一周年追思会和诗歌朗诵会"，给我们几位诗友带来了"河北省雁翼文学研究会顾问"和"雁翼文学馆特聘研究员"的聘书。因为冉庄未能到会，雁鹏让我把聘书转交给他。谁知，我还没来得及把聘书交给他，他就走了！他答应为我们筹备出刊的《四川大学重庆校友会通讯》写的稿子，也还没有交给我，怎么就走了呢！重庆文学界连续失去几员高手，我也失去了几位师长和朋友，真叫人心痛呀！

冉庄兄啊，我们都是川大的学子，又是四十多年的文友。你在川大学的是化学，可是毕业后你却以文学为职志，终身奋斗！你热爱诗歌，钟情诗歌，你有诗的才华和灵气，坚守现实主义的创作道路，先后出版了诗集《山河恋》《唱高调的黑母鸡》《泼水梦》《沿着三峡走》《山海心曲》《冉庄诗选》《与云为伴》《旅美诗抄》《冉庄短诗选》《三峡放歌》；同时，你还写散文、戏剧和文学评论，出版了文论集《冉庄诗文论》，散文集《海月》《冉庄散文集》《情之缘》；以后，你又汇集出版了三卷集的《冉庄文集》（诗歌卷、散文小说戏剧卷、理论评论卷）和《集外集》。

你的《唱高调的黑母鸡》获 1983 年全国儿童少年园丁奖，诗集

《山河恋》获"建国 40 年重庆文学奖暨四川省少数民族文学奖"。你是土家族人，你的《冉庄诗选》于 1999 年获中国作家协会、国家民委第六届全国少数民族文学骏马奖，第一个为重庆迎来全国性的少数民族文学大奖。

你先后担任重庆渝中区文联主席，重庆市作家协会荣誉副主席。你在渝中区担任文联主席时，主持了渝中区文化志的编撰工作。你在渝中区文联退休后，又应聘到市作协工作，继续联系出版社为重庆作家出书，解决了重庆许多作家出书难的问题。我的几部著作就是由你帮助联系出版的。

晚年，你 70 岁以后，还担任了《重庆文学志》的编辑工作。当时，你因心血管疾病做了心脏搭桥手术，身体衰弱，行动不便。医生要你好好休息，可是你却继续坚持每天拄着拐杖上班，精心编写《重庆文学志》。我到作协看你，关心地劝你注意休息，可你却乐呵呵地对我说："没有关系，我能够坚持。我们得早点把文学志编出来。"去年四川作协和重庆作协在成都召开雁翼去世周年追思会，你也去了。我看到你蹒跚的步履，心里涌起敬重之情。市作协副主席兼秘书长陈川关心你、担心你，提出要让一位身体好一点的同志跟你住一间屋，好在起居上照顾你。我就主动跟你住一起。晚饭后，两位成都的诗友来看望你，我们一起摆谈到深夜。你担心他们夜深回家不安全，还热情挽留他们跟我们挤在一起住，好明天继续参加大会。你对朋友的热诚，很使我感动。第二天早起，你腰腿僵硬，连袜子都无法弯腰穿上。你很不好意思地对我说："久麟，昨晚睡晚了，今天腰有些疼，实在弯不下去。你能不能帮我穿一下袜子？"我忙说："可以！"你红着脸，腼腆地说："真不好意思！你都快 70 岁了，还让你给我穿袜子！不过，我袜子不臭，今天才换的！"我忙说："没什么！没什么！"给你穿好袜子后，又扶着你用餐，开会。你连声说谢谢。我说："我们是老朋友了，帮这点小忙，算什么！"

你为人真挚、坦率、热情、正直，乐于助人，并敢于伸张正义。你在"文化大革命"后被批判审查时，我大胆同你交谈并鼓励你。你很感激，多次在朋友面前称赞我的正直！特别是在我们一起参加市作协组织的赴越南旅游活动时，我因为在日记中记叙了市作协个别领导人的言论而受到这位领导的误解、责难和错误批评的时候，你勇敢地站出来，说郭久麟是正派诚实的人，并讲述了我在"文化大革命"中抵制造反派的事例来说服他们，解除他们对我的误解。疾风知劲草，在关键时刻最能看出一个人的品德和情操。你的这一行动显示了你的正直和胆识，使我永远铭记！

作为四川大学的学生，你对母校很有感情。作为川大重庆校友会的副会长，你对校友会的工作很关心，很支持，经常督促我、提醒我："你是校友会会长，要把校友会的工作抓好。"你对我的创作和科研也很支持，很赞赏。1998年，你帮助我联系出版《郭久麟散文集》，又热情地为我写序。你在序言中谦虚地说："我与久麟交往已三十多年。他年龄虽比我略小，而文学成就却远比我大。"同时，你还在序言中对我的散文作了精当的概括："反复欣赏久麟的散文，我感到，他的散文充满了对真善美的不懈追求。他以动人的彩笔，为我们描绘出名山胜水的壮丽景色和文化内涵，展示出一个知识分子的不懈追求的心路历程和内心世界。"古人云："隔靴搔痒赞何益，入木三分骂亦精。"你的序，确实写到了我的心上，点明了我的内心追求和向往，所以我格外珍惜！2003年，你又帮助我联系出版了《传记文学写作与鉴赏》一书。2009年，我的《中国二十世纪传记文学史》出版后，你非常高兴地说："这本书是中国传记文学理论研究的新收获，有填补空白的重要作用，应该开个研讨会！我还要在重庆文学志上重重地记一笔！"

接着你又多次同我和市作协的同志商量召开《中国二十世纪传记文学史》研讨会的事情。正是在你的鼓励和推动之下，市作协和西南大学育才学院及中国传记文学学会、四川大学重庆校友会才在2010年年底联合召开了"郭久麟传记文学研讨会"。虽然你因故未能出席会议，但你的竭诚帮助和鼎力支持却让我终身难忘！

人生在世，友情珍贵，知己难求！冉庄啊，你是我知根知底的挚友！现在，你去了，叫我怎不伤痛！但是，想到你已经为重庆的文学事业做出了卓越的贡献，为我们四川大学重庆校友留下了宝贵的精神财富，我又感到释然。人终有一死，只要死得有价值、有意义，就没有虚度一生！我要向你学习，生命不息，奋进不止，学习不停，创作不已！争取写出更多更好的作品！我想，这就是对你最好的纪念！冉庄，安息吧！

翻译家黄新渠

黄新渠是翻译家。

黄新渠少年时代父亲失业，自己也失学，在艰难的环境中长大。后来考入北京外国语学院英语系学习，还没毕业，就选送到志愿军部队担任翻译，还作过外交部领导同志的翻译。"文化大革命"前，来四川外语学院英语系任教。我1965年分配到四川外语学院任教，同他慢慢熟悉了。那时候，我参加沙坪坝区文化馆组织的活动，同杨永年、杜承南等熟识，他们经常到川外来交流、摆谈。杜承南也是学外语、教外语的。而且他们两人还翻译诗，也写诗，所以我们关系就非常密切了。经常是，我写了诗，杜承南就拿起来朗诵，而黄新渠则来评论。我记得，我1973年写的《笔和枪》一诗，杜承南朗诵得铿锵流畅，黄新渠听得专注凝神，他们都给了很高的评价。

黄新渠身材单薄，面庞清癯，在抗美援朝战场上受伤的左腿走起路来有些不平衡，近视眼镜后面的一双眼睛闪烁着智慧的光芒。

1968年10月的一天，黄新渠跟我讲：他想翻译鲁迅的诗，问我有没有鲁迅的诗集的多种版本。我觉得，在全国许多人还陷于派性和武斗的混乱时期，他竟然敢于翻译鲁迅先生的诗歌，真是太了不起了！而且鲁迅先生的诗意境优美，含蕴深广，思想深刻，含蓄凝练，有些中文理解都相当困难，要翻译成英文，更需要译者具备渊博的知识、高深的修养，还需要顽强的毅力和宏伟的抱负！我很佩服他！我很快在家里给他找了两个不同版本的鲁迅诗歌集送他。于是，我们的谈话就增加了交流鲁迅诗歌的内容。他在翻译中遇到什么理解上的问题，也会同我磋商一下。经过几年的努力，他终于将鲁迅的诗歌全部翻译成了符合英语诗歌韵律的版本。为了帮助外国朋友理解，他又加上了详尽的注释。著名作家、翻译家叶君健认为其译文忠实、流畅、注释详尽，推荐给香港三联书店出版以后，又于1979年5月由香港三联书店和伦敦光华书店联合出版。这个版本成为当时在域外独家发行的第一部完整的英文鲁迅诗集，受到国内外专家学者的好评。北京大学资深教授、著名诗歌翻译家许渊冲著文评价说："译者是解放后新中国自己培养的北京外国语学院的毕业生，而译文质量比起国内外名家的译文来，并不逊色，往往还有后来居上之处。"许渊冲还对比了黄新渠译本和其他国内外专家的选译本，高度评价黄新渠译本"流畅""重神似""神秀"，认为读黄新渠的译诗，"像乘长风破万里浪"，又如"吃原汤清蒸鸡"。

粉碎"四人帮"以后，黄新渠以更加高昂的热情，投入了汉译英的诗歌翻译之中。他把唐宋诗词一百首及郭沫若青少年时代诗稿，全部译成了英文。他还把部分唐诗宋词翻译成英文在英美杂志上发表，并受到了好评。此外，他还应出版社之约翻译出中国古典名著《红楼梦》的60万字的缩写本。

随后，他去了成都四川师范大学。他一到川师，很快就提为正教授，并招收外国留学生。

我到成都去看他。他告诉我到川师后，他应邀去美国堪萨斯州的伯色尔学院、戈申学院及布拉夫顿三所高校讲授"中国历史与文化"，还应邀到北俄亥俄大学、内华达大学开设唐宋诗词讲座。他以丰富精湛的文化知识和流畅的英语，给美国师生以思想上的陶冶，文化上的教益。他还以中国作家协会会员和翻译家的身份参加俄亥俄州布拉克顿城作家俱乐部的活动，向美国作家介绍唐宋诗词及鲁迅、李瑛等诗人的作品。

黄新渠在美国期间热心致力于向美国人民介绍中华民族的历史和文化、中华人民共和国的建设和成就，促进中美之间的了解和友谊，并努力维护祖国的尊严和荣誉。

一次，在威奇塔飞往芝加哥的美航班机上，一位美国空中服务员把杂志画报散发给飞机上的每位美国乘客，可是，看到他是中国人，就旁若无人地走了过去。这时，他感到自己的民族尊严受到了极大侮辱，立即用纯正的英语把那位衣冠楚楚的空服人员叫回来，要了一份《时代周刊》。那位原先十分傲慢的空服人员只得毕恭毕敬地把杂志送到他手中。

另一次，一位美国教授十分关切地对他说："如果你愿留在美国，你不但可以住一栋别墅，还可把你的妻子儿女接来美国工作读书，他们每个人都可以买一部轿车，比你在中国的工资高十几倍！"

但黄新渠婉言谢绝了他："中国有我的亲人和朋友，虽然目前我们国家的生活水平还不如美国，但我们正在进行'四化'建设，我怎能离开她？！"

从台湾到美国进修的一位女士在进餐时对黄新渠讲："听说大陆的知识分子受到摧残，要是在台湾，像你这样有学问的教授，是会受到重用的，生活上也是十分优裕的。我们欢迎你到台湾去。"

黄新渠回答说："'四人帮'摧残知识分子的时代已经一去不返了！现在我们十分重视知识和知识分子的劳动！大陆的科学家和教授也是很有地位、很受尊重的！我们希望祖国早日统一。那时我一定会到台湾去，参观祖国的宝岛！我们也欢迎你到大陆访问！"这位女士只好说："我没有办法说服你！"

谈到这里，黄新渠深有感触地说："美国人对热爱自己祖国的人是尊重的，因为美国人也热爱自己的国家。所以，美国人对热爱自己祖国的人是尊重和赞赏的！"

我深感：新渠做得对！只有扎根在自己民族文化的沃土上，才能长成参天大树！只有热爱自己祖国的人，才能赢得各地人士的尊敬和赞扬！那些崇洋媚外，甚至抛弃和反对自己祖国的人，则不但将为中国人民所唾弃，最终也会为世界人民所不齿！

中外文化交流的使者——杜承南

现执教于重庆大学的杜承南，早在五十年代初就读北大时就翻译出版了苏联小说《卓娅》。此后，又陆续翻译出版了《奥列莎河边》《金色的秋天》《普希金抒情诗选》《弗拉舍里诗选》《马雅可夫斯基诗选》《英美名诗选读》《表》《爱的诗行》《捕鼠器》《海湾城迷雾》等二十多部书籍，六百余万字。他的译著文笔流畅生动，深受同行好评和读者欢迎。

1989年，杜承南应美国冈查加大学邀请担任客座教授，讲授唐诗宋词等。为此，他特地用英语编译了《中国古代文学精华》和《中国文学简史》两本教材，向美国大学生选讲了从《诗经》到唐诗宋词元曲，从唐宋传奇到《水浒》《红楼梦》等中国文学精品。学生们反映，听了杜教授的精彩讲解，犹如走进了中国博物馆，得到了美的享受。接着，美国俄勒冈大学、俄克拉荷马州立大学都盛情邀请他去做客座教授，并许诺给予高出冈查加大学的薪金。但他却婉谢了，签证未满期就提前回国。因为他眷恋着他的故园、事业，他的《文学翻译报》。是的，他受四川省作家协会译委会和四川省翻译文学学会重托，在重庆大学的支持和年轻助手们的协同下，创办了中国第一家《文学翻译报》，既向中国读者介绍外国优秀文学作品，更把中国文学推向世界。为创办这家报纸，他往来奔走于各有关部门和印刷厂、作家、翻译家、读者之间，其中的甘苦是可想而知的。

杜承南是一位博学多才而又富于创新精神的学者。他针对中国新诗未能系统、全面地介绍给全世界的现状，率先倡议并领衔主编了《中国新诗金库（1919—1991）》，以宏大的篇幅、精美的翻译，将中国新诗诞生以来的精品用英汉对照的方式推向全球。这项巨大的系统工程，无疑将对中国新诗走向世界起到促进作用，因而受到艾青、臧克家、冯至、贺敬之、卞之琳、方敬、袁可嘉等著名诗人、专家的热情支持和赞赏。同时，杜承南和同事们还创建了我国诗人、翻译家的第一个数据库。一本本凝聚着诗人和翻译家心血的诗集从海内外汇集到译报编辑部，编辑又用电脑把它们输入磁盘，以待为各方提供咨询服务。这无疑是一项极有意义的工程。译报还举办每周一次的英语沙龙，吸引团结了各大专院校的莘莘学子。这表现出杜承南努力为中外文化交流培育更多人才的一腔热忱。

香港畅销书作家——刘济昆

    刘济昆先生祖籍广东，在印尼长大，年轻时怀着对祖国的挚爱回国求学，考入四川大学中文系。"文化大革命"初期，因说了一句"样板戏是破铜烂铁的敲打"，刘济昆横遭批斗，关进成都监狱到"五七"干校劳改，直至 1975 年元旦，才移居香港，从事新闻出版工作。

    "文化大革命"中，刘济昆在监狱中除了看《毛泽东选集》，不能看其他任何书。刘济昆聪明地通过这本书学习中国现代史、中国共产党历史和毛泽东军事思想。出狱后，他还保留了对毛泽东的研究热情，把毛泽东作为有重大历史影响和传奇色彩的历史人物来研究。近几年，他陆续出版了《毛泽东诗词全集》《毛泽东诗词全集详注》《毛泽东诗词演义》《毛泽东兵法》《毛泽东辩证法》等书。

    刘济昆认为毛泽东的诗词比起曹操、苏东坡的诗词来毫不逊色，经多方搜集，反复鉴别，精心研究，出版了迄今为止最全的一本《毛泽东诗词全集》。《毛泽东诗词全集详注》则对毛泽东的每首诗词做出了注解和评说。《毛泽东诗词演义》则以毛泽东诗词为重点和线索，介绍毛泽东的生平事迹。这三本书都深受香港、台湾同胞欢迎。

    《毛泽东兵法》系统总结毛泽东兵法 48 计，并以"以弱制强"归纳出毛泽东兵法的哲理性和辩证法。在具体写法上，以毛泽东数十年战争生涯和历次重大战斗实绩，写出毛泽东的韬略和兵法，展示毛泽东不怕鬼、不怕邪、不怕强敌，敢于斗争的胆略和出奇制胜的独特的思维方式和高超的战略战术。他还用了章回小说的形式和极有情趣的故事来讲述毛泽东的兵法，文字生动活泼，幽默诙谐，把科学性、历史性和文学性很好地结合了起来。因此该书出版后引起轰动，跃上香港畅销书榜。台湾和大陆也分别出了繁体字版和简体字版。香港作家联谊会会长曾敏之称赞此书"是所有研究毛泽东著述中最突出的一部"，造成的香港出版界的"毛泽东热"，所向披靡。

由于我们是只差三届的川大中文系校友，故较熟。他到重庆来时，我还陪他游玩了一天。2009年我去香港参加国际传记文学研讨会，我又专门约他来我住的宾馆畅谈。他已得了癌症，但却依然乐观，依然每天写作不倦。他告诉我，他几乎每天都要在报上发表文章！

可是，回到重庆不久就接到他不幸仙逝的消息。我在心里深深地怀念他！

雨靴的怀念

——怀念日本和歌诗人、汉学专家石川一诚先生

在四川外语学院外国专家招待所里，珍藏着一双雨靴。这双雨靴，时常牵起我们对日本专家石川一诚先生的深深怀念。

在川外日语系刚创建时，学识渊博、教学经验丰富的石川一诚先生来我院执教了。石川先生是日本神奈川县教育中心派到我国几个大专院校的首届 6 位日语教师中年纪最大、资格最老、水平最高的一位。本来，他完全可以选择教学和生活条件较好的北京、上海等大城市的外国语大学执教，但是他却偏偏选择了交通不便、夏天炎热、冬季多雾的山城重庆，选择了刚刚创办的教学和生活条件较差的川外日语系。有人问他为什么这样做，他平静地回答："我们年纪大的人比年轻人更能吃苦，所以我选择了川外。"

石川先生到我院时，我院还没有像样的教学楼、教师住宅和伙食团，只好安排石川先生住在离学校十几公里的一家宾馆，每天派车接送。重庆秋冬季节，雨水很多，学院当时正在搞基本建设，每逢下雨，道路泥泞，行走困难，学校教职工都戏称我院为"稀烂（西南）外语学院"。为此，石川先生特地去买了一双雨靴。在两年多执教的日子里，石川先生经常穿着这双雨靴在风雨泥泞中来回奔走，不辞辛劳，坚持给学生上课，从不因故迟到、缺课。有的时候，山城大雾弥漫，地下道路泥泞，学生们都以为他不能来上课了。可是，石川先生却依然打着雨伞，穿着雨靴，踏着泥泞来了。石川经常对学生说：

"看到你们在这样艰苦的条件下勤奋学习，我就想起我的青少年时代。越是艰苦的环境，越能磨炼人，你们努力吧!"

石川先生教学任务繁重，除负责研究生的几门主课外，还要抽时间给青年教师公开答疑。石川先生身体不好，经常带病上课。有段时间，他腰部疼痛，不能起床，就坚持坐在床上，给研究生批改论文，指导研究生写好论文。为了帮助研究生，他还请夫人从日本寄来珍贵的参考书籍和文章。他又多次给神奈川县教育中心联系，请他们给我院送来了全套珍贵的日本古典和近代文学作品。他还用自己的稿费买了几百套日本《国语》教科书赠送给日语系的教师和学生。

先生在卸职回国之时，把雨靴留给了接任的日本专家，也留下了他对川外师生的深情怀念。回国后，石川先生依然惦念着日语系的师生，关心着川外的工作。他热心为日语系教师联系出国进修，还亲自迎送川外到日本留学的师生，并继续为日语系的发展提出宝贵的建议。当他知道我院这几年修了八层的现代化教学大楼，修了十几栋教师宿舍和两栋外国专家楼，各方面工作都有很大进展时，心里非常高兴，还经常念叨着要回川外看一看。谁料想，就在他即将回川外参观之际，就在他的十名研究生成才之时，石川先生竟在日本死于车祸!我在深切怀念之中，为他编撰了一部电视专题片《我们不能忘记他的名字——记日本友人石川一诚先生》，在中国各电视台播出，还在日本电视台播出；日本《朝日新闻》《读卖新闻》都为我写此专题片及专题片在中国和日本的播出发表了报道。

今天，望着石川先生用过的雨靴，我不禁想起石川先生在风雨泥泞中留下的脚印。这脚印跨洋过海，铺成了一条友谊的大路，架起了一座友谊的桥梁。

这样做人这样做事

——记重庆出版社社长李书敏先生

一、新的考验

1994年春，重庆市委、市政府决定调李书敏到重庆出版社任社长兼党组书记。李书敏过去在新闻界工作了20多年，现在要转到出版界工作，这对他来说，无疑是新的考验。

李书敏是河南巩义市人，1966年从军事院校转业以后即被分配到《重庆日报》担任编辑、记者，后到重庆市委办公厅担任秘书，以后又调任中央人民广播电台重庆记者站站长。他先后撰写了300多篇消息、通讯、特写、评论等在报刊、电台和电视台发表，稿件多次在省市和全国获奖。1988年9月，他被任命为重庆市广播电视局局长并主持重庆电视台的全面工作。在5年时间里，他和重庆广电系统的同志们一起创办了重庆电视二台、重庆经济广播电台和重庆广播电视技术中心、重庆有线电视台，并建成了3万多平方米的重庆彩电中心和重庆市广播电视局办公大楼。他先后策划并组织拍摄了大型系列电视专题片《渝州大地四十春》，系列电视剧《歌乐忠魂》中的《雕像的诞生》《大进攻序曲》和方言电视剧《凌汤元》《傻儿师长》，音乐艺术片《寻找山的回声》，儿童片《我今天满十岁》，广播剧《鲜血写成的遗嘱》《天使的呼唤》等，其中不少作品获全国和省市奖。在多年的新闻工作中，他深深地爱上了这一行。但是，当组织上要他担任出版社的领导工作时，他还是决心服从组织分配，不辜负党组织多年的培养教育和重托。他不但时刻提醒自己要热爱"无上光荣"的出版事业，还把"出版工作无上光荣"的标语写在出版社的大院里，激励自己和同行们要有责任感、光荣感和爱岗敬业的精神。

二、站在哪个坡，唱好哪个歌

面对出版界激烈的市场竞争，李书敏清醒地认识到，出版社必须在改革中求生存、求发展。他和出版社领导班子狠抓内部管理、实行精品战略、开发第三产业三大工作，使出版社在社会效益和经济效益两方面都取得了显著成绩，跨上了新的台阶。

为了加强内部管理，李书敏和重庆出版社新领导班子从 1996 年起，就把中层干部的任命制改为聘任制，基本上解决了干部能上不能下的问题，调动了干部的积极性。端掉"铁饭碗"，对全社中层以下人员实行全员聘用合同制，实施定岗定员、竞争上岗的管理办法，调动广大职工的积极性。打破"大锅饭"，实行分配制度的改革。对编辑、发行及能够量化的部门实行按劳分配，而对于不能量化的部门则采用考核打分的办法确定奖励额度。加强内部管理，建立健全各项规章制度。

李书敏和社领导班子抓的第二项工作是调整图书结构，促进本版图书的良性发展。李书敏从工作中认识到，一个出版社，能否具有较高的知名度，能否在读者中留下好的名声，主要是看它有没有好的本版图书。好的本版图书往往有好的社会效益和经济效益。为此，李书敏和出版社党组着重抓了以下三方面的工作：

第一，走出去聘请专家，开拓选题，确定将旅游、少儿、美术作为主攻方向，加强素质教育和西藏题材的挖掘；同时，由出版社领导带队到南京、上海、北京、天津、西安、成都、西藏等地一边学习兄弟社的经验，一边联络组稿，并在上述地区建立了选题基地，聘请了特约组稿人，充分利用外地的出版资源，使出版社的选题在数量和质量上都取得了很大提高，开拓了一大批很有价值的选题。

第二，大力充实本版图书的发行力量，培育本版图书的发行市场。他们理顺了发行体制，完善了发行人员的考核奖惩办法，调动了发行人员的积极性。如今，重庆出版社年出图书达到 1000 余种，再版率由 36％上升到 50％以上；本版图书的发行码洋也逐年上升，从 20 世纪 90 年代初的几百万元发展到 2001 年的数千万元。

第三，调整图书结构，争取社会效益和经济效益双丰收。李书敏上任以后确立了"一业为主，多种经营"的战略方针，开发了第三产业，力争做到以副养主，主业、副业共同发展。从 1995 年至 2000 年，重庆出版社的副业收入增加了数百万元，显示了很大的发展潜力。

李书敏还根据中央和国家新闻出版总署关于出版社实行社刊工程的决策，在办好《应用数学和力学》《农家科技》两本杂志的同时，创办了《假日时尚》杂志和《新旅游报》，为出版社开拓了新的发展领域和更好的发展前景。

三、重视人才与带头苦干

作为出版社的一社之长和党组书记，李书敏知人善任，惜才、重才、爱才，把培养新人作为一项重要任务来抓。出版社在工作中注重发现各方面人才，对于事业有成、贡献突出、德才兼备的优秀人才，他们大胆提拔到中层以上领导岗位或破格晋升专业职称，还给一些特别优秀的同志积极申报光荣称号和高级奖项。几年来，他和党组一班人推荐原副总编沈世鸣获得了第 4 届韬奋出版奖，推荐副总编辑蒲华清获得了四川省先进工作者，推荐蒲华清、夏树人享受政府特殊津贴，推荐副总编辑陈兴芜、中层干部杨希之、叶麟伟、叶小荣、周显军、钟代福、罗仁伟等获得了全国首届百佳出版工作者、全国出版系统先进工作者和全国优秀中青年编辑、重庆市优秀共产党员等光荣称号。通过表彰和推荐先进，他在出版社树立了正气，树立了楷模，使重庆出版社有了一支优秀的、高素质、高水平的编辑队伍，为出版社的繁荣发展奠定了坚实的基础。李书敏还把抓重点图书和骨干工程的编辑出版作为工作的重心。为确保 52 卷《世界反法西斯文学书系》在世界人民反法西斯战争胜利 50 周年前夕出版发行，李书敏主持该书后期出版工作，对该书涉及的数十个国家的版权问题做了大量工作，并逐一解决，且宣传发行工作也卓有成效。该书获得了第二届国家图书奖。他对国家重点图书工程《中国石窟雕塑全集》（10 卷）的组稿编辑工作也十分重视，专门成立了编委会。编委会由王朝闻先生担任主编，李书敏任执行副主编。他及时解决所需经费，使该书的摄影制作和编辑工作得以顺利展开，并达到了较高的水准。李书敏策划主编的《中国西藏文化大图集》，以不争的事实说明西藏历来就是中国不可分割的一部分，藏族同胞历来就是中华民族大家庭中的成员。李书敏不仅抓重点图书的组织策划工作，而且亲自担任了十多部作品的责任编辑。他担任责编的《邹韬奋传记》《世界工艺美术邮票大图典》获中国图书奖；他担任责编的《回首百年——20 世纪华人音乐经典论文集》《芦苇与荷塘》同时获第 8 届全国城市出版社优秀图书一等奖和二等奖；他担任责编的《程军书法篆刻选》《现代常用文言书面语》分别获第 10 届和第 12 届全国城市出版社优秀图书奖和一等奖。由他任副主编的《纳瑞斯金公园最后的散步》获亚太地区图书银奖，为重庆出版社争了光，也为中国出版界争了光。这些奖项充分显示了他在选题策划、组稿编辑方面的深厚功力。由于他的突出贡献，今年他荣获了国务院政府特殊津贴。

四、为重庆发展贡献出全部智慧和力量

李书敏虽然不是重庆人，但在多年的工作中，却深深爱上了重庆。他策划的《重庆与名人》《红岩系列丛书》《老重庆丛书》《重庆旅游丛书》《大足石刻雕塑全集》等就是证明。他被推荐为重庆市直辖后第一届政协委员，当选为重庆市作家协会副主席、重庆社科联副主席。他经常提笔撰文，宣传改革开放以来重庆取得的可喜成就。他自豪地对我说："作为一个长期工作、生活于重庆的外地人，我深深地爱着重庆。爱它的美丽，爱它的风姿。我要努力搞好出版社的工

作，充分利用我们已经出版和正在编辑出版的宣传重庆的一批图书，向海内外读者宣传介绍重庆的历史、人物、风光和投资环境，进一步提高重庆在中国、在全世界的知名度和竞争力，为重庆文化的发展、为中华民族文化的发展、为中国经济的崛起，贡献出自己的全部智慧和力量！"

怀念张自强

张自强是我们四川外语学院汉语教研室的老教师，到川外不久，我就认识了他。他的身材瘦削，精力充沛，谈吐高雅。人们告诉我，他原是川外汉语教研室的教师，1957年被打成右派，离开教师队伍；1959年宣布摘帽，回到教师队伍；1965年"小四清"时被清出教师队伍，到图书馆工作。

由学校到资中"五七农场"劳动时，我同他住进一间大寝室，这时候，我们接触就多了！当时，我自觉地把农场当作改造自己、磨炼自己意志和灵魂、锻炼自己体魄的场所。白天认真劳动，晚上下了班以后，又忘命地写诗、写笔记。这时候，他和老宣传部部长刘华伯也经常写诗，我们就常在一起切磋交流，推敲文字。这些精神创作活动使我们忘记了劳动的苦和累、生活的忧和愁。我在愉悦的文学活动中享受着精神的饕餮盛宴。

农场劳动结束以后，他回到图书馆工作，我给工农兵学员上课。那时候，只有他一个人每天如此辛勤、负责地在图书馆上班。他每天去取报刊，整理报刊，守在阅览室等待师生来阅读、借阅。那时候，哪有几个人来看报、借书呢？于是他又自觉地做资料卡片。他一个人干了好几个人的工作。他是真正的劳动模范！这一切，我都看在眼里，记在心里。

那时候，阅览室设在一栋小平房中，只有我经常到他那儿去看书看报。他每次看到我发表了诗歌、散文，就会真诚而高兴地说："小郭！你的诗又发表了！”他把当天的报纸给我看，热情地对我说：“我给你专门做了一份卡片和剪报！”

后来，在交谈中知道我们都喜欢围棋，他就约我来下棋。白天是不能下棋的，他要上班，我要看书写作，只有到了晚上，我们两人才偷偷地摸到那堆满了报纸刊物的小平房中，愉快地“手谈”起来。我们的“手谈”是那样的认真，又是那样的文明，从未发生过一次口角争执，尽是互相谦让，互相指点，互相切磋。而且我们每晚只下二至三局，十点左右就回家休息，绝不熬夜，损伤身体。那些时候，每天晚上两三点钟的“手谈”，是我们最愉快的时刻！

不久，钟永江、王之涵等老师也加入了我们下棋的队伍。刘华伯主持向阳院的工作以后，就把围棋列入向阳院的一项活动开展起来。我们还同西南政法学院开展了一次围棋比赛。

粉碎“四人帮”以后，他又回到汉语教研室任教。我们一起学习、讨论，备课、上课，关系就更亲密了。那时候，他上古代诗文选和汉语课，我上写作学。他同朱洪国和其他老师编的《古代诗文选》和《古代诗词名句选》等教材同我与上海外国语学院、西南师范大学等校老师编的《中国现代文学作品选读》等教材都由出版社出版了。他在教学上兢兢业业，对年轻教师关怀爱护，热情指导，受到教研室同志一致好评。

后来，学院把张自强调到图书馆当馆长。他又为川外图书馆的发展，倾注了大量心血。

不久，他退休了，但仍主动协助图书馆馆长王宗海工作，每天都去工作半天。同时，他还热心协助刘华伯办晚晴诗社，编《晚晴》诗刊。他又经常写古体诗，并且重操书法篆刻了。在我的眼里和心中，他的古体诗和书法，都是川外最棒的！

张自强有时给我讲他的经历。他出生于教师家庭，抗战时期在北京师范大学毕业，受教于著名语言学家黎锦熙。他热爱教育事业，热心公益活动，在川外当过工会主席。他琴棋书画均好，写诗作文亦精。对唐宋诗词和散文尤有研究。也许是因为五七年的错划，挫伤了他的理想，加之他心性淡泊，热心公务，因此没有把他的智慧和才华更多地投入创作科研之中，未能充分发挥他在学术上、诗书上的潜质和潜能，未能在学术上做出应有的贡献！作为他多年的知交和朋友，我常为此感到深深的遗憾！我想，这恐怕也是时代的悲剧吧！

记得，在一次"手谈"之后，他戏赠了我两首打油诗。当时，他是含着慈祥的微笑念给我听的，然后又亲自写在了我的一个笔记本上。他去世后，他的弟弟张诚意和儿子们为他编辑出版的《张自强诗文集》中也选了这两首诗：

> 古有张久龄，今有郭久麟，
> 时代大不同，风流看今人。

> 中国有郭老，川外有小郭，
> 只要肯登攀，小郭追老郭。

这虽是两首打油诗，但却包含着他对我的勉励和期许，更包含着他对我的友谊和深情！我时时想着他的勤奋而热诚的一生，并不断地激励自己向他学习，做一个正直的人、热诚的人、纯朴的人，在这大好的时代里，更勤奋、更执著，把自己的所学和热诚，奉献给祖国的文学事业！

张自强教授啊，愿你的在天之灵永远关注川外，护佑你的亲人和朋友！

著名法学教授叶叔良

　　叶教授 1913 年出生于上海，在法国教会学校读中学时，即因领导该校学生"九一八"抗日救亡运动被学校开除。后在南京中央政治学校外交系以第一名毕业，自费留法，以优异成绩获巴黎大学法学博士学位。其论文受到当代国际法大师拉勃拉台尔和劳透派特的重视，后者并在其世界名著《国际法》第七、八版中接连十余次予以推荐。

　　在抗战烽火中，叶叔良博士满怀报国热忱，返回祖国，先后担任四川大学法学教授、新生院院长，东北大学、同济大学、厦门大学、重庆正阳法学院法学教授。中华人民共和国成立后，叶教授先到西南政法学院，后调四川外语学院任法语教授，为法德系的建立和发展做出了贡献。"文化大革命"期间，叶教授在受到批斗的艰难日子里还翻译了二十万字的法文、英文和罗马尼亚文的资料。

　　1979 年，叶教授在四川外语学院退休，后到香港探亲，偶遇树仁学院校长胡鸿烈、钟期荣夫妇。他们也是巴黎大学法学博士，深知叶叔良的学术、才干和人品，遂热情聘请他留港就任该院教授兼社会科学院院长。叶教授不顾年事渐高，以充沛精力和卓越才智，先后在树仁学院开设了国际关系论、近代中国国际关系史、国际法及宪法学等课程。他总结了几十年的教学经验和研究成果，钻研了大量书报及档案资料，站在时代高度，运用哲学、政治学、经济学、军事学、外交学、法学、国际关系学以及现代自然科学，以求真创新的精神和对历史负责的态度，写出了两百多万字的各门课程讲稿。其中，尤以

《国际关系论》《近代中国国际关系史》《国际法》三本讲稿，更富创见，更见功力。《国际关系论》一稿，字数达一百万。他明白宣传自己的立场是：在国际上保卫和平，反对战争、反对侵略、反对霸权，在政治上主张自由民主、反对独裁，在经济上主张社会正义、平等，反对剥削。在《近代中国国际关系史》中，叶教授指出，重温帝国主义侵华史，有助于我国进一步认清敌友，制定妥善的国策。在《国际法》讲稿中，叶教授突出了国际和平论。从这一指导思想出发，他肯定中华人民共和国在国际上一贯的反霸权、反侵略的立场，肯定了和平共处五项原则，他认为这五项原则是主张正义的进步国家一贯支持的，也是各国务实的外交家、政治家们长期实行的，而中国对此的贡献是把这五项作为一个整体提出并在许多中外条约中明确规定。他还从国际和平论出发，肯定了中国反对"双重国籍"的规定，认为这是避免国际纠纷的重要措施。这三部讲稿，凝聚着叶教授对祖国和人类的深情，也是他多年心血和智慧的结晶。他说："我要争取在身体尚好．精神尚佳的这两三年内，把这两百万字的三部书稿整理出来，送出版社出版，为后人留下一些有用的精神财富！"

　　告别叶叔良教授，正值歌乐山上夕阳辉映，晚霞明丽。两句古诗涌上心头："但得夕阳无限好，何须惆怅近黄昏。"我不禁在内心深处为叶教授祝福！

寄兴丹青乐无穷

——记著名美术家、美术教育家魏传义教授

八月。厦门大学。珍珠湾海滩。

傍晚，海风猎猎，吹拂着高大挺拔而又婀娜多姿的棕榈树；海涛阵阵，拍打着绵延无尽而又沙平浪软的珍珠滩。

我们夫妇陪同魏传义教授吃完海鲜后又来到海滩上散步。魏教授是吴日华在四川美术学院读书时的老师。我虽然没有见过魏教授，但却在二十年前写作《罗世文传》时，采访过魏传义教授的堂兄、解放军艺术学院院长、著名书法家魏传统，对魏传义也有所了解而且很敬佩。魏传义博学多才，执着于艺术，其油画和中国画都有很高的造诣和成就。同时他又关心学生，热爱学生，乐于帮助学生，热情诚恳，和蔼可亲。同学们都愿意接近他，向他请教，同他谈心。他在学生中享有很高的威望。魏教授七十多岁了，可是身板依然硬朗，精神依然健旺，谈锋依然爽利。他给我们谈起他在四川美术学院的教学和科研工作，谈到罗中立、程丛林、高小华的毕业创作，谈到他在厦门大学的工作和退休后的美术创作。我们越谈越兴奋，他又请我们到他厦大的寓所，观看他的新作，翻阅他的画册……我们被他的美术创作的业绩和他热情培养人才的精神所深深感动，决定写这篇文章。

一

魏传义，1928 年生于四川达县。他从小喜欢美术，曾师从张凤

竹、黄毓灵、刘既明等老师学习中国画和西画。19 岁考入四川省立
艺术专科学校（后更名为成都艺术专科学校，系四川美术学院前身），
系统地学习了中国画、油画。毕业后留校任助教。1955 年考入中央
美术学院油画训练班，在苏联油画专家马克西莫夫教授指导下，对油
画进行了全面系统的学习与研究，其毕业创作《歇晌》和创作画《街
道》在中央美术学院展出后在报刊发表。回到四川美术学院后，任学
院油画课教师，经常带领学生到各地体验生活，收集素材，进行写生
和创作。他不但指导学生创作，自己也抓紧时间进行创作。"文化大
革命"中，为躲避派性斗争，他与学生一起到内江、自贡等地及长江
航运公司画宣传画，寄情山水，积累素材。不久，他因患白细胞减少
症，在家养病。他遂利用这几年时间，博览诗、词、文、史，操习书
画篆刻。粉碎"四人帮"以后，他作为四川美术学院油画教研室主任
和教务处处长，满腔热情地培养、指导了罗中立、程丛林、高小华等
一大批油画新秀，为美术教育事业做出了重要贡献，获得了国际美术
基金会美术教育奖。1984 年 5 月，由四川省政府调赴成都筹备成立
四川省诗书画院并兼任常务副院长。1985 年 9 月调厦门大学任艺术
教育学院院长兼艺术研究所所长，并任厦门大学校务委员及学科评审
委员。到厦门大学前后，魏传义主要从事中国画的创作，并担任学院
油画和中国画的教学，指导研究生及海外留学生、访问学者的中国画
及油画创作。

　　1993 年，65 岁的魏传义退休了。但是，他人退了休，心却未退
休。他主持了厦门大学艺术教育学院十周年庆典，并在会上做了"艰
苦创业，开拓前进"的讲话，总结了艺术学院十年创业的丰富经验和
深切体会。这以后，他继续作画，并从事美术文化活动和中外文化交
流活动。这些年，他多次到国内各地，并到菲律宾等国进行参观、交
流、讲学，举办画展，广泛传播中国优秀文化。正如他在《丹青乐》
里所说：

　　　巴山佬，东海翁，走南北，闯西东。
　　　情系风帆漂大海，心随浮云游太空。

把酒高歌似少年，寄兴丹青乐无穷。

二

　　魏传义终身热爱艺术，在繁忙的教学和社会工作中始终抓紧时间进行研究和创作，在油画和中国画方面都有卓越成就。

　　魏传义曾师从比利时画家白微明教授。中华人民共和国成立后，他在苏联著名油画家马克西莫夫的"油画训练班"学习了两年多，在马克西莫夫的亲自指导下，同至今活跃在中国画坛的栋梁之材靳尚谊等同学一起刻苦学习，打下了坚实的油画基础，历练了丰厚的艺术功力。在长期的教学工作中，他始终坚信"打铁先得本身硬"，"名师方能出高徒"的道理，十分重视自身艺术的精进和实践。他在带领和指导学生深入生活、深入自然锻炼学习的过程中，总是抓紧时间进行创作，并以自己的创作经验和体会来指导学生。多年来，他经常到西藏和四川阿坝以及全国许多地区观察体验，汲取艺术营养，激发创作灵感，创作了大量精品。

　　他早期的代表作《歌响》抓住人们劳动中小歇的一瞬间来表现人物的风采。画面完整和谐，人物生动细腻，色彩绚丽响亮，流泻着一种纯洁的情韵和浓郁的诗意。《荒原初犁》把垦荒的人员置于画面中心给予细腻入微的刻画，帐篷和拖拉机则置于画幅的左右两侧，连同那跃跃欲试的奔马，烘托出强烈的时代气氛。为中国军事博物馆所珍藏的《强渡乌江》，以恢宏的构图、磅礴的气势、精致的人物刻画，再现了工农红军强渡乌江的伟大的历史性场面，讴歌了红军战士一往无前的英雄气概，是革命历史题材中的精品。表现人民生活的油画《金色若尔盖》《归车》《暮色》《黑河饮马》《载月归》《嘉陵春晓》等，构图明快精巧，色彩鲜艳富丽，人物性格鲜明生动，画家对新时代的感情跃然于画幅之上。而人物画中的《春晖》《老园丁》《画家》《洛尔科》《格桑》《拉姆卓玛》等则显示了画家在刻画人物方面的卓越才华和高超技艺。魏传义的风景画也非常出色。他的《绿竹幽径》构图巧妙、色彩幽深，将中国画的留白及装饰性的线描同西洋画的浓墨重彩与分色技法结合起来，创造出劲竹高标、浓荫遮天、幽美迷人的艺术境界，洋溢着诗情画意。他的《芳草地》色泽艳丽，着笔成趣；《峡谷》境界深邃，笔力遒劲；《微风拂岸》色彩奇妙，意境优美。这些油画，都显示了画家在油画中国化方面所做出的卓有成效的努力。

流连沉醉在魏老师的油画世界中，我们深感他的油画创作功底深厚，技艺娴熟，笔法灵动，手法多样。尤其值得称道的是，画家不但熟谙油画技艺，而且热爱中国画，因而在油画创作中有意识地进行了"油画民族化"的探索。他在创作中自觉地把中国画的线、章法、留白等技法运用于油画创作之中，形成了其油画作品中的富于诗情画意的中国韵味。

三

魏传义不仅是一位卓有成效的油画家，而且是一位功力深厚的中国画家。他深知，中华文化源远流长，而中国画艺术则是华夏悠久历史文化巨流中积淀形成的璀璨瑰宝，它必将随着时代的发展和中华的复兴创造出新的辉煌。因此，他始终对中国画情有独钟。他早年曾师从张大千等四川名家，以后又长期研究和学习石涛、八大山人、吴昌硕、齐白石等大师的花鸟画和山水画，并在诗、书、篆、印上面下了很多功夫。中华人民共和国成立后，他长期从事油画创作。他在画油画时能巧妙地融进中国画之意境与韵味，而他在画中国画时又能参用油画之技法与色彩，这就形成了他自然高雅、清新洒脱的独特风格。再加上他长期研习书法，早年学王羲之、孙过庭，以后又倾心于于右任，笔力刚劲秀丽。魏传义把笔墨工夫用于中国画之中，所以他的国画有显著的笔墨风骨，含蓄润泽，元气淋漓。

你看，他的《荷》风姿绰约，笔酣墨饱；他的《水仙》磊落刚健，简洁含蓄；《寒梅》隽永秀美，香远益清；他的《碧玉香》构成精巧，清新淡雅；他的《傲霜枝》色泽鲜艳，配上他的诗"佳节又重阳，黄花满园香。不畏秋风劲，能傲万里香。"显得诗中有画、画中有诗,诗画珠联璧合,相得益彰;他的《迎春》笔力遒劲,神情毕俏;再配上他的诗"万树红梅迎春来,丹青留取青春在。愿借天风吹广宇,家家户户春花开。"更显得诗意盎然。这正如著名诗人梁上泉在魏老《海风阁诗稿》代序中所言:"君善诗书画,古来本同源。诗以画笔写,画以诗相传。诗画龙蛇走,书之珠璧联。"魏传义真是把诗、书、画三者珠联璧合了。

他的一些小品布局巧妙、简洁凝练、格调高雅。诚所谓尺幅之内,意兴淋漓,单条之上,寄寓深广。魏教授的写意花鸟画和山水画看似随意点染、轻松容易,实则经过了长期历练、意匠经营,百炼钢化为了绕指柔。在他的荷花的宁静淡泊、从容自在的美丽空间中,我们似乎可以读到八大山人的潇洒和飘逸;而在他的《川江小景》《蜀中景》《渔归图》《案园》等书写巴山蜀水的小品中,我们又依稀看到了巴渝画杰陈子庄的简洁传神和含蓄隽永。

摆谈中,魏传义给我们吟诵了他的两首诗:"天地为境,人民为亲。参乎造化,贵在出新。""来自生活中,心源一脉通。画到天真处,方夺造化工。"他说:"这两首诗,体现了我的艺术观念和艺术追求。"

四

魏传义热爱教育,终身从事美术教育,为国家培养了一批又一批美术人才。其中特别突出的是对四川美术学院 77 级油画系学生的培养。

粉碎"四人帮"以后,国家急需大批建设人才。党中央及时做出了恢复高考的决定,从全国招收了大量优秀学生。四川美术学院招收的 77 级、78 级油画系的学生,是十分优秀的。1979 年,魏传义主讲 77 级油画系的油画课和创作课。这正是魏传义创作势头最旺的时候。他带油画作品参加了在日本举办的亚洲美术展;他举办了个人美展;他不但给学生上课,还带学生进行创作实习。1981 年,他又负责指导油画系 77 级学生罗中立、程丛林、高小华等人的毕业创作。

在教学中，他总是鼓励学生要有志气、要为国争光、要有献身精神，要把自己的理想和抱负同人民的命运和时代的需要结合起来。他提出，教学的课堂不仅仅是教室，还应当以整个社会为大课堂。他指导学生根据自己的生活积累确定自己的生活基地。他还引导学生热爱生活，注意发现生活中的美，注意发现生活中闪光的东西，注意把握事物的形象、色彩及其构成。比如，罗中立在美院附中毕业后到了大巴山，因为考入美院后魏传义就鼓励他深入大巴山观察体验，发挥出自己的创作个性。在学生画出草图后，魏传义又采用教师个别辅导和集体讨论相结合的方法给予指导。对水平较高的学生就作为"尖子"来培养，积极为他们创造条件，推动他们更快前进；而对基础较差的学生则给予具体指导和帮助。比如，高小华在作毕业画《赶火车》时受到社会上一些议论的影响，对是否坚持过去画《我爱油田》那样的现实主义的路子有些犹豫，因此初稿显得有些零乱。魏传义即时指出了高小华的问题，鼓励他坚持现实主义的创作道路，既要进行创造，又要画出新的、美的、使人向上的作品。此后高小华又重新投入了生活，到很多车站去观察感受、收集素材，画出了第二稿。魏传义等人在肯定他的进步的同时，又指出了还存在的一些问题。高小华认真听取了大家的意见，对画稿再次进行了修改，终于拿出了一张优秀的油画。最近，高小华的《赶火车》以三百多万元的高价拍卖，历史性地验证了魏传义等美院老师当年指导学生创作的高远目光和卓越水平。罗中立在作《岁月》的草图时，第一稿是画老奶奶在坟地上。讨论中大家提出有低沉的感觉，罗中立则根据大家的意见做了修改，将老奶奶画在了门前，但又在门口画了一口棺材。老师又给他指出这有一种行将就木的悲凉感觉。在听取老师意见后，罗中立把棺材改为了一群生机蓬勃的小鸡。这些细节，表现了山民新的生活特征，歌颂了山民的勤劳淳朴。当罗中立已经画了《我的故乡》组画的草图，又提出要画《父亲》时，魏传义在仔细地听取了罗中立的想法后，同意了他的意见，并且从经费上给予了大力支持，使罗中立能集中精力全力以赴地完成《父亲》的创作。这幅画一举拿到全国大奖。同时，魏传义对程丛林的《雪》、秦明的《放逐中的林则徐》、李珊的《都江堰》、莫也的《母与子》《晚年》、杨谦的《喂食》、周明祥的《一家子》等作品，都提出了宝贵意见。这些作品中凝聚着魏传义的心血和智慧。在77级油画创作取得突出成绩以后，魏传义又热情地于1982年赴京操办"四川美术学院油画作品展览"，请来文化部、全国美协及全国各大报刊进行宣传。1984年，魏传义又再次赴京，筹办第二次"四川美术学院油画作品展览"。可以说，是魏传义的满腔热情把四川美术学院油画系学生及其作品推向了全国。1985年9月，魏传义应厦门大学之邀，调厦门大学任艺术教育学院院长兼艺术研究所所长，并任厦门大学校务委员及学科评审委员。这是又一次的人生的飞跃。他在一首诗中抒发了他此时的情怀：

> 凤凰山兮栖凤凰，
> 凤凰展翅震八荒。
> 长风万里揽日月，
> 五洲四海任翱翔。

在厦门大学艺术学院，他充分利用厦门经济特区和厦门大学综合性大学的优势全方位发展学院的教育和社会功能，使艺术学院取得了重要成就，获得了圆满成功。他特别强调要把艺术学院办成集教学、科研、生产、交流于一体的综合体。他还提出新建"国际艺术交流中心"，积极创造条件，面向全国招生，广揽人才。这些都显示了他"得天下英才而教之"的轩昂气宇。

在厦门大学艺术学院，他不仅给本科生、专科生和硕士研究生开设油画和中国画等课程，还指导本科生和研究生的毕业论文及毕业答辩。十年中，他培养的学生已经成才。比如，研究生王跃伟担任了福建师范大学艺术研究所所长，提为教授；研究生周德师担任了上海华东师范大学美术系主任。同时，魏传义还主持了国家教育重点科研项目，组织师生完成了省市的教育科研任务。短短几年中，他就率领艺术学院的师生为厦门树起了郑成功、林则徐、鲁迅等人的巨型纪念碑，为厦门大桥塑造了《金钥匙》《腾飞白鹭》等巨型雕塑。他还指导了台湾的函授生、美国访问学者等。他的功绩和辛劳得到了应有的奖赏：福建电视台摄制并播放了《一个虔诚的探索者——魏传义》。1990年11月，他获得了吴作人国际美术基金会全国美术教育奖。1992年11月，由中国国际文化交流中心、中国美术家协会、中央美术学院、厦门大学在中国美术馆联合举办了"魏传义艺术展"，展出了魏传义从20多岁到60多岁期间积累的油画、中国画、书法篆刻及论著120多件，彭冲、张爱萍、魏传统、项南、陈昌本、王琦、谢筱西、靳尚谊、古元等领导和艺术界知名人士出席了开幕式并莅临参观指导。

1993年9月，魏传义在他主持的厦门大学艺术学院十周年庆典上做了"艰苦创业，开拓前进"的讲话。他高兴地指出：十年来，厦门大学艺术学院为国家培养了四百多名本专科学生和硕士研究生，完成了国家教育科学"七五"重点科研项目和许多重要的科研创作任务，其中的不少佳作获奖或被收藏，不少论文和专著发表或出版，真可谓硕果累累。这累累硕果中，蕴藏着魏传义多少心血和智慧！

40年来，魏传义始终以一颗热爱学生之心、一颗无私奉献之心、一颗慈祥母亲般的爱心在高校从事艺术教育工作，做出了卓越的贡献，培养了一大批杰出的艺术人才。他的功劳是巨大的！伟大的祖国人才辈出，优秀的美术家到处都有，但是像魏传义那样在已经学有所成的情况下还心甘情愿减少自己从事艺术创作的时间和精力，满腔热情、呕心沥血地把主要精力用于培养艺术后辈的艺术教育家，却是难能可贵的，也更加令我们钦佩和爱戴！

五

1993年代6月，65岁的魏传义退休了。他人退了休，心却没有退休。他摆脱了事务的牵挂，全身心地投入了艺术创作和研究之中。这些年来，他先后到过武夷山、太姥山、雁荡山、黄山、太行山、五台山、崂山、嵩山、武当山、神农架、龙门、云冈、三峡、桂林、深圳、西双版纳、大理以及敦煌、青海、新疆、内蒙古等地进行考察、采风，收集创作素材，创作了大量优秀的山水画、花鸟画和诗歌。他的作品在海内外发表，并多次参加海内外展览。他还赴菲律宾讲学，去新加坡、马来西亚、泰国、日本交流，举办个展。他在台湾时访问了陈立夫老先生。多年来，他的作品获得了各种奖项。他出版了《艺术教育学》专著、《魏传义艺术》专集、《中国花鸟画选——魏传义画集》、《中国书画入门》VCD 光盘以及诗集《海风阁诗稿》等。他的许多作品被选入《中国当代新文艺大系》《中国现代美术全集》《中国著名国画百人作品选》。海内外报刊发表了不少关于他的评论和报道。

魏老师此生足矣！

然而，魏传义并没有满足，更没有止步，他依然身体健康、精神矍铄，他还在孜孜不倦地进行创作和研究，还在奋力攀登。我们祝愿魏教授攀登得更高更远，为祖国的艺术事业做出更大的贡献！

（此文是 2003 年 7 月我与夫人吴日华去厦门大学采访魏传义教授时所作，惜乎吴日华已去世多年，捧读此文，不禁感慨万千）

江碧波的艺术人生

2016 年岁末，我同夫人龙燕来到绿树成荫、环境优雅的碧波山庄，拜访著名画家江碧波。她正在工作室做艺术陶罐，工作台上放着十几个造型优美别致的陶艺坯子。江碧波正和一位助手在忙着制作和描绘图案。见我们去了，江碧波陪我们走进了《上下五千年》国画陈列室，我们立即被震撼了！

几十张高 2 米、宽 5 米的巨型国画一幅幅耸立在我们眼前，每一幅都是那样色彩斑斓、构图新颖、人物丰满、涵蕴深厚，吸引着我们眼球，撼动着我们心灵，震荡着我们的情怀，激起我们的惊叹和赞扬……

《上下五千年》的伟大成功，标志着她攀上了艺术人生的又一个崭新的高峰。70 多年来，江碧波是怎样一步步攀登上她艺术的高峰的呢？

一

江碧波的父亲江敉是三十年代上海享有盛名的漫画家。1937 年日本侵略者发动全面侵华战争。1937 年 11 月 12 日，日军占领上海，江碧波的父母告别上海亲人，逃亡内地。1939 年 3 月，江敉妻子张静霞在流亡路上，在贵州一处贫寒的村民家里，生下了江碧波。江敉夫妻带着襁褓中的江碧波颠沛流离，辗转来到重庆。中华人民共和国成立后，江敉成为四川美术学院著名教授。父亲对艺术的孜孜以求和正直品德，塑造了江碧波坚忍顽强和追求完美的性格。

从小受到父亲的艺术熏陶，又在四川美术学院受过多年严格而正规的美术教育，江碧波根基深厚，才华出众。1962年，她的大学毕业作品——套色版画《飞夺泸定桥》被中国历史博物馆收藏。毕业后留校任教，她经常到西南少数民族地区进行美术创作，汲取中国传统艺术的精髓和民间艺术的甘露，以充满青春激情的刻刀雕琢出少数民族姑娘优美纯朴的形象。她笔下的人物都有着天然灵动的、优美迷人的韵味。她在成都锦城艺术宫花岗石墙面上描金线刻的17幅《华夏蹈迹》，艺术地展示了中国舞蹈从原始图腾、宫廷舞蹈到现代舞蹈的历史轨迹。其版画《白云深处》和《近郊》获得日本国际版画研究会金奖。

早期，青春焕发的少女，亭亭玉立、眉清目秀、能歌善舞，更兼才气纵横，被人们称为"校花"，成为青年才俊和年轻教师追求的目标。但是，江碧波单纯朴实、热爱美术、醉心艺术，对许多人的追求置若罔闻。直到一位留校任教的年轻教师向她表达了爱慕之心，她也为他的纯朴、热情和奋进的精神所打动，她才向他献出了自己纯洁而真挚的爱情。

婚后，可爱的女儿和儿子相继诞生，她自然地担当起贤妻良母的职责，挑起家庭的重担。她把丈夫的雕塑事业看作自己的事业，并以女性特有的敏感和独到的才华竭忠尽智地帮助和支持他。她满腔热情地同丈夫一起研究讨论雕塑的构思、立意，甚至一起制作小样。尤其是粉碎"四人帮"以后，重庆共青团市委为加强革命传统教育，决定在渣滓洞和白公馆监狱牺牲的革命烈士墓前塑造大型雕塑作品，并特别邀请她丈夫完成此项任务。她鼓励丈夫接下这个光荣而重要的工作。她陪同丈夫前往烈士墓地察看地形，又同丈夫一起讨论构思。就在丈夫因公出差时，上级要求在11月27日（烈士牺牲日）奠基，而在此期间丈夫根本无法赶回重庆完成小样，她毅然自己动手，废寝忘食地设计出了奇峰突起、豪气逼人的群雕小样。丈夫出差回来，正好赶上把这小样送给有关部门审查。小样通过了！为烈士群雕的成功奠定了坚实基础！气势磅礴、具有史诗般英雄气魄的巨作巍巍然耸立在歌乐山下、烈士墓前，成为重庆最著名的标志性雕塑之一，获得了中国首届全国城市雕塑最佳奖。作为这个历史性巨作的主要作者之一，江碧波当时完全没想署上自己的名字。因为她觉得，丈夫的成就，亦是自己的成就。

二

　　江碧波在继承民族优良传统的同时，还不断地学习西方艺术的精髓："采外来艺术之长，固民族文化之根"。1979年以后，她先后赴日本、法国、德国参加画展。1985年，江碧波应邀到美国和加拿大作客座教授。这之后，她的精神世界更加开阔，主体意识开始觉醒，个性得到张扬，迸发出新的旺盛的艺术生命力。她的现实主义与浪漫主义情怀以及艺术哲学思想不断升华。她不再满足于对人物、场景的客观模仿和再现，而是借艺术作品抒写艺术家的内在直觉和丰饶想象，显示大自然予人的深刻启示和人与大自然的永恒融合。《石门颂》以岩石的风化、裂变、奔涌和凝固，展示生育的痛苦、快乐和新生；《大地母亲》把世界屋脊幻化为母亲形象，把流动的大江幻化为依依不舍的儿女，表达她对祖国母亲的眷恋之情；《春》《浴》将少女的肌肤、长发与山岩、流水融为一体，展示了人性美与自然力的完美结合：《女娲》《山鬼》以印象主义的色彩、抽象主义的构成来表现东方民族的神灵，让人在西方现代艺术的丰富奇诡之中感受到东方神秘主义的空灵韵致。

　　北美之行使江碧波的版画和油画艺术上升到一个全新的境界。她的《东方魂——江碧波作品集》受到国内外美术界的高度评价。中国著名作家刘白羽专门在《光明日报》发表长篇文章介绍江碧波其人其画，评价她为美术界的"横天闪电"！

　　江碧波在艺术上成功了！然而，她的婚姻却遭遇了坎坷。

　　当江碧波满怀丰硕的成果和深深的牵挂之情回到祖国、回到家中，她万分痛苦而又极度惊诧地发现：自己多年来构筑的感情世界即将坍塌，日夜魂牵梦绕的家庭面临分裂。不少女性在这样沉重的打击之下会变得消沉、失意、颓唐、绝望。江碧波也曾深深地感到孤独、委屈、痛苦，但是作为一个有独立人格、高度才华和刚强意志的女艺术家，她倔强地站了起来！她决心守住自我的尊严、发挥潜能，凭自己的才能和意志、凭自己的劳动和创造去实现自我的人生价值，去实现人生的梦想，铸造人生的辉煌！

江碧波自小就喜欢探索和从事各种艺术形式的创作，对壮美的艺术有着特殊的倾心。尤其在创作了立地顶天的大型雕塑歌乐山烈士群雕以后，她更感到雕塑是属于民族的、民众的、社会的，具有特别强烈的感染力和生命力。而她又特别擅长把握巨大的艺术空间，进行宏大的造型。

三

江碧波把自己的创作重心从版画艺术转入了环境空间艺术，决定用一个相当长的时间投入雕塑创作。她要向世人展示，她不仅是卓越的版画家，也是优秀的雕塑家！大型环境雕塑从来都不只属于男性，女性也可以掌握，主要在于创意和方法的掌控！然而，雕塑毕竟不同于版画、国画、油画等艺术，它不仅需要高度的艺术修养和全面的艺术技巧，还需要相当的体力和果敢的意志，需要社会的支持和无数人的齐心协力、共同配合。但是，江碧波决心这样做！

她说："我的路是险峻的路，我不怕艰难，我喜欢冒险，我喜欢追求新的境界。"

她首先应重庆驻军的邀请，创作了《勇往直前》的大型雕塑，以奔腾的骏马象征当代军人的风采，以飞跃的形象展示一往无前的意志！接着，她又为重庆华桦艺术学校设计创作了展示男女青年青春风采的六根高 13 米的巨型雕塑柱——《青春颂歌》。

她还以超人的胆略和宏阔的构思，为河南省博物院创作了大型雕塑《华豫之门》：中国神话传说中人类的始祖伏羲，头上生角，背上佩剑，眼光凸出，显得那样粗犷、刚毅、勇敢；他站在浑圆的黄土地之上，伸开两手，牵着两条直立文身的大象，威严而豪迈地推开了两扇历史的大门；在这8米高的金铜雕像之后，衬着14米高的巨幅汉白玉的浮雕，浮雕上部是巍峨雄峻的嵩山；嵩山之上是用甲骨文镶嵌的象征夏商周历史的三层圆弧形的远古文化圈；在文化圈的光晕之下，祥云朵朵缭绕，黄河奔腾不息。江碧波女士自豪地说："黄河是中华民族的摇篮，河南是中华民族的发祥地。我创作这《华豫之门》，就是希望中华民族再来一次文艺复兴，让华夏的艺术在全世界大放光彩！"

看着这构思新颖神奇、境界博大深厚、造型刚劲灵动、意象威严庄重、意境深邃宏伟的雕塑巨作，强劲的历史和自然的伟力撞击在我胸口，远古的神灵和传统的魅力汹涌在我的脑海。我不禁心旌摇撼，情怀邈邈，思绪绵绵：这幅巨作不仅象征着中华民族从混沌、蛮荒走向智慧之门，也象征着江碧波已从家庭破碎的阴影中走出来，开启了她人生道路上壮丽的一幕。

在卢沟桥中国抗战胜利纪念馆英烈厅里，陈列着江碧波设计创作的中央雕塑和四幅大型高浮雕。每幅浮雕高4米、长6米，分别命名为"黄河咆哮""血肉长城""宝山决战""狼牙山五壮士"，生动逼真地刻画了民族英雄左权、彭雪枫、赵一曼、张自忠、佟麟阁、郝梦龄等人的光辉形象以及抗日将士英勇抗敌、血染沙场的悲壮场面。中央雕塑是一位撑着步枪从血泊中站起来的钢铁战士，显示了中华民族坚不可摧的英雄气概！江碧波把她对神圣的民族气节的崇仰之情凝聚在这令人荡气回肠的巨作中了！

江碧波还设计创作了刨作的高达15米的《晨辉》，以五位战士背靠背手捧红日的动人形象，既表现了红军长征的悲壮历程，又象征了遵义会议的如日东升。这座雕塑屹立于遵义市中心，成为遵义市最具代表性的标志性巨作，受到遵义人民的喜爱。

她为彭德怀纪念馆创作的长20多米、高5米的大型高浮雕和彭德怀半身像，艺术地再现了彭德怀元帅的动人事迹和光辉形象。

2000年新春，她为红岩汽车制造厂设计制作的高达21米的巨型不锈钢雕塑《虹宇》，以扶摇直上、直指苍穹的曲线象征中国工人蓬勃向上、勇往直前的坚强毅力，以数个人体的相互关照支撑表现工人阶级团结合作、奔放豪迈的顽强生命力。

这些年，江碧波还设计和创作了《少年邓小平》《贺龙》《世界和平碑林》《春华秋实》等雕塑作品，无不显示出她英雄主义的豪气和艺术才情。

四

江碧波是一位多才多艺的艺术家，也是一位不断攀登、不断超越别人又不断超越自我的艺术家。她不但擅长版画、雕塑，还擅长油画、国画、水粉画、蜡笔画、陶艺、综合材料等艺术形式。而且这几方面作品都非常精彩。

早在1979年秋，刚刚粉碎"四人帮"不久，她就到敦煌去学习和考察。她每天太阳升起进洞，太阳落山出洞，在那些日子里，沉醉于来自远古的艺术精灵。她惊喜万分地用自己的眼睛和心灵与壁画上的人物和景象交流对话，边读边记忆、边作画。她发现，她在幽暗的洞窟中所迅速而大胆地画出来的画，竟是那样的绚丽、和谐、美妙！她说："从此我更相信信心与佛光相通会导致绘画的超然与豁达。"

有着这样丰厚的艺术功底，江碧波在从事大型雕塑创作的同时，还从事巫文化的研究和创造。江碧波告诉我，巫文化是人类早期文化的一个焦点，是中华民族远古智慧的闪光，可惜失传已久。她经过多年研究，决心用国画、雕塑、壁画、装饰画、服饰以及歌舞艺术来再现巫文化，让今天的人们了解和感受远古巫文化的艺术光彩。她的《娲母卧山》《祈雨》《天赐福禄》《收获的季节》《山鬼》《巫山十二神女》《沐浴天地间》《天降甘露》等画，是何等的神异、灵气、优美而又华丽啊，把人带入了恍兮惚兮、美轮美奂的神灵世界，让我们在高尚的审美中领悟了悠远博大和灿烂辉煌！同时，她还同巫文化的发源地巫溪县合作，创立了重庆三峡博物馆巫文化分馆，举办巫文化艺术节，以巫文化来实现文化兴县、旅游兴县的目的。

五

重庆市是国务院公布的"文化历史名城"。在历史的滚滚长河中，巴山蜀水涌现出了无数英雄儿女，为这座山水之城增添了英雄之气。表现英雄、描绘英雄，一直是江碧波的强项和愿望。2007年，为了庆祝重庆直辖十周年，重庆文史馆馆长王群生倡导建立重庆名人历史馆，江碧波受重庆市政府邀请参与策划并领衔主创了这项大型工程。该项目分为《千古英雄谱》《岁月风云录》《抗日烽火图》《命运较量篇》《重庆在前进》五个篇章。江碧波带领创作团队，在一年多的时间里共创作了200余位重庆名人雕塑、油画作品。在创作中，江碧波融入自己的生命激情和艺术才华，表达了对养育自己的故乡的一片深情。

为了纪念中国人民抗日战争胜利六十周年，纪念中华民族这一悲壮沉雄的民族历史，重庆的一批本土画家组成了由江碧波领衔的创作队伍，决定集体创作一幅艺术地展现中国抗战历史长篇的画卷。这个工程从2005年起，至2009年2月结束，历时五年。这幅名为"浩气长流"的大型国画由七个部分组成，卷首《故国》、卷一《山河岁月》、卷二《血肉长城》、卷三《精神堡垒》、卷四《信义和平》、卷五《青天碧海》、卷尾《愿景，祈祷》。整个画卷全长805米、宽2米，按真人比例实录历史人物共838名。江碧波不但担任整卷画作的艺术总监，还亲自创作了长达39米的卷首《故国》和长达169米的卷一《山河岁月》两大部分，也即完成了全卷的四分之一。

卷首《故国》描绘了逃难之路上200多位受难的中国母亲。画面上，那一群衣衫褴褛、神情坚定的女性从苍茫大地走来，这是民族求生的大流动，是生命的流动。它象征着我们这个民族千年传承、坚不可摧的民族精神。作为巨画的主题叙事第一篇的《山河岁月》，描绘了"九一八"事变之后，不愿做亡国奴的300多万东北人民离乡背井、历尽艰辛，逃往以重庆为中心的西南大后方的悲壮经历。画面不但刻画了近百位各界知名人士，还展现了2000余名无名英雄。

　　江碧波是 1939 年 3 月出生在从上海迁往重庆的逃难路上的，孩童时又亲身经历过日寇轰炸重庆的惨烈场景，所以，她创作时怀着无以言状的悲怆追忆着那血腥的风雨，怀着强烈深沉的民族感情刻画着中华民族崇高伟大的英雄精神；画面中倾注着中国人民惊天地泣鬼神的浩然正气。

六

　　传统艺术敦煌壁画等优秀民族文化艺术给予江碧波强烈而深沉的艺术熏陶和艺术感受，使江碧波竟然在古稀之年，在大改革、大开放的时代精神的激励下，大胆地选取了"上下五千年"这样恢宏浩大的艺术题材，并且用宽 5 米、高 2 米的大幅度，以中国画大写意的手法，创作了 200 幅洋洋大观的鸿篇巨制！为了捍卫中华文化的尊严并使之传存长远，江碧波在选材立意上，高屋建瓴、大开大合，从"羿射九日""大禹治水""三皇五帝"等远古历史传说开始，一直到"开国大典"止，选取了在五千年历史长河中对中华民族有着重要影响的人和事：既有伟大的政治家、军事家、文学家、艺术家、发明家，也有重大的历史事件和历史场景。而在每一幅画的谋篇布局和构图描摹上，她又力求新鲜独特、精准生动、意蕴深厚、激情洋溢。七八年的时间里，两三千个日日夜夜呀！为了画好每一幅巨画，她把自己关在宽阔的画室里，让自己沉浸在历史的长河中，追随千百位英雄人物的脚踪，寻求艺术的灵感，倾注自己的生命激情和审美感受。就这样，经过了七八年的精心创作，她完成了 204 幅浩繁卷轴和伟大工程！"中国艺术家有责任和使命让更多的外国人和我们的子孙深刻感受中华民族文化的伟大和强大的生命力。"

　　此刻，当我置身于这样一个洋溢着敦煌壁画的梦幻色彩和女画家的丰满柔美的心灵世界的博大的艺术迷宫之中，我不能不发出惊讶的赞叹和由衷的夸奖！想一想，200 余幅、2000 多平方米的大型画作，全方位艺术地、集中地表现中华五千年的文明史，这要何等渊博的学识、何等博大的气魄、何等新颖的创意、何等宏阔的构思、何等强劲的笔力、何等艰辛的制作！《上下五千年》堪称中国乃至世界美术史上个人创作中前无古人的鸿篇巨制，不仅在现代文化史上具有重要价值，而且对于增强中华民族的凝聚力，振奋中华民族的传统精神，也将发挥重要作用。

七

江碧波不仅是成就卓著的艺术家，还是优秀的艺术教育家。

1997年，她受到重庆大学校长吴中福的邀请，离开四川美术学院，到重庆大学创办了人文艺术学院，并担任创院院长。重庆大学创办于1929年，1942年更名为"国立重庆大学"，拥有文、理、工、商、法、医六大学院，成为国内外知名的综合性大学。1952年全国高校院系调整，重庆大学由一所综合性大学变成一所以机械、电气、动力、采矿、冶金等专业为主体的工科大学。1997年，重庆大学领导希望借助重庆直辖这一大好时机逐步恢复综合性大学的教学体系，提升学校的综合实力。时任重庆大学校长的吴中福先生慧眼识才，邀请江碧波到重庆大学创办人文艺术专业；江碧波从事了三十多年的艺术教育，她非常希望自己能开创出一块适应新的时代要求的教育领域，为社会培育出更符合时代需要的综合性艺术人才，于是，她欣然接受了吴中福校长的邀请。经过精心筹备，1998年，重庆大学人文艺术学院正式成立。学院依托重庆大学强大的工科实力和学科底蕴，建立了工业设计系、环境艺术系和装潢艺术系。这三个融合技术、艺术、和生产于一体的实用性专业，培养了学生很强的环境设计、平面设计和产品造型能力。从这里毕业的学生大都获得了社会的广泛认可。1999年以后，江碧波又引进了新闻传播、绘画及文学方面的师资力量，陆续创办了新闻系、绘画系（下设油画、国画两个专业）、中文系、音乐系。江碧波作为学院院长，不仅在宏观上把握学院办学方向、构建教学体系，为引进人才和各种事务四处奔波，而且抽时间亲临教学第一线，教授学生，关注年轻人才的成长。

20世纪90年代初，江碧波在父亲安眠的墓地旁边、在重庆著名旅游胜地南温泉畔修建了占地 20 多亩的"碧波艺苑"作为自己创作和制作大型雕塑的场所，作为当代艺术家创作、交流的艺术活动中心。以后又把"碧波艺苑"提供给有志办学的人开办了职业教育学校。2013 年，她又在巴南区狮子山修建了"碧波山庄"，作为创作基地。

八

江碧波将自己的一生倾注于艺术创作，半个多世纪以来，她以其卓越的艺术才华、饱满的创作激情、顽强的奋进精神、充沛的体能精力和踏实的实干作风，为我们创造了那么多艺术作品：300 多幅版画杰作，200 多座大中小型雕塑，上千幅油画、国画精品，近千个陶瓷艺术成品，近 2000 米的大型历史题材画卷（《浩气长流》和《上下五千年》等）。可以说，江碧波不仅是我们重庆，也是全国艺术家中的劳动模范、高产美术家、全能艺术家。

告别时，江碧波高兴地对我说："我感到高兴的是，现在，我的生活、兴趣、爱好同我的工作、事业和追求，完满地融为一体。艺术创作和事业追求成了我生活的最大乐趣和最高享受。因此，我再忙、再累，也不觉得苦！我希望能充分发挥自己善于把握大型环境艺术的特长和善于组织人力完成大型作品的才能，为国家民族创造出更多更好的作品，充分实现自己的人生价值。"

2017 年 1 月于重庆西南大学学府小区

国画大师李际科

一

西南大学美术教授李际科一生"好马成癖",自号"马癖"。他爱马、画马,真正是到了如痴如醉、成癖上瘾的程度。他画了五十多年的马和花鸟,终于成就了他一代国画大师的地位。

1917年10月,李际科出身于安徽徽州休宁县,其父为徽商。李际科幼小时,父亲就给了他一个自由宽松的读书环境。李际科从四五岁起就明显地表现出对动物的偏爱;六岁以后,在跟着老师学《三字经》《百家姓》的同时,就开始跟着老师临摹《芥子园画谱》《点石斋画谱》。稍大些以后,又养鸟、画鸟。1938年,李际科在武汉考入了刚由北平艺专与杭州艺专合并成立的国立艺术专科学校,师从著名国画大师潘天寿、吴茀之、张振铎等。潘先生对他说:"要当一个画家,首先是当一个堂堂正正、光明磊落的人,因为画品和人品是紧密相连而不可分割的。"李际科在潘先生的指导下,初学海派意笔花鸟及篆刻,并完成了对日本出版的《南画大成》中的山水、花鸟、人物等部分作品的临摹。同时他还自己选择临摹了近现代吴昌硕、任伯年、任仁发、张书旂等名家作品。在云南安江村读书时,他把自己冬天的衣服卖了买了一匹黄骠马,每天骑马上课,课余即养马、饲马、遛马、洗马、观察马、画马,还经常与同学一起骑马到昆明各地游览。

李际科卖衣服买马的事很快就传到潘天寿先生那里了。潘天寿同他交流之后对他说："很好嘛，我一向主张每个学生都要尽量发挥自己的独创性，创造自己的风格，既然你喜欢画马，那就要记住，韩干画马画肉不画骨，韦偃画马瘦骨嶙峋如画松，而李公麟画马如苏轼赞誉的'龙眼心中有千驷，不唯画肉兼画骨'。这些，都要认真去研究、理解和临摹。"于是，他更深层次地研究和临摹赵孟頫、李公麟、金冬心、溥雪斋、任仁发、韩干、陈闳所画的马，也研究徐悲鸿画的马，尤其对画马又画山水人物的李公麟很是崇拜，受李公麟的影响也最大。

<h2 style="text-align:center">二</h2>

国立艺专毕业后，李际科去到骏马驰骋之地——西北甘肃武威青云中学任美术专任教师。该校教务长袁廷跃毕业于陆军大学，对马很有研究，特送李际科一匹"骒骝马"，并介绍他与凉州著名诗人、画家范雨勤及战地写生能手沈一千等结识。他们经常一起骑马驰骋在草原山野之间，奔腾于古战场之上，共研良马，切磋画艺。李际科养马、饲马、遛马、洗马、看护病马，有时甚至睡在马厩，彻夜不休，观察马之各种动态。在武威，李际科创作了以马为题材的《百马图卷》《八骏图》《林园西骛》及上百幅写生马。凭着对马的真爱和体验，凭着对赵孟頫"骏马银鞍尺幅中，至今粉黛亦英雄"的诗意的理解，年轻的李际科创作了多幅写意马画，其中《七骏图》写草原上一群惊骛奔驰的骏马，每一匹都各具个性与姿态，或昂首嘶鸣，或俯身冲刺，或回首顾盼，同时彼此之间又达到了高度的默契和动态的均衡，构成了一幅和谐的艺术品。此画造型极为流畅，用笔极其洒脱，既有西洋画的景深又有国画的墨色，既有西画的技巧又糅合了国画的水墨效果。现在这几幅画流传海外，被美国一些收藏家称为李际科早期写意马画的代表作、传世精品。他创作的工笔画《二马相戏》，以鲜活的动态和对比强烈的色彩细致入微地表现了二马相戏的生动画面。

他在武威举行了个人画展。张大千经过武威，特地参观了他的画展，并给予了他充分的肯定。

1942 年暑期，李际科专程去陕西省礼泉县唐太宗昭陵墓参观了李世民为纪念为他立下赫赫战功的六匹骏马而刻的石雕像。他根据对昭陵六骏石刻的观摩和文献记载，绘制成了姿态各异、雄壮有力、色彩斑斓的四幅《骏足图》。他在题词中说："余慕及唐人石刻，爱马情深，故以石刻像作骏足图，聊慰好马成癖耳。"创作这四幅马画时，李际科才二十六七岁，但马的神态生动，变形得当，具有很深的历史内涵和高度的艺术魅力。

1943 年 6 月，李际科被母校国立艺专聘为助教。国立艺专校长陈之莆教授是中国第一个赴日本学习工艺的著名工艺美术家、工笔花鸟画家。在他的指导帮助下，李际科在国立艺专一面教学，一面学习工笔画，一面吸纳西洋绘画和日本画的长处，一边整理自己的西北画稿。他的画也由写意逐步向工笔写实、工笔重彩的方向发展，其中《汗血驹》《登云骠像》《松林八骏》《骥子图》等马画，逐步形成自由豪放、纵横深厚的绘画风格。

1945 年应聘去川东奉节青莲中学任教，1946 年在三峡写生，画出《江山好风光》《大龟石，小龟石》《石宝寨》《对我来》《夔峡》《巫峡》《西陵峡》等作品。

1946 年，李际科应聘到武昌艺术专科学校任教。他总结多年绘画和多次个展的经验教训以及前辈治学经验，再次变革"笔墨技法"，变古趣为今趣，创工笔重彩写实，立中国画现实风格。并试验创作纸版白描连环画《孔雀东南飞诗画稿》（十八幅）和《陈圆圆传诗画稿》（三十五幅），在《武汉日报》和汉口《民锋报》上发表。应该说，这是一次意义非常重大的艺术变革和创新。这以后，他的美术创作就沿着工笔重彩的路子前行，在中国国画艺术创作中开拓了一条新路，成为中国当代国画工笔花鸟画的杰出画家！

三

中华人民共和国成立后，李际科在西南师范大学（现西南大学）任教。教学之余，精心钻研绘画艺术，创作了大量优秀工笔和写意的马画和花鸟画。"文化大革命"中受到打击和迫害，但并未动摇他对艺术的执着。"文化大革命"后期，特别是改革开放以后，他热情投入教学和创作之中，创作了大量优秀的马画和花鸟画。

1976年，李际科到四川阿坝草原体验生活，看到广阔无垠的草原，万马奔驰，牦牛成群，一派早春景象。画家触景生情，灵感激发，在零下十几度的凛冽寒风中激情写生，回校后不顾双腿因在草原上受寒冻伤化脓，以丰沛的热情和顽强的毅力创作了《早春初牧》这幅豪情奔放的杰作。这幅画在构图上宏伟博大。

画面的第一层是三十多匹纵横奔驰的群马，前呼后拥，横列排开，前后高下起伏，颜色以棕红色为主，配上牧马藏族少女的飒爽红装，形成了暖色氛围；画面的第二层为大片的黑牦牛和白牦牛，白的犹如白云朵朵，黑的聚成黛玉串串，遥远的背景山峦起伏、白雪皑皑、直与天接；画面的第三层是曙色初透的橙黄色天空，蓝天如洗，与近处的马形成呼应色。李际科用平远透视法，使画面显得格外辽阔悠远，一望无际，给人咫尺千里之感。李际科又采用工笔重彩的形式，充分调动了勾勒、渲染等手段，把马的结构、骨骼、肌肉表现得淋漓尽致、精致入微，甚至于由于草原气候寒冷，每匹马在严寒气候中奔腾喷出的团团雾气都清晰表现出来，增强了马的质感和运动感，同时也为画面添了情趣。李际科还大胆使用了古人都不敢轻易使用的石青、石绿、白粉，使画面显得博大、厚重、浓丽、丰富、热烈、奔放，充分表现出了马的神韵和贵傲之气，既继承了古代绘画的优秀传统，又有自己的独到创新，有着相当精美的艺术造诣和强烈的时代精神。

他的《瘦马图》用杜甫瘦马诗意画出了瘦马的个性。白描《骏发》以绝妙的构图、遒劲的线条捕捉了骏马突然像人一样站起来那矫健飞跃的一瞬，展示了骏马仰天长啸、昂奋英武的雄姿和潇洒不羁的神魄与震撼人心的气概，洋溢着画家强劲的内在精神力量，是一幅笔力雄健的佳作。

李际科晚年患白内障，视力大为降低。但他仍坚持画画。他在77岁的高龄还画出了精美绝伦、美不胜收的工笔画《九骏图》，那可以算是他的绝笔了。九匹马神情毕肖、神态各异、生意盎然、个性鲜活，有的奔驰，有的伏地，有的倚树挠痒，有的抬头啃树皮……充分突出了马的健康向上，自由奔放的美感。在色彩运用上，更达到了极致。画家以金色、石绿、赭石、朱膘等石色进行绘制，采用了平染、晕染多种绘画技法，不但每匹马都色彩斑斓，而且主体马群与草场景色协调一致，让整幅作品有浓艳厚重、富丽高华之感，呈现出博大雄健、金碧辉煌的盛唐气象，展示出古朴风骨、唐风遗韵。李先生的这幅巨画既继承了宋元马画的优良传统，又汲取了郎世宁等马画的西画特点，在继承与创新的道路上做了新的开拓和建树，有相当现代的审美追求，在艺术上达到了时代的空前的高度，堪称独步当代的工笔重彩画杰作。

许多评论家都把李际科的工笔重彩马画与徐悲鸿的写意马画相提并论，认为他们分别代表了达到中国现当代工笔重彩马画与写意马画的高峰。著名画家徐培晨说："李先生的工笔马，徐悲鸿的意笔马，可以说是殊途异趣，各臻其妙。"[①]省美术家协会主席李焕民说："如果把徐悲鸿先生画的马与李际科老师画的马相比较……徐先生把当时抗日战争时期民族危亡的那种奋进寄托在马的身上，它有一种'横空出世'的精神，这在历史上也是了不起的。而李际科先生所画的马，他的文化内涵不仅是当前的、现实的马，它包含着整个中华民族唐、宋以来中国人对马的认识。他画的《昭陵六骏》，具有很深的历史内涵。近期画的马，《骏发》它也有一种非常强烈的奋进、斗争、奔跑的愿望，具有内在的精神力量。而这种精神力量又包含着我们中华民族的精神力量，颇有一种'老骥伏枥，志在千里'的感觉……他的作品现代感相当强，这和古代、宋元的画还不一样，他是在中华民族传统文化进入现代的时期的一个开拓者。他没有拿西方绘画来改造中国画，而是吸收了它某些有用的东西，丰富了我们民族传统绘画的技法、技巧。"[②]

四

李际科在花鸟画创作上也注入了巨大的心血，并取得了卓越的成就。他爱花爱鸟、养花养鸟，经常去公园观察花鸟，几十年来，创作了不少花鸟画佳作。

1948年，李际科在马市上结识了植物学家蔡希陶先生。蔡希陶非常看重李际科的美术才华，聘任他为植物研究所绘画编辑，为植物研究所绘制"滇南茶花谱"。李际科去大理、丽江、西双版纳写生茶花，然后用形神兼备、中西结合的手法写生了富于代表性的云南山茶花50例，对其中8幅更用工笔重彩赋予华丽色彩，表现出云南茶花的天生丽质，成为中国花卉艺术尤其是茶花工笔重彩的精品！他的牡丹茶、狮子头、大桃红等画，每幅都精心制作、匠心独运，无不艳丽夺目、异彩纷呈，富丽而不艳俗、丰腴而又厚重，显示出堂堂中国画之雍容华贵之气概。《大玛瑙茶花》写上下两组红白相间的玛瑙茶花。上组立于华贵的花瓶之中，下组置于漂亮的桌布之上，鲜艳的花朵衬以青蓝重底之色，给人以顶天立地之感。这些茶花多次在国际茶花博览会展出，受到国内外植物学界和艺术界的一致好评。

李际科还多次到川江航道写生，饱览江鸥迎着晨风飞翔的壮丽场面，创作了《蜀江之晨》。在蓝得透明的层层浪花之上，十余只白色的江鸥舒展颀长的翅膀，迎着晨光，恣意翱翔。画面中的航标船，显示了画家对新生活的挚爱。这是一幅壮美的长江画卷，也是一曲母亲河的颂歌。他的《百鸟图》，以孔雀为中心，以斑斓的色彩画了各种鸟101只，鸟的动态、神情传神入妙，惟妙惟肖，引人入胜。《霁雨颂》以浪漫主义的装饰壁画形式绘出雨后日出、百鸟朝阳的美景：100余只各种各样的鸟儿展开翅膀，从四面八方向着画面中央一轮橙黄色的太阳飞翔。整幅画立意高远、构思卓越，不但100余只飞鸟的布局、形体、色彩、大小、动态、聚散都是精心绘制、匠心独运，而且朵朵白云、熠熠彩虹的色彩和造型也都仔细安排、生动传神；显得生机勃勃、和谐完美，真正称得上当代花鸟画的精品杰作。

李际科的《荔枝鹦鹉》和《寿长青》两幅鸟画，都以石青铺底，色彩浓丽而又厚重，线条有力而又沉稳。鹦鹉通体白色，光润如玉，枝干古意苍茫、斑斓遒劲，果实红而不俗，叶面光色多变；整个画面显得华丽端庄。《寿长青》中的两只鸟一红一白、一栖一飞，两根长长的绶带也一红一白、一动一静，使画面显得对比鲜明、生动和谐。《月夜步牡丹畦》在历代画家尽态极妍的题材中别开生面，以极富创造性的技法展现了一个清新恬静的月下牡丹图，创造了一个美丽迷人的诗的境界。

五

李际科在花鸟画尤其是马画创作中取得了重大成就。著名美术家、中央美术学院院长潘公凯在《李际科画集·序》中说："他将历代画马名家名作与时代风云、民族精神联系起来，精研技法与内涵，终于创作出上百幅精湛的骏马图，其中不乏传世之作……近代写意花鸟兴起，吴昌硕、齐白石、潘天寿等名家辈出。工笔花鸟画家少，继于非闇、陈之佛等名家之后，李际科在西南颇有影响。他在传统工笔重彩的基础上，勇于创新，为后人提供了极有价值的艺术经验和精品佳作。"[③]

四川美术学院梅忠智教授说："李际科先生的工笔花鸟画创作，以其构成布局、色彩、行线等形成的独特风格，成为当代花鸟画创作中一例光辉的典范。""李际科先生是一位真正无愧于艺术家的称号、真正无愧于人类艺术灵魂工程师的称号、真正在艺术创作中做出了特殊贡献的美术家和教育家，李际科先生艺术上的辉煌业绩必然会放射出越来越灿烂的光辉。"[④]

中国花鸟画自五代两宋盛极一时，而且这种繁荣是以工笔重彩的形式来呈现的；至明末清初，中国花鸟画发展至顶峰，却是以写意倾向为主要面貌来呈现的；之后，工笔花鸟画则成为支流，虽仍然不绝如缕，却鲜有大家出现。李际科正是有鉴于此，才毅然改变自己已然有相当成就的写意花鸟画，而投入工笔重彩画的创作，希望通过自己的努力，振兴中国业已式微的工笔花鸟画，而"创工笔重彩写实风格"。我有幸目睹并整理过他在1960年工整地书写在一个笔记本上的长篇"简历"，发现他在1944和1946年的简历中都突出而鲜明地强调了他在艺术上的这个重大变革。他在1944年的一段写道："变革'笔墨技法'，变革'写意技法'为'彩墨速写技法'。"紧接着他又在1946年的一段写道："经过社会实践、多次个展的经验教训，以及前辈治学经验，再次变革'笔墨技法'，变古趣为今趣，创工笔重彩写实，立中国画现实风格。"这里，他已明确肯定，是在前年认真研究的基础上，是在学习传统（先辈）和总结自己实践经验的基础上来进行改革的，而且他要创立一种风格，就是"工笔重彩写实"风格。从那时起直到他去世，他都坚持沿着"工笔重彩写实"的道路前进，并以他的杰出的马画和茶画等工笔重彩杰作，成为新中国"工笔重彩写实"绘画的一面旗帜！

六

李际科不但是杰出的工笔重彩花鸟画大师，而且是优秀的美术教育家。

李际科从1942年任青云中学美术教师，到1952年后任西南师范大学美术教授，直到1992年七十五岁时退休，从教五十年，是全国高等师范院校中国画课程的开拓者和奠基人。他最早为学生编写了《中国画课程设计》，以后又经过十余年时间，投入大量心血编撰了《白描勾勒技法》和《鸟类图谱》教材，为中国画进入大学师范教育和推动工笔花鸟画的分科教学及中国画课程内容体系的建设，为培养美术人才，做出了重要贡献。

1979年，他和西南师范大学美术系老师接受教育部委托，举办了全国高师工笔花鸟研修班，为中国各高校培养了一批美术教师。

1982 年以后，他又先后培养了四批工笔花鸟画研究生。

在 50 年的教学生涯中，李际科为祖国培养了大批优秀的美术人才。现在活跃在美术界和美术教育领域的大批优秀画家和美术教育家，都深深地怀念着他。

注释：

①见《李际科画集》，天津美术出版社 2005 年版。
②③④均见《李际科传》，宁夏人民出版社 2010 年版。

百岁画家——晏济元

养生有道。

作为重庆文化人，我对晏济元先生仰慕已久。1994年在重庆博物馆看晏济元先生画展，得睹晏老风采，且沉醉于其百多幅气势宏伟、古雅清新的艺术作品中，对晏老的艺术造诣和奋斗精神更加崇敬。

今天到晏老家采访，他正端坐在临窗画案前画画。只见他身材高朗、鹤发红颜、神清气爽、谈锋甚健，毫无衰老之态。知道晏老最近才去上海、香港、汕头等地举办画展，而且99岁高龄仍能作工笔画，我首先想知道的是他的养生之道。

晏老侃侃而谈："过去常说，人生七十古来稀。其实，按照人生规律，人可以活到一百多岁。也许是由于人的精神受到干扰、挫折、受到损伤，故不能活到一百多岁。我对人生持乐观、豁达的态度，不如意的事，不管多严重、多厉害，都不会放在心里，让它很快就过去。我心胸很开展、很开阔，没有得失之心，生活上也不讲究，一心只想做点事，不求功劳，不求表现，只求心头畅快。"

晏老说："我从小喜欢书画，至今我每天写字画画，从不停笔。我的目标是追求满足。"

"当然，人不可能完全满足，但要追求满足！追求满足，就可能达到人生的最高成就！这种精神鼓励，能使自己的精神力量充分发挥出来。"

"有人说年龄大了，什么都退化了，"晏老对此持否定态度，"我反对这种说法！越是年龄大，越是成熟！越是经验丰富！"

"有人说，老而才尽，苏东坡批评说，这是不学之过。我认为，应该是老而才富！老人，更有才华，更有才学，更有经验！古人说，夕阳无限好，只是近黄昏。这太消极了。我说：夕阳无限好，最是近朝晖。人老了，越是悲观，就越是退化、落后；越是乐观，就越是奋发、越是上进！"

晏老说得太好了！晏老能在99岁高龄而绘画不断、写字不断，还能到全国各地举行画展，能在艺术上不断登攀，这同他的达观的天性、乐于追求的精神分不开！

谈到绘画经历，晏老更兴奋。

晏济元是四川内江人，是著名国画大师张大千的小同乡，又是表亲，有总角之交。他从7岁开始跟父亲学习诗书画印，在故乡及上海也常同张大千、张善孖一起学习书画艺术，相互切磋、相互砥砺，提高更快。1930年，晏济元一幅仿石涛山水的"人语落高峰"同张大千的"荷花"一起参加德国柏林举办的中国美术展。以后，晏济元又同何香凝在沪举办抗日募捐联合画展。晏济元还多次与张大千联合举办画展。抗战初期，晏济元从日本回国后即同张大千一起到颐和园画画。晏济元还力劝张大千离开日本占领的北平，回到四川。他俩一起到成都青城山作画，写山水之清幽、抒胸中之豪情。他还同张大千一起举办画展。中华人民共和国成立后，晏济元担任了技术工作，并业余写字作画、参加画展。但1957年却被"补划"为右派。他身在逆境，处之泰然，依然在有关方面的支持下饱览黄山云海、畅游匡庐胜境，写诗作画不已。

"文化大革命"期间，晏老因系摘帽右派，受到批斗，加之重病瘫痪，被扣发工资，生活困难。"文化大革命"后，晏老已七十多岁，但他却如迎春之老树新枝招展，如伏枥之老马壮心奋发。1978年初春，晏老应石林宾馆之邀，为其画了不少画，还赋《石林歌》云：我来正逢春雨节，争春桃李何烂斑。手把毛锥一挥洒，任我纵横写自然。

1978年春，他由昆明去柳州、去桂林，创作了大量作品，其中一幅"百里漓江"长卷，画面约二十米长，壮阔优美。晏老将它慷慨地赠给了桂林外事办。

以后，晏老又到北京、三峡，每到一处都满怀激情游览山水、吟诗写字作画、举办画展。

1997年10月，在香港回归祖国之后，晏老在97岁高龄赴香港举办画展。新华社香港分社副社长张俊生、宣传部部长孙南生、国际著名汉学家绕宗颐等为开幕式剪彩。晏老的80余幅作品受到香港同胞的热烈欢迎和高度评价。

1998年9月，晏老到上海开办画展，展出书画精品150件，在文化氛围浓厚的上海引起了轰动。上海市前市长汪道涵还专门邀请晏济元到家作客。

1999年元旦，晏老在广东省汕头市文化艺术交流中心举办画展。汕头市还专门成立了晏济元艺术研究会，名誉会长为著名画家程十发，会长为王金海。

晏济元与张大千同属黄山派，承袭石涛画风。

晏济元在艺术上是多面手，诗书画印，无所不精。在绘画方面，他善取各家之长、凝聚各派之精，结合个人实践，创作出大量雄奇、高雅、清新、隽秀的山水、人物、花鸟等作品，继承传统而又有所发展、立意深邃而又新颖、着笔生动而又灵活，工中有写、写中有工，显得豪迈、超拔、气宇轩昂、气度不凡。他自幼习字，由魏晋入手，上溯篆隶，遍临各贴，自出机杼，所以书法基础深厚。他还特别强调书法与绘画的关系，认为书画同源，书是画的灵魂，画是书的生命活力。他在书画作品中，将书画高度结合，让书画相得益彰。他的文学修养高深，是一位才气横溢的诗人。他对篆刻有浓厚兴趣和深入研究。其篆刻法宗泰汉，印从书出，其朱文印秀逸圆润、白文印凝练大方。由于晏济元诗书画印皆通，故能将不同类型的绘画书法作品融成一体，构成完整佳作。

农民版画的辅导员——李毅力

1986 年，阔别二十年，我又来到了山清水秀的綦江县，我又看到了这波动在我梦境中的綦河的涟漪，看到了我深深怀想的綦江的人民。更使我高兴的是，我还看到了綦江农民版画展览，沉浸在那独具特色的版画艺术中了。那鸟语花香中的农家小院，那清悠悠的荷塘，那乐喧喧的龙灯，令我神游于魂牵梦萦的气象一新的新农村的生活之中；那亮晃晃的沼气灯、热腾腾的文化站，在荒僻的山乡中大放光明的水电站，那在往年神仙难过的二、三月盛出的丰盛饭菜，又使我感叹十一届三中全会给农村带来的巨大变化和广阔前程！这些版画是那样粗犷而又饱满、稚拙而又奇妙、质朴而又繁富、自然而又天成、新颖而又别致，令我赞赏不已、玩味不尽，使我在艺术上大开眼界、深受教益……这是真正纯朴而又优美的民间艺术啊！

为什么綦江农民版画能在短短几年内取得如此令人瞩目的成就，由偏僻的山村走向全国、走向世界？我采访了不少农民版画作者，倾听文化馆的同志讲述农民版画的发展历史，深深地意识到农村文化艺术辅导者的重要作用。四川省美协、重庆市文化局、艺术馆，綦江县文化局、文化馆的领导和专业工作者，都为綦江农民版画的发展做出了自己的贡献。而綦江县文化馆副馆长、中国美术家协会会员、中国版画家协会第二届理事会理事，三十一岁的李毅力，则是他们的代表。

1977 年夏天，年轻的李毅力由西南师范学院美术系毕业，分回了綦江县文化馆。他出身于农民小学教师的家庭。在艰苦的童年时代，美术成了他唯一的寄托。他用石灰、泥巴在墙上画画。小学美术老师发现了他的才能，给予精心指点，他的画越来越好。在读小学五年级时，学校专门给他和姐姐办了两次美术展览。上山下乡，他去到綦江县三角区乡村，白天拼命劳动，晚上办夜校、搞宣传、画图画。他的画参加过县上的美术展览，他的美术开始在县上出名了。

1974 年高校招生，全大队社员推荐他报考美术专业，他的成绩全县第一。西师美术系招生的胡定宇老师看上了他的作品，录取了他。今天，大学毕业了！他决心好好努力，当一名画家！到文化馆以后，李毅力负责美术辅导工作。刚开始，他更多的是想个人多出作品、出好作品，因此他如醉地画着綦江的山水、人物。1978 年，他调到农村参加整社运动。他无心搞什么运动，一头扎进了美术创作。他为农民群众画像，搞速写、素描，一年的时间就画了一百多幅油画和图画。正当他准备在个人的创作上大干一番之时，文化馆要他投入群众美术创作。当时，县里群众美术创作的现状不能令人满意：在重庆市和四川省举办的各种美术展览中，綦江县经常"吃鸭子"，甚至"剃光头"。面对这种情景，他内心感到了不安，他意识到，作为一个美术辅导干部，不把自己的理想扎根在群众创作的土壤上、不把自己的热情投入本职工作之中，那不是失职吗？良心上过得去吗？高度的责任心使他确定了"立足本职工作，争取最大成绩"的理想。开始，他和文化馆的同志组织农民搞泥塑、搞剪纸、搞版画、搞国画，希望尽快改变綦江群众美术落后的状况。但是，由于辅导方法不对，常常事倍功半。特别是 1982 年那一次，他和刘永禄副馆长做了认真准备。一开始到会的有四五十个农民美术作者，他俩完全按照美术学院的办法，从解剖、透视、构图、色彩逐一讲起。他们讲得很卖力，学员听得却很吃力，不到一个星期，人都七零八落地走光了！结果，钱花了，力费了，既没出作品，更没出成果。看来，农民美术创作走专业画、文人画的路子是行不通了。

出路在哪里呢？李毅力苦苦地思索着！就在这时候，县文化馆要举办民间美术展览。李毅力和馆里的同志分赴各区乡农村向农民们征集各种挑花、刺绣、剪纸、蜡染等工艺品。经过几个月的奔波，李毅力看到了极其丰富的、绚烂夺目的民间美术作品。他为綦江县的悠久而优美的民间美术作品所吸摄了！就在这时，他看到了书刊上刊登的金山农民画及其评价文章，他又被那一幅幅富有民族民间特色的作品所吸引。他从金山农民画中看到了与綦江民族民间艺术的某些相通之处。于是，一种新的思想认识萌芽了：不走专业和文人画家的路子，而走民族民间美术的道路，因势利导、扬长避短，运用民间美术的创作方法，搞农民版画，与全国著名的金山农民画、户县农民画比美，搞出綦江农民版画的独特风格来。

1983年元旦在欢腾的鞭炮和欢腾的气氛中到来了！李毅力高兴地写下了心里的计划："今年，要打出綦江农民水印版画的旗帜！"这个新年计划鲜明地体现了李毅力的抱负和理想。他是一个不甘寂寞、不满平庸的人！他决心把綦江农民版画搞成全国第一！1983年3月，李毅力与刘永禄、邓成用、汤虎去到三江镇文化站试办版画创作班。他们用了一整套新的辅导方法，没有系统地讲解剖、透视、构图、着色，而是把綦江县民间美术作品及金山县农民画给农民作者看，让他们打掉自卑感，认识到自己创作版画的可能性，从而充分发挥自己的优势，自觉地把激情倾泻出来。接着，他们又启发农民作者根据自己的生活经历和生活环境画自己最熟悉、最了解的东西，画自己最想画的事物。农民作者的创作激情像出闸的江水一样倾泻出来了！十多天后，培训班的十几位农民作者创作出了十几张版画。李毅力兴奋地把这些作品送到四川省美协副主席著名版画家牛文家中。看到这十几幅风格特异的农民版画，牛文高兴得连声叫好，称赞这些画路子正、格调新、内容好、手法对，并肯定了李毅力他们的辅导方法。不久，《重庆日报》刊登了《农家小园》《认表》等作品，全国农民画展也选了其中两幅用于展出。初战告捷。实践证明，新的路子走对了！他们趁热打铁，在1983年一年的时间里，先后深入三角、盖石、永乐、安稳、桥河、永新、骑龙等乡、镇文化站，举办类似的训练班，培训了上百名农民，发现了一批美术人才，也出了一批好的版画作品。

在一次又一次的辅导过程中，李毅力和刘永禄等人不断地总结经验，从理论、原则、方法上摸索农民美术创作的规律。在理论上，他们充分肯定农民在民间艺术上得天独厚的优势，肯定农民表现生活的新鲜而独到的审美价值，从而把辅导者与作者的关系视为互为老师、互为补充的关系，充分尊重农民作者的生活、思想、感情与表现方法和技巧。在具体方法上，他们确定了"君子动口不动手"的原则，放手让农民充分发挥和表现自己的艺术才能，因势利导，而不把作者的构想化为"千人一面"的模式。同时，他们又把自己的艺术辅导从学院和书本中解放出来，与农民的艺术结合起来。他们结合农民作者的生活体验，启发他们在自己的生活阅历和感情体验中去挖掘题材、提炼主题、安排画面，这样一来，农民作者在选材、立意、构图上就能充分发挥优势，显得丰富多彩、新颖别致。而在讲授透视学、解剖学等知识时，他们也不从概念出发，而是结合农民最熟悉的天空、月亮、星星、云彩、山水、人物的色彩关系给作者讲解，使他们很快学会运用这些原理和方法。在讲授刻印时，李毅力根据自己多年的摸索改变了专业画家用几块木板来进行套印的方法，教农民只在一块木刻上反复套印几种色彩，这样既大大节约了木板更大大节省了精力。这种方法不仅被农民作者广泛使用，不少专业版画家也开始效法了。

在具体实践中，他不仅重视农民作者的创作热情和艺术手段，而且善于敏锐地捕捉和发现每个作者的个性特征和表现优势，让其沿着自己的发展方向尽量把特长和优点发挥出来，从而逐步形成自己的特色。同时，他还在广泛地培养农民作者的基础上，发现和选拔突出的好苗子重点培养，以期把农民版画创作引向更高的程度。

李毅力根据农村青年桂焕勇善画人物及作品粗犷、豪迈的特点，指导他画出了《赶早市》和《开山的人》等二十多幅独具特色的版画。其中六幅送到美国、日本展出，有的在美术杂志发表。今年八月，他携二十余幅版画作为农民版画的唯一代表，参加了重庆市中青年版画家的展览。他还指导苗族农民作者熊秋、苗族女青年熊永珍及学过一定美术专业知识的农民作者代正等创作出一批优秀的农民版画作品。

1984年，北京美术馆举办了綦江农民画展，著名美术家华君武、蔡若虹、王朝闻、魏传统、李桦等出席展览会，并纷纷撰文予以高度评价。1985年，美国旧金山市举行了綦江县农民版画展览，历时两个月，深受好评。1986年3月，日本日中民间艺术研究会派艺术部部长到綦江向綦江县农民版画研究会赠送了贡献奖金杯。1986年5月，綦江县农民版画应邀到日本东京展出。日本方面高度评价说："綦江农民版画的出现，是中国现代农民版画发展的一大奇迹，也是国际农民版画发展的一大奇迹，为国际社会的农民版画打开新局面起了十分重要的表率作用。"

当人们看到李毅力捧着金杯、受到全县通报表扬，并给予记二等功一次、晋升工资一级的奖励的时候，也许不会知道，成功的背后，有着李毅力多少心血！1983年和1984年，是綦江农民版画突飞猛进的关键时刻，也是李毅力辅导农民作者最频繁、最艰苦的时候。而这时候，他的小孩只有两三岁，他爱人又常常出差，没人带小孩，因此他不得不带上小孩到区乡文化站去辅导。他给农民作者做辅导时，小孩无人照料，就自个儿在院坝、旅社玩耍。晚上，农村的蚊子又多又大，一些文化站连蚊帐也没有，他不得不用蒲扇给小孩不断地打扇，有时通宵不能入睡。第二天一早却又不能不为农民辅导。李毅力痔疮严重，经常便血，医生要他住院治疗。但他忙于辅导，无心去住院。山路上，他忍着流血的痛苦，奔走着；辅导时，他有时痛得起不了床，就趴在床上，把农民的画稿放在地下，一张张地细看，指导农民作者把画改好。更让李毅力难过的是，由于他经常到乡下辅导农民作者，馆里个别不了解真相的人竟在背后议论他、指责他。甚至个别领导同志也指责农民版画"人不像人，鬼不像鬼"。有的人甚至讽刺他"不懂艺术"。听到这些风言风语，李毅力的爱人受不了，多次要李毅力别再搞这吃力不讨好的农民版画的辅导工作，在家里安安稳稳过几天舒坦日子。听着这些议论，李毅力心里说不出的苦恼和烦闷！有时候他也真想丢下这些辅导工作不管了，好好休息一下。但是，这念头刚一闪过，他立刻又感到了惭愧！他知道，这是自己经过几年探索才闯出的一条新路，关系着农民艺术发展的事业，怎么能半途而废、功亏一篑呢？

他心中还有一种若有若无的痛楚感：他是学美术专业的，群众美术工作是他的本职，是他的"饭碗"，但是，个人的美术创作也是他生命的重要部分。从 1983 年到 1984 年，他忙得无法进行个人创作，他把自己的好构思、立意都交给了农民作者，溶化在他们的创作之中。但是，如果完全放弃了个人的创作，不也是极大的损失吗？而且如果不在个人的艺术实践中不断提高，又怎么能更好地辅导农民作者呢？

可喜的是，他果然在群众版画的辅导之中、在专业美术与民间美术的结合之中，找到了自己的创作路子！近几年，他利用业余时间创作了《牧羊曲》《绿色的山岗》《唢呐声声》《山乡组画》等几十幅版画，既保留了版画的基本特点，又汲取了民间艺术随心所欲、讲求神似、以自由变形和夸张想象来渲染主观感情等特点，使画面显得粗犷豪迈、天真自然、质朴单纯、色彩秾丽、构图新颖，初步形成了他个人的独特风格。1986 年 8 月，他的二十几幅作品参加了重庆中青年版画家展览，受到版画界的重视。

回顾这几年走过的道路，李毅力深有感受：当他着意于追求个人的创作时，他没有获得成功；而当他把心血倾注到农民版画的集体事业之中时，他反而获得了成功！

神州一鹤

——画家武辉夏之艺术人生

丹顶鹤，人们又喜称仙鹤，浑身洁白纯净，顶上一点鲜红，更为其增添优美神韵。站立时，犹如一株素雅的鲜花；飞翔时，更如一位圣洁仙子，飘舞于云霄之中，意态悠然。

每当看到丹顶鹤，我就会想到辉夏的那些意境空灵、色彩雅致的丹顶鹤的画，并想到辉夏的人品和画品，想到他那曲折、奋进而又乐观潇洒的艺术人生。

我与辉夏相识于"文化大革命"时期。那时候，我俩在他那简陋而狭窄的画室里交流着文学艺术，畅游于艺术的海洋。他每天看书画石膏、练书法，我每天看书、写诗、写小说。我们的心思在文学艺术的世界里遨游，追寻着自己的人生理想。

"文化大革命"结束，我们都意气风发地开始了新的生活。我在高校教书、搞科研、创作，他到市动物园担任美工，专心绘画。辉夏才情并茂，聪颖不凡，对国画、油画、水彩、水粉、版画、漫画、连环画、壁画均有涉猎，尤以国画成就斐然。他还为我的《罗世文传》设计了很好的封面。

在动物园工作的经历给了他观察和描写动物画的客观环境和有利条件。他在艰苦简朴的环境中默默地、苦苦地、始终不懈地读着、画着、思索着、追求着。他想寻求一种与他心智、灵魂相通的绘画的客体、审美的对象。

　　经过了那么久的寻觅，辉夏终于在成千上万种飞禽走兽之中选定了丹顶鹤，这不能不归功于他的智慧、禅宗与灵感，更不能不说是缘于他与丹顶鹤的"心有灵犀一点通"：那就是优美、纯净、潇洒、单纯，那就是天马行空、出神入化、随心所欲。这是辉夏在丹顶鹤身上提炼出的美的形态，也是辉夏追求的人生境界。他画丹顶鹤就是想表现这种境界，表现他对人生、对艺术的终极追求。

　　辉夏画鹤，何其潇洒浪漫。你看，那"鹤立图"，一鹤独立，气宇轩昂，遗世独立，尽得风流，不但展现着鹤立鸡群的高洁，还显露着睥睨千秋的气概。再看那双鹤酣舞，有的一高一低、一起一落、踯躅徘徊、矫羽雪白，宛如凤舞，宛如龙跃；有的则如情侣，一鹤收翅领首、娇媚含情，一鹤展翅欲拥、温存呵护，俨然一对情人相恋。更有三五只仙鹤或云中飞翔、呼朋唤侣、林中漫舞、怡然自得，或穿云破雾、引颈高歌。他笔下的仙鹤，那样气韵生动，那样轻灵柔媚，那样纯净幽雅，那样清新高洁。他的立意构图、造型安排、氛围渲染、笔墨功夫、线条意蕴，无不展现着至高、至大、至远、至纯的景界，真可谓意蕴天成。

　　辉夏画鹤，何其空灵飘逸。你看，他的仙鹤融入了道家的哲理，动静不二：站立的静态中，有翩翩然的动感；而飞翔时的动态中，又有宁宁然的静态之感。而其中的直线和曲线运用得那样自如，既有舞蹈的韵味，又有飘然若举的旋律。

　　辉夏画鹤，早已超越了技法的层面，画的是学问，画的是修养，画的是境界，真正是"废纸万千得一鹤"，百炼钢化为绕指柔！而这画中的仙鹤可谓是辉夏的心境、情操、精神和人生的写照。他说："潇洒、飘逸、空灵、纯净、自然、恬淡，这是人生最高境界。我画丹顶鹤表现的就是这种境界。"

　　辉夏画鹤，进入了哲理和禅宗的境界：他很少画松鹤延绵，也很少画周围的环境。他不是不能画，他的几帧《松鹤图》，画伟岸的青松，旁边灵鹤飞舞；他的《花海》和《净界》，在江天一色的烂漫色彩间，在一片白色的留白中，画两只丹顶鹤轻盈翔舞，那画面，那境界，都是很美的。但是，他这些有具体环境的画却很少。为什么？他说："前者《松鹤图》，古人已画得很多，了无新意；后者，画了具体的山川景物，却以狭隘的环境限制了画家和读者的视野和眼界。"辉夏追求洁简，画面上只有一两只丹顶鹤，非常简略，简到了最大程度。但这没有具体环境的画面却造就了最大的视觉空间，最大的想象空间，最大的艺术空间！辉夏得意地告诉我："这个只有一两只丹顶鹤而没有任何具体环境（花草树木山水）的画面，就是我的空间，就是我创造的最大的空间、最自由的空间、最任性的空间！这也是我人生的空间，是我自由人生的象征和写意。几十年来，我就像这丹顶鹤一样，在人世间愉快生活、自由嬉戏、纵意游玩，过得自在、潇洒、简单、干净。我的人生，来也可、去也可，来也自然、去也自然，来也轻松、去也轻松，来也欢喜、去也欢喜，四大皆空、一尘不染，心中永远光明灿烂！"

　　的确，这就是武辉夏的人生，也是武辉夏的艺术！他就是晴天一鹤，同他画中那些丹顶鹤一起，排云直上，把我们的诗情、视野、情怀，带上了万里蓝天！

　　写完此文，意犹未尽，不禁吟成小诗一首《神州一鹤——赠辉夏兄》：

> 迥立风尘上，翱翔山林中。
>
> 纯净如仙子，雪白不染尘。
>
> 高蹈探明月，振羽上彩云。
>
> 潇洒飘逸境界美，神州一鹤九天鸣。

2017 年 4 月 27—28 日于重庆北碚学府小区

贤妻良母　画家才女

　　捧读《傅本娴诗集》不禁感慨万千。一位耄耋老人，在 80 多岁之后，孜孜不倦、呕心沥血、耗时六年，以满腔热情撰写出版了丈夫李际科的长篇传记《李际科传》，编撰了亲朋好友怀念和回忆自己丈夫的回忆录《踏花归去马蹄香》；前几年，她出版了个人的画册《雪鸿余墨》；今天，她又出版了自己的诗集，显示了旺盛而倔强的生命力，展现了当代女性优美而壮丽的风采。傅本娴在 90 岁生日前夕吟出的一首诗，就抒写了她欢欣的情怀：

　　　　太平盛世今朝昌，人寿年丰寿缘长。

　　　　千古今享耄耋福，笑迎百岁寿而康。

　　傅本娴是云南省正雄县人，出身于书香门第，官宦人家。其祖父傅文蒸字彩南，镇雄东门内人。傅文蒸父亲傅凌霄，武举出身，曾任镇雄营右军千总，精于医术。傅文蒸从小聪颖好学，喜临花卉、翎毛、山水、人物，且继承了父亲的医术，后为拔贡，画艺、医术造诣都很深，为当地名人。民国十二年（1923）云南省省长唐继尧奖给他"诲人不倦"匾额。傅本娴父亲傅达，早年参加同盟会，投身辛亥革命；以后进讲武堂深造，并参加了蔡锷领导的讨袁护国运动；抗日战争中还参加了著名的台儿庄战役。傅达是位儒将，喜欢琴棋书画，尤喜画虎。傅本娴母亲樊玉如，出生于四川犍为县一个大家族，毕业于成都女子师范学堂。她精于刺绣，善画蝴蝶，喜欢写诗作文，晚年出版了诗集《樊玉如诗选》。在抗日战争的烽烟中，由北平艺专和杭州艺专合并的全国唯一一所艺术最高学府——国立艺专，从沅陵辗转迁来昆明。刚刚初中毕业的傅本娴在老师和父亲的辅导下考进了国立艺专。在艺专，她受教于潘天寿、吴茀之、张振铎等先生。潘先生讲画史、画论、花卉；吴先生讲诗词、书法；张先生讲水墨山水。在艺专，她不仅学了绘画，还学了写诗填词。吴先生的诗词课非常生动，她特别感兴趣。吴先生选出唐诗宋词中的典范作品让学生欣赏，并讲解诗词格律。吴先生还要求大家学作古诗。她遂以每天去教室都要经过的一条小溪为题材，写出了她生平的第一首诗：

> 小桥青石垒，穿流滇池水。
>
> 迎送千里人，通途功不菲。

吴老师看后，给了她鼓励。她也由此感到了写诗的乐趣。从那以后，她就不断地写诗。她以诗抒写她的人生情怀，以画画表达对大自然的热爱之情。

在国立艺专，傅本娴找到了她的终身伴侣——高她一个年级的同学李际科。李际科是安徽休宁人，父亲是徽商。李际科从小喜欢画画，尤其喜欢观察马、画马。他们以马为媒、以画传情，冲破父母的阻拦，在战乱的岁月中相爱了。她以诗记录了她与李际科在重庆璧山松林岗国立艺专订婚时的心境：

> 星星知我犹知心，松岗萧萧海誓盟。
>
> 共订终身青松证，顾惟宏业暂别卿。

他们相亲相爱、相扶相携、相濡以沫，度过了半个多世纪的美好而艰难的岁月。李际科先后在甘肃武威中学、国立艺专、四川奉节县青年中学、法汉中学、武昌艺专任教。傅本娴在艰难的战争年代伴随丈夫走南闯北、养儿育女。中华人民共和国成立后，李际科到西南师范大学图画制图系（今西南大学美术学院）任教，为了支持和保证丈夫搞好教学和美术创作，傅本娴放弃了美术教学，担任了生物系专职绘图员，相夫教子，承担了全部烦琐的家务，让丈夫可以一心一意从事教学、创作；她还尽心尽力，把五个子女抚养成人。想一想，现在一对夫妻养一个孩子都这么艰难，而傅本娴却要带五个孩子，加上当时生活水平是那么低，她的付出该有多大！不过，在繁忙的工作和家务之余，傅本娴一直没有忘记读书和绘画。每天睡前，她都不忘读一会儿唐诗、宋词，读一篇古文或报刊文章。有时，她也想画画。正好，有一天李际科下课回家带回了一部《富春山居图》，对她说："这些年，你忙于家务，荒废了所学的山水画，可惜了，应该拾起来。《富春山居图》是黄公望的名作，是一幅非常好的水墨画，画家的艺术修养和笔墨技巧都达到了纯熟的境界。学山水画最好从临摹入手，《富春山居图》就是最好的临本。你可以细细地研读，慢慢地画。"傅本娴听了，高兴极了！毕竟丈夫是最了解、最体贴自己的人！虽然她一天工作、学习、家务几头跑，忙得团团转，像个陀螺、像个运动员，但她还是在晚上辅导孩子做完作业、上床睡觉后展纸临摹。画着画着，她兴趣倍增，忘记了疲倦。画好一部分后，她又请李际科给她指导，然后再修改。傅本娴从 1962 年开始临摹此图，"文化大革命"中，家中被抄，她不能再画。"文化大革命"后，她又继续临摹，直到 1992 年才临摹完毕，时间持续了 30 年之久。这幅长达 5 米的长卷，凝聚着她的心血，也凝聚着她对绘画艺术的无比挚爱！当画完此长卷，她禁不住吟出动人的诗篇：

> 富春山色始何年，长卷点毕鬓已斑。
> 相夫教子五十载，为妇难能近砚边。
> 忍将激情凝家事，谁惜才华付炊烟。
> 古稀年来秋色老，画心难泯墨重研。

这首诗表现了她五十多年为相夫教子不得不离开心爱的笔墨纸砚，而把才华和心血付之于家务、炊烟之中；但她"画心难泯"，只能在繁忙的家务之余、在老年之后，再来收拾自己的爱好，再来"墨重研"。

1995 年 4 月 19 日，李际科因心脏突然衰竭，抢救无效，与世长辞。面对这突如其来的噩耗，傅本娴悲痛欲绝！1995 年 7 月，李际科的学生成联辉、陈道学教授等发起筹组"李际科绘画艺术研究会"，建议将研讨会、画展、出版画册同时进行，较全面地将李际科介绍给社会和后人。倡议得到了李际科国立艺专的老同学及西南大学学生及画界专家的响应。1997 年 4 月，四川省、重庆市美协及西南师范大学联合举办了"李际科、谢良平遗作精品展"及李际科三本画册的首发式。美术界、同学朋友及学生们的热情鼓舞了她、激励了她，使她从悲痛中振拔出来。她决心把自己的最后岁月献给丈夫，凭自己对丈夫的了解和真情写出他的传记。于是，她广泛征集朋友、学生、亲友的回忆和文章，并收集大量有关史料，精心写作，于 1998 年年底写出了七万多字的回忆录《往事如烟恰如梦》。该书自费印出后，受到亲友同事好评。她又在朋友鼓励下，花了 6 年时间撰写出《李际科传》。《李际科传》以丰富的情节和生动的细节，写出了李际科艰苦奋斗和执著追求的一生，写出他对艺术事业的无比虔诚和孜孜以求的献身精神，写出他艰苦拼搏的意志和精益求精的精神，写出他坦诚豪爽、严谨执著、刚直不阿、淡泊宁定的性格。它是傅本娴对李际科的生死不渝的爱情的结晶，是他们夫妇五十多年爱情生活的华彩乐章，是国画大师李际科先生坎坷一生和辉煌业绩的真实再现。《李际科传》感情真挚深沉，语言亲切委婉，显示出高度的学养。南京大学美术研究院教授徐培晨评价说："《李际科传》是一部好书，好就好在是真情实感的记录，感情真挚细腻，语言质朴无华，情节生动曲折。"他指出："这部传记之所以写得如此有声有色，一是感情真挚深沉，二是故事情节感人，很有浪漫传奇色彩。再者是因为她满腹锦绣，文如行云流水，字字珠玑，字里行间，透露出深厚的文学底蕴。有真感情，有真感受，有真功夫。"

在撰写传记的过程中，傅本娴还画了不少风景画，出版了画册《雪鸿余墨》。她还把李际科的同学、学生、好友们怀念丈夫李际科的诗文汇集起来，编辑成《踏花归去马蹄香》。

现在，傅本娴又把她多年写的诗词印刷出版，让我们看到了这位贤妻良母、画家才女的丰富的精神世界和杰出的艺术才华。

怀念爱妻吴日华

亲爱的小华，你怎么就这样走了呢？你不久前还是那么聪颖活泼，那么充满活力，那么奋发向上，那么乐观开朗，那么坚忍顽强！

亲爱的小华，你怎么这么快就离开我们了呢？你的重庆师范大学的学生还等着你给他们上课；你的画框里的那么多创作还等待着你修改完善；我们的小女音音还期待着你的教育和抚养；你精心绘制插图的《中国二十世纪传记文学史》还正待出版；我还盼着同你一起游览布达拉宫、佛罗伦萨、克里姆林宫！……

可是，这一切，都随着你的离去而化成了永远的遗憾、永远的失望、永远的悲哀！……

只是，你的欢快的容颜还闪亮在我的眼前，你滔滔不绝的话语还流淌在我心间。我们一起度过的十多年的生活情景，还在我脑海中长流不息地浮动、反反复复地映现，引起我深长的怀想、深长的思念、深长的挂牵！

亲爱的小华，是你的美术天才、你的多方面的才能以及你对生活的热情打动了我，吸引了我，征服了我！你在童年和青年时代所遭遇的伤害和苦难感动了我！你对父母哥哥姐姐的爱心感动了我！你对朋友的热诚、真诚、坦诚打动了我！

你大学毕业后就把全部工资交给你父母亲，让他们过上了舒心的生活。你三十多岁尚未出嫁，一直留在父母身边，为两位老人养老送终！在我父亲年老体弱多病之时，你毅然把他接到我们家，请来保姆，精心照料，让父亲安度了晚年、安度了余生！作为继母，你对郭鲲、郭鹏那样关怀，注意从思想素养和技能方面培养他们，"授之以渔"，并把我们创办的广告公司交给他们，给予他们一个发展的平台，让他们很快地自力更生、很快地站立起来，成为生活的强者！想到这里，我对你就充满了感激之情！

你把仅有的好东西，与朋友一起分享；你把朋友的困难，当作自己的困难，倾力相助；朋友来了，你恨不得倾其所有，热情接待；朋友同游，你总是争着付款，热情大方。你对老师同事，更是十分热情友好。老师们组织的各种活动，你都积极参与、全心投入。

你对教学工作是那样的尽心尽责。你不仅每周上十几二十节课，而且每个寒暑假都要给大专班的同学上课。在最酷热、最严寒的日子，你总在给学生上课。我曾多少次劝你少上一点课，你总是说：这是学校安排的，我怎能不上哩！你对学校的工作总是那么热心、投入。学校每次演出，总要请你搞舞台和服装设计。记得学生演一个童话剧，你给她们设计了小鸽子、青蛙等服装，学生们穿上后、惟妙惟肖，高兴极了，都感激你。你也高兴得合不拢嘴，连我都被那可爱的形象感动了！为了给演出设计一个好的会徽，你熬了多少个夜晚，反反复复地构图，一次又一次到会场实际比比画画，精心制作。演出时，你总要带我去看，让我欣赏你的杰作，让我分享你的劳动成果，兴奋地给我讲你设计的心得体会。最难忘的是重庆师范大学50周年校庆，学校把团体操的大节目交给了你们学前教育学院——因为你们学前教育学院的前身重庆幼师的音乐舞蹈美术最强——而学校则照例把场地的美术和服装设计的重大任务交给了你。那几个月的时间，你全身心投入了这繁重而琐碎的工作之中。构思、构图、修改方案、买各种用品、买回后剪裁制作，汇报、研究、讨论，处理复杂的人际关系……校庆非常隆重，演出也非常成功。当你在台上看着学生的演出，心里有说不出的高兴。由于你对教学和学校工作的热情投入，你多次被评为幼师的优秀教师；幼师与重师合并后，你又被评为重庆师大优秀教师，市领导、市教委领导还来给你们颁奖，同你们座谈。

你对学生倾注了最多的爱心。每次上课，你总是把看家的本领全部拿出来，把最好的本事教出来，当堂给同学做示范，与同学一起绘画，让同学亲眼看到你怎样选景、怎样构思、怎样起笔、怎样运笔、怎样着色、怎样修改、怎样画好每一笔、怎样画一幅画！然后又亲自给一个个同学当面指导，不但当面指出其不足，还亲笔修改。你还在学校独自开设了蜡染课：没有材料，你在自己家里买来大锅、染料和布料；没有场地，你就把学生请到自家厨房，架起大锅，现场教学生兑水、兑染料、做图案、染布……在你的精心指导下，多少学生学到了真实的本领，得到了帮助和提高，走向了人生的坦途！

你对学生是那样的关爱。你不仅上好每堂课，还尽力资助生活有困难的学生。你走后，在清理你的遗物时我还看到两份同学的借据。我最记得那一年，学生杨益兰到学校报到，他父亲好不容易凑齐了学费，可是学校实际收费比通知书上的收费却要高出三百元，他缴不齐钱，学校就不让报名。父亲既感到气愤，又觉得难以凑齐，无奈之下不愿让孩子再读书，拉着孩子就往校门外走。孩子想读书，坚决不走，哭着要往校门里走！这时你看见了，问明情况后觉得孩子不读书太可惜，就回家拿出三百元补上了差额，让杨益兰上了学。为了帮助益兰，你又给她介绍一些家政工作，让益兰周末打打工挣点生活费。你还给益兰母亲介绍工作，让她到城里打工。益兰毕业前，你还让我给她介绍工作。益兰在幼师毕业后找到了适合自己专业的工作单位。她经常来看望你；你病重后，她更经常来看望你、照应你。看到深厚的师生情，我就想到你对学生的爱。你的爱像太阳，温暖了学生的心；你的爱像泉水，滋润了学生的情。你对所有学生都非常热爱，也非常关心。你要女生们自力、自强、自信，做一个坚强的女性。我还看到一些学生毕业后写给你的感谢信，她们称你为亲爱的妈妈，说在她们最痛苦、最艰难的时候是你给了她们生活的信心，让她们勇敢地走向了新的生活！

你从小热爱学习，热心读书。你热爱文学，从小学三四年级就开始读长篇小说；你也热爱哲学，在大学时读了不少哲学著作。你对美术更是倾注全力。从小，你跟着川美毕业的舅舅学画画，后来又师从著名画家王显影老师。但是，"文化大革命"中，你再怎么努力、再怎么优秀，也没能找到好一点的工作。你只能这里做几天临时工、那里做几天临时工。恢复高考后，你以小学学历硬是经过三年艰苦自学，考上了四川美术学院。当时，你在考生中年龄算大的，所以尽管你考分较高，还是只进了师范专科。毕业后，你分配到重庆幼师执教。你不懈努力，刻苦进取，利用寒暑假到西南师范大学修取了本科和研究生学历。前后六年，十二个寒暑假啊！每个假期你都在给幼师大专班学生上完专业美术课后又风尘仆仆赶到西南师范大学上课。一到西师，你就抓紧分分秒秒，认真听讲，刻苦画画！你自学美术多年，又在四川美院、西师美院勤勤恳恳地学习了九年，汲取了两个学院各自的优点；你又抓紧教学过程及带学生在各地写生的机会，刻苦画画，因此练就了坚实的笔墨功底和色彩技法。你把西画的写实功夫和色彩技法运用于国画的创作之中，并学习日本的重彩画，画出了色彩极为靓丽丰厚的新国画。你参加了重庆青年画家画展，你的作品在《重庆晚报》《重庆商报》《金沙文化》等报刊上发表，还被外国朋友收藏。

2006年5月的一天，你从重庆师大回家兴奋地告诉我说学校让你到北京文化部艺术研究院当首批访问学者！你担心我一个人孤独，但我仍然再一次坚定地支持你并勉励你努力学习！你2006年9月初就要去北京学习了，可是在当年7月，在那个令重庆人民难以忘却的百年难遇的高温的日子里，你还是到重庆师大给学生上课。教室里没有空调，你说你热得汗水湿透了衣背。上完课回到家中，你又拿起画笔，为我即将出版的《中国二十世纪传记文学史》画插图。你孜孜不倦画着孙中山、毛泽东、周恩来、邓小平、宋庆龄、鲁迅、钱学森、郭沫若，我精心地修改着《传记文学史》，女儿音音复习着功课——她即将升入重庆外国语学校读初中。保姆因为天气太热，已然请假走了。我们三人每天七点多就起床，吃完早饭后就开始工作；中午小睡一会，下午又工作；晚饭后看一场电视剧，再工作，直到晚上10点多钟休息。天气是那样酷热，我们几乎是 24 小时开着空调！但我们工作得那样愉快、那样惬意、那样和谐、那样高效。音音作业做累了，就弹一阵钢琴、画一会儿画。她画妈妈画画，画爸爸写文章！文友约我去欧洲旅游——那是我多年的夙愿——我都没去。我怕我走了你和音音孤独，而一起去又怕耽误了音音复习功课。那一个暑假，是我们最愉快、最充实、最美妙的时光。尽管外面是百年不遇的大旱，是摄氏 40 度以上的高温，但是我们内心吹拂着亲情的春风，我们内心流淌着爱情的甘泉。

到北京后，你经常打电话回来说蒋彩萍老师水平很高，同仁们来自祖国各地，都是中年俊杰、美术高手。你在那儿激发出了更加高昂而饱满的创作激情，从早到晚、废寝忘食地画着工笔重彩。每次来电话你都是那么高兴，向我报告你画画的收获，令我为你欣慰不已！当我看到你带回的《荷塘月色》等七八幅新作，看到那美轮美奂的构图、那金碧辉煌的色彩、那精致细腻的刻画，更是让我震撼不已！我知道，你正在导师指导下攀登着中国当代国画创作的高峰！

可是，就在你向着国画创作的高峰挺进的时候、就在你陶醉于美术创造的美好境界之时、就在你期待着我和女儿来看你并同你游北京的时候，你却突然发现患了直肠癌！你不得不暂停学业和创作，飞回重庆做手术，并遵医生的意见进行了放疗和化疗！更料想不到的是，化疗尚未做完竟然发现了癌症转移！你一面忍受着巨大的痛苦，同疾病抗争，一面又抱着病痛选购新的住房，抱着病痛坐在床上设计装饰图。我知道，你想为我和音音安排更美好的生活，你渴望着同我和音音共享几年幸福的生活！你还希冀着能再上北京做访问学者，再画出心中已然孕育好的更好的作品来！然而国庆以后你的身体就剧痛不已！开始靠服止痛片还能吃一点流食，半个多月后就几乎滴水不进！止痛药已然失去了效力，全靠打止痛针了！就在你最痛苦的时候，你依然牵挂着学校的老师和同事，记惦着你的亲人和朋友，更揪心着我们的音音，牵挂着我的幸福！甚至，当你已瘦弱得不成样子、憔悴得快脱形了、浑身疼痛不已的时候，你还是强撑着到我们川外附中去参加了音音的一次古筝演奏会！你在车上痛得全身战栗，可是一听到音音的琴声你立刻忘记了疼痛；再听到老师表扬音音弹得非常好，你更兴奋得笑了起来！你说："听到老师的表扬，我的病都好了一半！"你的爱心，真让我感动不已！

亲爱的！你的仁爱心怀和高尚情操在你生命的最后一刻焕发出夺目的异彩！就在你病痛最剧烈的时刻、在你生命即将进入尾声之时，你突然郑重地告诉我："久麟，你帮我办两件事：一个是捐献眼角膜，一个是把我的骨灰撒进江河！"听了这话，我感到强烈的震撼！我知道，邓小平是捐献了眼角膜，并把骨灰撒向了大海的！想不到，你作为一名普通公民，竟然也有如此博爱的胸怀！但是我知道，这是你的崇高心愿，我不能不支持，不能不照办！当我经过多方努力终于联系到重医眼科中心的时候医生感动地说："你的夫人能主动捐献眼角膜，你能支持她捐献眼角膜，这是非常了不起的，是非常崇高的！我们要请报社记者来采访你们！在报上宣传你夫人的爱心行动！"我也觉得应该宣扬一下你的这种义举，让更多的人能参与到这种爱心行动中来！可是，你却坚决拒绝了记者的采访。你的低调、你的不愿采访使我更看到了你的纯洁的动机和纯粹的爱心。你去世后三天，重医眼科中心的医生告诉我你的眼角膜已经移植到两个盲人眼中，使他们恢复了视力！他们非常感激你！这时候，我才更深地理解了你的爱心、你的仁义、你的纯粹、你的伟大和崇高！

就在我写这篇文章的时候我们的保姆小朱告诉我，你在走前告诉她你要把骨灰撒在长江，撒在你生前购置并精心设计装修的住宅前的江流中，你要永远看着我和音音快乐、幸福地生活！你的灵魂要永远地伴随着我们快乐、幸福地生活！听了这话，我万分感动，不禁潸然泪下！

亲爱的小华，愿你纯洁、善良、美丽而高尚的灵魂永远陪伴着我们，赐福给我们！愿你纯洁、善良、美丽而高尚的灵魂永远在天堂安息！

他有着企业家的胆略与风采

有人说，中国没有企业家。在编撰《当代西南企业与企业家》一书的过程中，在采访了数十位各级各类企业领导人之后，在重庆钢铁公司进行了数月的采访之后，我深深感到：当代中国的企业家，不但在个体户和乡镇企业里大量涌现，而且也在中国大中型企业中迅速崛起！

重庆钢铁公司经理郭代仪，就以他的强烈的改革意识、竞争意识、风险意识，以他科学的头脑、坚韧的毅力和拼搏的精神，向我们展示了中国当代企业家的胆略、气质、风采和动人的形象！

一、初露锋芒

他，高高的个子，白皙的面容，仪表堂堂，举止庄重。在他温和谦逊的容貌之下所潜伏的坚强气质和内在力量是在他大学毕业二十年被推上重钢五厂厂长职务之后才开始显示出来的。

这位高级工程师，运用了他在重庆大学学到的专业知识，积二十年钢厂工作的实践经验，在上级支持下仅投资 2.418 万元就把该厂落后的三辊劳特氏轧机改造成具有八十年代初国内先进水平的轧机，使用了高压水除磷、超声波探伤等先进技术。其中的加热炉计算机控制数学模型达到世界先进水平。经改造，钢材产量由改造前的年产约 20 万吨提高到 1988 年年产 48 多万吨，使一个厂变成了两个。郭代仪初露锋芒的改造项目为重钢局部技改积累了资金，为重钢技改提供了经验。郭代仪于 1985 年 1 月被重钢 500 多名中层干部推选到重钢公司总经理的岗位！

二、敢于第一个吃螃蟹的人

郭代仪是一位勇于开拓、富于改革精神、敢于第一个吃螃蟹的人。他从 20 年的经历中深刻认识到：改革是企业的一种机遇、一种挑战，改则进，不改则退。只有改革，重钢才能在夹缝中求生存、求发展，才能"置之死地而后生"。他带领全厂职工锐意进取，使重钢改革始终走在全国大型钢铁联合企业的前列。

首先，他在党委支持下，在上届经理工作的基础上不断深化和完善经理（厂长）负责制的领导体制。1984 年 7 月，重钢在全国大型钢铁联合企业率先实行经理（厂长）负责制。郭代仪担任经理后经常想：经理有了生产经营的指挥权、决策权和人事任免权，不能独断专行，要充分依靠党委、工会、职代会等组织的支持及其班子里的伙伴。他不但在每年两次的职工代表大会上认真听取职工意见，还经常召集职代会代表讨论公司的重大问题和生产经营方案，通过职代会及代表宣传、动员和发动职工实现公司决策。他主动向党委汇报工作，互通情况，以取得党委的支持和配合，得到党委的保证监督。

其次，他组织和落实承包经营责任制，使企业经营机制趋于健全和完善。他打破了企业吃国家的"大锅饭"、职工吃企业的"大锅饭"的局面，在重钢内部推行了"纵向承包"和"横向承包"。他代表重钢与重庆市签订了"两保一挂"的承包合同，而后公司副经理、三总师向公司经理承包，再往下是二级单位、车间，工段、小组层层承包，这是"纵向承包"。"横向承包"则是用合同的形式，运用经济和行政的手段明确与强化厂与厂、厂与处室、处室与处室之间的配合与制约关系。

其三，郭代仪和他的"战友们"从长期实践中看到多年来企业形成的"三铁一锅"（铁工资、铁饭碗、铁交椅、大锅饭）严重阻碍了企业生产力的发展，认为只有认真进行分配制度和劳动用工制度的改革，企业才能焕发出青春和活力。于是，在实行承包经营责任制的基础上，他提出将承包的结果与二级单位的留存、职工个人工资、奖金和部分住房挂钩，实行"效益浮动工资"、增大分配中"活工资"的部分、减少"死工资"部分的设想，并付诸实行。在用工制度方面，引入竞争机制，优化劳动组合，精简机构，裁减富余人员，实行"厂内待业"。几年来，全公司精减厂（处）级机构 6 个、科级机构 90 个，减员 2694 人，安置企业富余人员的"厂中厂"发展到 59 个。他还规定：在他的任期内，重钢大规模技改和新建厂矿不增加职工，依靠自身精简机构压缩人员解决；在任期内控制全民职工不超过 5 万人。这两项目标均已实现。

其四，他既抓物质文明建设，又抓精神文明建设。

三、冲破"盆地意识"，大搞横向联合

企业处于商品经济的激烈竞争的风浪之中，企业家必须善于抓住时机、把稳舵轮、大搞横向联合，方能破浪前进。

郭代仪不愧是一位善于驾驶风浪的舵手。他努力冲破盆地意识，把眼光投向沿海、投向国外、投向重钢以外的广阔市场。他拟定了"三个寻求，三个延伸"的战略经营决策，即向外寻求资源、资金和外汇，延伸产品、劳动力和效益。

他不仅在重庆率先发行 2 亿元的企业债券，与中国工商银行重庆分行联办了十来个储蓄所，并成为交通银行重庆分行和渝中信托公司的主要股东，增强了借用和调动资金的能力，而且还抽调得力干部组成了经协办。他通过经协办在湛江与海军某部合办了海渝联合开发公司，拆旧船板轧钢材，就地销售；又与深圳联合开办了深渝冶金矿产公司；在北京合资经营了四川豆花饭庄；在重庆市中区兴建了十八层的南海酒家。同时，他又把眼光移向中国钢铁工业很少涉足的国际市场，于 1988 年建立的重庆冶金进出口公司仅一年时间就成交 1400 余万美元，创汇 300 余万美元。重钢同全国 70 多个企事业单位签订了近百项协议，大大搞活了流通领域。仅 1988 年秋季广交会上，重庆

冶金进出口公司即达成 600 万美元的交易。郭代仪还以重钢为主体，联合十八冶、重庆钢铁设计院、中国第二重型机器厂、东方电机厂成立了华西冶金工程集团公司，集建设、施工、设计、制造、动力、科研、咨询于一体，大大延伸了重钢的实力和效益。

"三寻求、三延伸"，为重钢的生存和发展开辟了广阔的天地。

谈到企业生产、技改与做生意的关系时，郭代仪说："其实，生产、技改与做生意并不矛盾。企业的一切行为，都离不开'经济'二字。抓生产、获利润是经济问题；搞技改、图发展是经济问题；向外延伸产品、使流动领域充满活力，同样是经济问题。企业如果没有强大的经济实力，最终是逃脱不了垮台的命运的！"

这就是郭代仪的经济意识、效益意识，这不也是企业家的重要气质之一嘛！

四、推进老企业的技术改造

重钢是一个老企业，是国家重点钢铁企业之一，但由于历史上多方面的原因，重钢未得到应有的全面改造，问题越积越多，不仅影响了发展，而且危及企业的简单再生产。

就是在这种情况下，1986 年 10 月，经过四川省和重庆市及重钢领导的多次研讨，重钢大规模技术改造的方案提出来了。这是一个大有希望的方案，也是一个大冒风险的方案。

以郭代仪为首的重钢企业家们深知技术改造的迫切性和必要性，也深知技术改造的风险和困难：重钢由于下放到地方，冶金部不再拨款，技术改造要花十多亿元的资金，从哪里来？修起了大高炉，矿石又从哪里来？尖锐的矛盾摆在他的面前：如果只顾眼前，只搞大修小改，则道路平坦、没有风险，企业经济效益和职工生活福利在四年任期内可稳步增长，但这不利于企业将来的生存和发展；如果考虑长远，搞大规模的技术改造，则道路崎岖、困难重重、风险很大，然而这有利于企业的振兴和飞跃。为了重钢的振兴和发展，为了重钢的希望和未来，郭代仪以企业家的胆略和气魄毅然做出抉择：运用国家改革给企业创造的优良环境和优惠政策，自筹资金，自我积累，滚动发展，改造老厂，扩建新区，走艰苦探索之路！

他首先选择了局部改造方案，形成局部优势以支撑总体技术改造的道路。

2450 中板轧机的改造，就是局部改造的突破口。紧接着，他们又于 1985 年 2 月开始对大轧厂型钢轧机进行节能改造，投资 2800 万元，历时 141 天竣工。投产后，轧材量由原来的 15 万吨增加到 26 万吨，热效应由 4％提高到 27％，年综合经济效益达到 2000 万元，一年半即收回全部投资。上述技术改造使重钢轧钢技术装备达到国内七十年代水平，部分装备达到国际先进水平，形成了重钢技术装备总体劣势中的局部优势。同时，使重钢钢材产量由改造前的 68 万吨提高到 100 万吨，为重钢技改筹集了大量资金，奠定了坚实基础。

在局部改造的基础上，开始了第一步技改工程。这个工程含现代化 1200 立方米高炉一座、105 立方米烧结机两台、42 孔焦炉两座、综合原料场一座、太和铁矿等主体工程和相应总体运输、电网升压、公用设施改造等计 15 个大项，总投资达 7 亿元。

郭代仪在历史和现实的交汇点上毅然决然地挑起了重钢技术改造总指挥长的时代重担，打响了重钢的"淮海战役"！

技术改造面临的最大难题是资金，国家和省、市都不投资，他只能走"负债经营"的道路。他首先创造了利用重钢局部技改后增产的计划外钢材，同全国数百家企业单位进行"补偿贸易"，筹集了 4 亿资金；接着又于 1986 年率先向社会发行 2 亿元债券，再创全国之冠。他还与金融界联合，增强了调动和供用资金的能力。这一系列措施，使重钢筹措到 12 亿技改资金。

技改，是一场大规模的立体战役；建设、设计、施工单位的统一协调，是工程胜利的保证。在这方面，他倡议由建设、施工、设计三方成立联合指挥部，不断协调和密切三方关系，保证了技改施工的顺利进行；他提出用经济手段调动各方面积极性，在施工合同中明确规定工程保质提前投产效益分成，把三方的经济利益捆在一起。更重要的是，他以技改为重，尽心竭力地抓技改，主动为设计施工单位创造条件，及时协商解决施工中出现的各种问题。由于他和设计施工单位顾全大局、团结协作、互相支持，因而实现了铁系统工程提前竣工，在全国三个1200立方米高炉建设中创造了最佳成绩，受到了冶金部领导的高度评价。

郭代仪还带领重钢职工在能源紧张、坯料不足、原材料涨价的困难条件下，实现了生产上水平的目标，创造了重钢历史上的最高纪录；四年完成工业总产值25.97亿元，上缴利税6.06亿元，分别比前四年增长35.34％和58.4％；产品质量也稳步上升。四年来，重钢先后荣获市、省、国家各种先进称号上百个。1988年，重钢进入国家二级企业行列。而郭代仪本人，也先后获得四川省劳模、重庆市特等劳模的光荣称号。

1986年1200立方米高炉出铁以后，郭代仪又把他的目光投向了150万吨系统的改造工程。这将是又一场伟大而艰难的战斗，郭代仪没有踌躇、畏缩和停步。他将以更加成熟的思考，以更加坚定的胆略和气魄，去迎击命运的挑战，迎接灿烂的明天！

焦虑、痛苦和挫折将伴随着他，而追求、欢乐和胜利更将属于他！因为在他的身后，有英勇善战的数万重钢职工，有生机蓬勃的伟大祖国！

（刊《当代西南企业与企业家》，重庆大学出版社1990年版）

"铝矾土王国"的世界冠军

一

    2011 年 12 月 29 日晚，博赛矿业集团有限公司销售收入突破 100 亿元庆典在重庆洲际大酒店举行，圭亚那合作共和国总理海因兹夫妇、加纳驻华使馆公使阿加瑞、重庆市市长黄奇帆以及市领导、市级有关部门负责人、企业所在地党政领导、金融机构、客户代表及友好单位等 200 余名嘉宾出席。庆典仪式上，博赛集团董事长袁志伦首先代表博赛集团 6000 余名海内外员工对出席庆典的嘉宾表示热情欢迎，他说，博赛集团 1994 年 8 月在风景秀美的南川金佛山脚下诞生，如今已走过 17 个年头，在党和政府及社会各界的关心支持下，从最初的小五金门市部发展壮大成为集铝基、煤基、国际贸易为一体的大型外向型企业集团。袁志伦说，进入新世纪，博赛虽历经 "5·12" 汶川特大地震、国际金融海啸等多重考验，但通过多次产业结构调整、转型升级、兼并收购等方式，保持了年均 40% 的高速增长。目前，博赛生产的高铝熟料和棕刚玉产销量稳居中国第一、世界第一。博赛集团现已跻身中国制造业 500 强、中国民企 500 强、中国有色金属企业 50 强、重庆工业企业前 20 强、重庆民企前 10 强。第一次到访重庆专程参加 "百亿博赛" 庆典的圭亚那总理海因兹在致辞中表示十分高兴，他表示，圭亚那政府对于博赛集团的进驻感到由衷高兴，博赛集团的投资为圭亚那创造了更多的就业机会，直接改善了人民的生活。海因兹表示将继续与博赛集团合作，支持博赛集团扩大生产，开发新项目。重庆市市长黄奇帆在致辞中表示博赛集团销售收入突破100亿元庆典是深居内陆的直辖市对外开放的一个重要标志性活动。在重庆对外开放的进程中，博赛集团是其中一个敢于走出去的"小老虎"，是重庆开放浪潮中的"尖兵"，是重庆民营企业中海外投资的"先锋"，对重庆企业起到了很好的示范推动作用，促使了很多企业思考"走出去"发展。市政府将全力支持博赛集团以及其他企业到海外投资，充分利用国内、国外两种资源，占领国内、国际两个市场。庆典仪式上，博赛集团现场捐款1000万元，主要用于扶贫济困、村通公路、爱心家园、人畜饮水等公益事业，促进重庆"缩差共富"。

从昔日重庆南川区的一个小企业到今天全球铝矾土矿产的世界冠军，袁志伦的成功，经历了怎样不平凡的创业之路啊！

二

袁志伦是重庆南川人。在风光秀丽的金佛山下，袁志伦度过了幸福的童年。1980年8月，年仅15岁的他就考取了成都科技大学（现已合并为四川大学）金属材料系，名声传遍了南川。在大学的四年里，袁志伦在学富五车、且眼界和思想都十分开放而又开阔的老教授和中青年教师的教导和培养下刻苦地学习、不断地积累，增加了知识、学到了技能、开阔了眼界、开阔了视野，树立了为国家民族做一番贡献的理想。1984年，他大学毕业，先后到中国冶金进出口公司和中国有色金属进出口公司珠海分公司做职员、部门经理、总经理助理。其间，他还到北京钢铁学院进修外贸英语。1991年8月至1997年7月，他又到珠海珠光金属矿产有限公司担任了7年的总经理。就这样，他不仅掌握了金属进出口业务的知识和本领，并培养和锻炼了自己领导和驾驭一个大型企业的能力和水平。

1997年7月，在西部大开发的号角声中，袁志伦以其超前的眼光和宏伟的胆略及时抓住重庆被中央批准为全国第四个直辖市的宝贵契机，毅然决然地放弃了一个大公司总经理这样一个安稳而令人羡慕的职务，回到了家乡南川，加盟了大哥袁志华创办的南川矿业公司并担任董事长。他的加盟，使企业如虎添翼。不久，南川矿业公司更名为重庆博赛矿业集团有限公司，并获得了全国民营企业首批自营进出口权，使博赛的外贸业务迅速发展，业绩直线上升。2001年博赛集团被中华人民共和国农业部评为"全国诚信守法乡镇企业"，被中华人民共和国农业部、对外经济合作部评为"全国出口创汇先进乡镇企业"。

袁志伦通过新建、扩建、收购经营等一系列运作形式，扩张了企业规模，不但完成了博赛集团由铝矾土资源型企业向加工型企业转变，而且整合了从原料开采到氧化铝生产再到电解铝深加工的铝基产品产业链，真正实现了"点土成金"的梦想。

袁志伦首先收购了南川原有的一座小型铝矾土矿山，并迅速扩大其规模，将年产量由3万吨提高到15万吨。

接着他又举债3000万元，建成年产5万吨的棕刚玉厂，对铝矾土进行深加工，提高其附加值，并将其直接销到海外。

以后，袁志伦又在天津的塘沽港和广西的防城港建成了矿产品加工厂，占据了南北出口的有利地势。

2001年，袁志伦又投资7亿元于2003年建成年产20万吨氧化铝的南川先锋氧化铝公司。博赛集团成为中国铝业集团之外中国第二家氧化铝厂和中国第一家生产氧化铝的民营企业，填补了川渝两地无氧化铝产品的空白。

2006年，袁志伦投资12亿元全资收购了四川阿坝铝厂并对其进行扩能环保技改，使该厂电解铝的年产达20万吨。这是进军电解铝行业的重要一步，为袁志伦实现国际化扩张做好了战略性的准备。

三

袁志伦没有为已经取得的骄人成绩而自满。他在经济全球化的浪潮中酝酿着更大的突破和发展。他深刻地认识到，要使中国的民营企业走向国际大市场、经营全球化，就必须有全球化的经营视野，全球化的谋划方略。

2006年12月，袁志伦经过半年多激烈的竞争、紧张的角逐、艰苦的谈判，终于击败全球20多家竞争对手，用6000多万美元正式收购了享誉世界的南美洲圭亚那合作共和国欧迈矿业公司，获得了近2亿吨的优质铝矾土资源，一跃坐上世界铝矾土熟料龙头老大的位置，实现了自己多年的梦想。为此，他欣喜若狂！想一想，中国的铝矾土矿本来就不多，这些年随着大量的开采逐年减少，以铝矾土系列产品为主的博赛集团的发展就显得后劲不足；刚刚收购来的欧迈矿业公司则有近2亿吨的铝矾土，约占中国已探明储藏量的五分之一，而且质量特别好。即是说，袁志伦从海外为我国买回了大量铝矾土优质资源，这对国家民族是多大的贡献，对中国工业发展是多大的贡献啊！这2亿吨铝矾土矿，可供袁志伦旗下的博赛集团开采100多年，并使博赛集团成为世界铝矾土矿产的真正冠军、旗手和龙头老大，成为铝矾土熟料的风向标，让我们中国人在铝矾土熟料国际市场上有了发言权、掌舵权和定价权。多少年来，中国受西方国家在进出口贸易价格上的操纵和控制，吃了多少亏，受了多少屈辱！而今天，我们终于在铝矾土行业上找回了主导权！这又是多么令人兴奋和自豪的事情啊！同时，这次成功收购是重庆市境外矿产资源开发及生产的最大项目，也是重庆历史上最大的一笔海外投资，在重庆民营发展史上写下了光辉的一页，为重庆民营企业向海外投资和进行国际化扩张树立了榜样、开辟了道路、增添了志气！

袁志伦高兴地告诉我："这次成功的收购，是我抓住了国际化扩张的最佳时机！错过了今天，就可能失去明天！所以，我们一定要牢牢把握机遇！因为机遇稍纵即逝！"

经过10年的艰苦拼搏，博赛集团以年均增长35%的速度实现了跨越式发展，先后在重庆市、天津市、广西、贵州、四川等地兴建了10多个铝矾土生产加工企业。2007年，博赛矿业集团有限公司实现销售收入超31亿元，利税之和超6亿元，公司连续多年跻身中国民营企业500强、重庆市工业50强、重庆市外贸出口前10强和重庆市民营企业前 10 强。袁志伦荣任全国工商联常委、重庆市第二届人大代表、南川区政协副主席、重庆市工商联副会长、南川区工商联会长。

四

市场经济在竞争中发展，未来国际企业竞争的实质就是资源、科技、劳动力和市场的竞争。谁获取的资源多，谁将会做得更大、更好，走得更远、更久。2006 年博赛集团成功收购欧迈矿业公司，以后又收购了欧迈电厂，突破了地域性发展的瓶颈，把企业未来的发展从国内布点直接"跳"向了整个世界，并将集团战略性资源的扩张向海外推进。这就为企业的跨越式发展提供了坚实的基础。

面对新的更伟大而艰难的事业，袁志伦乐观自信、冷静沉着。他在收购欧迈矿业公司和欧迈电厂之后，立即斥巨资对其进行技术改造，2008 年即可由收购前的亏损转为高额盈利。每年将增加 40 万吨耐火级铝矾土、10 万吨化工级铝矾土、200 万吨冶金级铝矾土的生产能力，成为我国在海外最大的铝矾土企业，并对国际市场上的铝矾土售价产生巨大影响。

2012 年，博赛集团将努力实现"三个一"和"三个五"的目标，即实现销售收入超 100 亿元、利税超 10 亿元、出口创汇超 1 亿美元，力争跨入中国企业前 500 强、重庆企业前 50 强、重庆民营企业第一名，并坚持以专业化发展为导向，完善和打造以铝矾土系列产品为核心的产业链，树立全球经济一体化和 WTO 战略视野，成为"世界级"的铝矾土王国和全球供应商。

五

十年，袁志伦的博赛集团从重庆南川区的一个乡镇企业发展为世界铝矿业的龙头老大，成为在国内以及德国、圭亚那等有 15 个生产加工企业、5000 名员工（其中还有数百名外籍员工）的大型民营企业。

袁志伦有一套独特的管理方法。

袁志伦告诉我，他的管理方法主要是规范透明、诚信守法。他们公司绝不做违法乱纪、偷税漏税的事情，这就保证了公司健康顺利的发展。而且他还非常重视公司的人性化管理，对全体职工都非常关心。最近五年来，公司全体职工每年的工资增幅都在15％以上，职工都有年终奖；公司给每个职工买了养老、医疗、工伤、失业等社会保险；公司还对职工子女考上大中专学校给予奖励。袁志伦说："我的管理主要是靠感情。我用感情联络人，用感情留住人，用感情激励人，用感情同员工沟通。企业不关心员工，员工也不会关心企业；企业珍视员工，员工也会珍视企业，把企业当作自己的家！"

袁志伦还十分热爱自己的母校。他说："我的成长离不开母校，离不开四川大学。作为母校培养的学生，我应该自觉地回报母校。所以，在四川大学一百一十周年校庆之际，我回到母校参加盛典，并捐资200万元，设立了奖学金。"

袁志伦还说："我的成长和成功离不开社会各方面的支持和帮助，因此，我也努力回报社会。"他每年都拨出一部分资金用于慈善事业，主要是扶贫济困和希望工程。他对农村五保户给予特别关爱。他对我说："孟子说：'老吾老，以及人之老，幼吾幼，以及人之幼。'尊老爱幼是我们中华民族的优良传统，同一个社会的文明程度有很大的关联。慈善是我发自内心的情感和行动！我希望在这方面尽一份责任！今年，我在我的生日11月17日向'重庆·慈善福利情暖万家活动'出资6000万元，设立了'博赛·爱心慈善基金'，这也算我在这方面的一点努力吧！"据统计，创业10年以来，博赛集团已累计向社会捐资近一亿元，袁志伦也成为受人尊重的"社会公民"，担任了全国工商联常委、重庆市第三届人大常委、第四届重庆市工商联副主席、南川区政协副主席。

看到博赛矿业集团有限公司的巨大成就，听了袁志伦的一番谈话，我心里热烘烘的！作为袁志伦的重庆同乡和川大校友，我为他感到骄傲和自豪！他为我们母校争了光，为我们重庆添了彩，为国家和民族的伟大发展做出了卓越的贡献！

李俊峰与巴山厂

　　1995 年 12 月 8 日，在巴山厂的历史上是一个极不寻常的日子！这一天，李俊峰和张忠华受命于危难之际，担任了这个厂的厂长和书记，也担起了救亡图存、改革发展的重任！

　　这个任务确实不轻啊！巴山仪器厂是中国航天总公司生产高精尖技术产品的企业，为航天工业的发展做出过重要贡献。可是在经济大潮的冲击下却连年亏损，到 1995 年已累计亏损数千万元，负债数千万元，连续三个月发不出工资，3 年多没给职工发奖金、报销医疗费，成了远近闻名的特困户。

　　难道国有企业、军工企业就搞不好吗？李俊峰不信这个理！他认为，一个企业的兴衰沉浮，关键在领导；而领导班子的观念转变和以身作则、真抓实干，又是关键中的关键。因此，他一上任，首先抓本厂领导班子和全厂职工的思想转变！他从上任当天开始连续开了三天三夜的干部会，把脉求医，统一认识，旗帜鲜明地提出："从来就没有什么救世主！""我们这个班子要么成为历史的罪人，要么成为工厂起死回生的开拓者。"并提出"树人心，立壮志，卧薪尝胆，苦战两年冲出困境，3 年飞跃，职工人均收入 1 年增 1 成"的目标。

　　"市场不相信眼泪，市场要去争、要去夺、要去开创。"为了开发产销对路的产品，李俊峰带着一帮人奔走在全市各区市县。经过反复调查和论证，他们做出上马正三轮摩托车的决定。一听这决定，厂里许多人甚至市经委的一些领导都认为他疯了，有人还讽刺说：要是你们巴山厂能把正三轮摩托车搞出来，我手板心煎鱼给你们吃！李俊峰经过分析认识到正三轮摩托车很适合城乡接合部作运输，其市场潜力大，而全国生产三轮摩托车的主要是乡镇、校办工厂，他们设备差、技术弱、质量不稳定，批量也上不去，而巴山厂上此项目正好"拾遗补缺"，加之重庆摩配厂家产品很多，很多厂都愿意先贷后款，这不正是机遇吗？于是他们调集精兵强将300人，组建正三轮摩托车生产厂，组织上百人的销售队伍，一年内就实现了当年立项、当年出样车、当年打开销售局面、当年获得较好社会经济效益的最佳效果，创造了"不要国家投入的深圳速度"。

正三轮摩托车开发成功，激发了巴山厂干部职工的热情和志气！他们于1997年自筹资金扩建了生产线，达到了年产10万辆的生产能力。在此基础上，他们又充分发挥自己生产高精尖产品的技术优势，集中人力、财力、物力投入高科技产品的研制，很快开发出经济型机床数控系统和激光陀螺等。几项高技术含量、高附加值产品的成功开发，使巴山厂保住了十余年的发展势头。

最近，巴山厂生产的传统产品特定电磁波治疗器（TDP），也受到了美国、韩国的欢迎，订货量大大增加！该产品于1986年获南斯拉夫国际博览会金奖和布鲁塞尔国际博览会银奖，既能治多种疾病，又兼有保健作用，已畅销中国和全球几十个国家和地区。

巴山厂的腾飞，靠的是领导的带头作用和干群的团结一心。李俊峰上任后凭着强烈的责任感和使命感，带领全体职工拼搏，一天工作15个小时，甚至生病也不休息。由于他呕心沥血、真抓实干，工厂一年扭亏为盈，工厂职代会通过决议，授予他"企业发展效益奖"，同时，他又获四川省航天企业厂长最高奖金。他却在1997年1月29日的职工大会上宣布自己不领这两项奖，而捐给工厂用来发展军民品生产。他说："成绩是大家的，是全厂职工辛辛苦苦干出来的，不能算在我一个人头上。而工厂搞不好，我这个厂长应负主要责任。"他的话再次赢得职工热烈的掌声。

他留下一个灿烂的金秋

> 你是执着的绿叶，
> 曾为鲜花和果实呕心沥血。
> 待果实散发出甜美的馨香，
> 你却无声无息地飘落，
> 留下一个灿烂的金秋。

这是四川外语学院师生们献给他们的膳食科长陈明义同志的悼诗。他不是战功显赫的将军，不是德高望重的学者，也不是什么明星，他只是一所普通高等学校的后勤干部。可是师生们却久久忘不了他，忘不了他为大家做过的好事，忘不了他为川外后勤工作所做的重要贡献。

一、受命于危难之际

1980年秋，陈明义来到四川外语学院食堂门前。看到学生端着有盐无味的菜饭，听到"煮耙煮耙，放点盐巴"的嘲讽，陈明义感到痛心。走访了烟雾腾腾、摆满煤油炉和纸炉子的学生宿舍，目睹了"打牙祭"时的混乱场面，陈明义想起了热情聘请他到川外工作的陈孟汀院长的话："明义啊，川外的工作困难多，食堂更是老大难！经常有学生和出国留学生到我办公室和寝室来反映伙食又差又不卫生，作为院长，我真感到难过！不彻底改变学校伙食的落后面貌，师生不安心，教学搞不好，工作重点的转移也是一句空话……"

他还想起了邓小平同志语重心长的话："大学里应有一批热爱本职工作、勤勤恳恳为教学和科研服务的人，把这方面的工作管起来，使教学和科研人员能够集中精力做好业务工作。"

力量在凝聚，信念在坚定。

就这样，陈明义肩负重托，受命上任了。迎着歌乐山的黎明，陈明义起了个大早。他一边同工人师傅理菜，一边问管理员："能不能把肉片的价格降低一点，分量增加一点？"他刚说完，炊事员就七嘴八舌议论开了。有的说："降不得，降了要蚀本。"有的说："再降，我们弄不出来。"

陈明义没有争辩。他找来一条围腰系上，熟练地拿过菜刀，亲自切下十斤肉，又迅速切成肉片，配好调料，然后走到锅台前，俨然是一位大厨。煎油、下料、操起大锅铲在大锅里翻动，一会儿，一盆香气扑鼻的肉片就起锅了。

"科长，你打算打多少份？多少钱一份？"陈明义拨着算盘，胸有成竹地说："打六十份，每份三毛。"午饭时间到了，陈明义站在售菜窗口，迅速而准确地打菜、收票。有人在悄悄地数着份数，一会儿，一盆肉卖完了。

"六十一份！"一位炊事员忍不住惊讶地喊了出来。

"打得多均匀、多麻利呀！"又一位炊事员赞叹道。

前来买菜的同学老师都称赞今天食堂的炒肉片又香又多又便宜。炊事员也钦佩地看着他。陈明义和颜悦色而又饱含深情地说："我们搞后勤工作，是为教学科研服务，我们应尽力把食堂办好，让师生满意，使他们能够安心工作，安心学习！"

炊事员受到了感动和启发，他们说："新来的科长不简单，能吹能打，拿得起放得下，既内行又肯干，令人信服！"

二、坚持斗硬不信邪

第一步跨出去了。陈明义乘着改革的春风，把思想政治工作、行政手段与经济管理结合起来，制订了一套"半企业化"的管理方法和制度，并宣布一定兑现。厨房一位老工人自恃资格老，经常带头在食堂喝酒，吃"油大"，陈明义对他进行过耐心规劝和严肃批评，可是他仍不改正。陈明义决定把他调出食堂。这个老工人赖着不走，并扬言要和陈明义"算账"。陈明义毫不妥协，果断地把他调开了。

又一次，面包刚出炉，一位炊事员拿起就吃。管理员提醒他要遵守制度，他却不以为然地说："哼！制度？川外的制度哪样斗了硬的？我今天尝了、吃了，看他敢把我怎样？"陈明义知道后，找到这位炊事员耐心地给他讲执行制度的必要性，并要他交出面包款。炊事员就把食堂回收的饭菜票交给面包房，想敷衍过去。陈明义再次找到他，严肃地指出他的错误，并要他补交现款，否则就按制度罚款。这个炊事员被震慑住，如数交了面包款。从此乱吃乱拿的歪风刹住了。

还有一次，一位管理员和一位采购在食堂发生争吵、抓扯，陈明义劝阻后严肃指出："制度规定，上班时间吵架打架要扣奖金，你们身为干部，却带头违反，想想该怎么处理？"这两个干部资格老，性子犟，不但不认错，还不许扣奖金。下面的人一时议论纷纷，都想看新科长敢不敢斗硬。陈明义找到领导商量后说："制度刚建立，绝不能败在我们手里！如果在一个人身上不兑现，就会在一百个人身上失去效力。如果他们两人不服，要'摔盘子'，那我们就把工作顶起。"经过严肃的批评和热诚的帮助，两位老职工终于当众承认了错误，按制度扣罚了奖金。

陈明义深知正人先正己，打铁先得本身硬的道理，他要求群众做到的自己首先做到，而且做得更好。他给自己立下了严格规矩：不多吃、多占，不假公济私。他一日三餐在食堂帮厨，却从不在食堂吃饭，即使偶尔陪客人吃了饭也一定按规定缴钱。一年到头，他没有星期天，没有节假日，每天都工作十小时以上，可是奖金都坚持只要最低一等。

有次家里来了客人，他妻子去小吃部炒了几份菜，他看到分量似乎多了些，除批评妻子外还批评了炒菜的炊事员。第二天，他向全科职工郑重宣布："我的家属来打饭菜，要一视同仁，不能多打，谁多打谁负责！"

三、春天般的温暖

陈明义十分重视思想政治工作，尤其是青年职工的思想政治工作。他主动接近他们，同他们交心谈心，从思想上、工作上、生活上关心他们，帮助他们成长。他看到邱吉祥工作肯干也爱学习，但是心事重重，就多次同他谈心。小邱把心里话倒了出来："陈科长，说实话，像我们这样的人，要地位没地位，要技术没技术，人家女娃儿一听炊事员三字就吓跑了，我这辈子还有什么出息？"

陈明义开导他说："当炊事员就没有出息吗？一日三餐，谁离得开？学校伙食不好，学生不能安心读书，教师不能专心教学，工作怎么搞得好呢？而且膳食工作也大有学问和钻头，你年轻，有文化，只要肯钻，是大有前途的。至于对象嘛，别着急，天下总有好姑娘会爱上你的。"陈明义贴心的话语使小邱感到温暖，工作更积极了。这以后，陈明义又送小邱到冠生园学习糕点制作，并亲自为他联系住处。培训回来后，小邱成了面包房的一把好手，做出的各式蛋糕点心深受欢迎。以后，陈明义又调他到小吃部当管理员，并培养他入党。小邱当管理员后，星期天脱不开身，常常不能去会女朋友。正在苦恼的时候，他的女朋友却从城里看他来了。原来是陈明义让在城里工作的妹妹给她谈了心，要她支持小邱的工作。陈明义去世不久，小邱入党了。他感慨万端地说："陈科长对我的关怀和爱护，真是无微不至，感人至深，我一辈子也忘不了！"

陈明义把满腔心血倾注在青年职工身上，不仅教育他们树立为师生员工服务的思想，还用各种方式对他们进行技术培训，并且在生活上关心他们：男青年找不到对象，他为他们当红娘；女青年怀了孕，他关照她们注意休息和饮食；职工生了小孩，他亲自送去红糖、鸡蛋。他用春天般的温暖，暖透了他们的心。

四、一切为了师生员工

一天，英语系的同学到食堂帮厨。陈明义一边同大家做包子，一边询问着同学们对食堂工作的意见和要求。几个女同学反映说她们想吃折耳根，自己不好做，不知食堂能卖不？帮厨结束后，几个女生早把这件事忘了，可是陈明义却把此事记在心上。他征求菜组同志的意见。

"咳，大食堂卖野菜，没听说过。"

"草草巴巴的，难得理。算了吧，想吃叫他们自己去买。"

陈明义耐心地对大家说："同学们离开了家，有些东西就吃不上了。他们想吃点折耳根，但又没有时间弄，也没有那么多佐料；我们什么都有，只要买回来洗干净就行了。师生们的要求，就是我们努力的方向！我们应该尽量满足他们！"

第二天，食堂卖折耳根的消息传开了。师生们津津有味地吃着折耳根，连声夸奖食堂为大家想得周到。

复习和考试期间，陈明义组织炊事员在课间休息时为学生送去刚出笼的小包子和面包、点心，晚上还为学生增开夜餐，供应抄手、饺子、面条、面包等，保证了学生的学习和健康。寒假期间，为了让留校学生过得愉快，陈明义又精心安排了他们的菜谱，并为他们举办春节会餐。会餐时，那"祝同学们春节愉快"的大红横幅和丰盛的菜肴使同学们更深切地感受到学校对自己的关怀。

为了让教职工有更多时间从事教学工作，他不但建立了小吃部，为师生提供较高档的面食和几十种教学菜，而且还在每个星期天用手推车向教职工出售各种卤菜和盘菜，以及抄手皮、抄手馅，让教职工很快就可以在家弄上一桌。

陈明义的心血，全科同志的努力，换来了丰硕的果实：川外的伙食甩掉了落后的帽子，跨入了先进的行列。他和他领导的川外膳食科被评为重庆市先进个人和先进集体。报刊上还发表了赞扬他和川外膳食科的文章。

五、攀上生命的高峰

1983 年 9 月 21 日晚，陈明义处理完小吃部的工作后匆匆回到家里。他爱人以医生敏锐的眼睛看出了他的极度疲劳，痛惜地说："老陈呵，汽车开了一段时间都要保修，你忙碌了一个暑期，现在应该歇歇了！"陈明义劝慰妻子说："我已经五十六岁了，十年浩劫耽误了我大量的时间，我要在最后工作的几年内争取干十年、二十年的事，要在退休之前，彻底改变四川外语学院后勤工作的面貌。"

他儿子体贴地说："爸爸，明天就是中秋节，今晚我们一家人好好聚一聚吧！"

他对儿子说："爸爸现在是最紧张的时候，今晚学生有个会要我去讲讲话。我不能不去呀！"

儿子说："这些天你太累了，教学楼电梯又没装好，还不能使用，八层楼太难爬，今天的会你就别去了吧！"

陈明义看着妻儿，深情地说："同学们要我去参加他们的会，是要我们重视和支持他们的工作！再说，这些同学离开家庭，中秋节前夜更需要我们去关心他们。再累，我也得去呀！"

中秋的明月照着美丽的校园。教职工们都在家里品尝月饼，享受天伦之乐。八层楼的教学大楼顶楼，映出明亮的灯火和学生们的欢声笑语。陈明义心里激动，加快了步子。电梯尚未安装好，他只能一步步向上走。他跨上了第一步台阶。一级级，一层层，陈明义渐渐感到力不从心。他不时停下来喘口气，汗水滴落在台阶上。他知道，他的身体早已超过了负荷，特别是担任后勤处处长后还兼任膳食科科长，繁重的工作使他没有片刻休息。暑期中，他一人承担了全部后勤领导工作：各系办公室的搬迁，学生宿舍的搬迁，教职工住房的调整，旧楼的维修，天然气的输入……这一切，使他觉得好像随时都要累倒下来。陈明义咬着牙往上爬。他感到头晕、心跳、胸闷、气短，真想躺下来休息一会儿。但是，他仿佛又听到了学生们的欢声笑语，看到了学生们期待的眼光。他又用劲向上走。他想着：还有多少工作等着他办呀：那即将竣工的新食堂的布置和搬迁，那正待修建的住宅、道路、花园，那师生们需要的缝纫组、洗衣组及服务部的筹建……他不能停下来。他扶着栏杆，顽强地向上攀登。他不知道，他正一步一步地走向生命的终点，他正一步步攀上生命的高峰！到了！终于到了！他浑身软绵绵的，头晕难受。抬头一看老师和同学们热情的目光，他觉得一切疲劳都瞬间消失了！他微笑着，深情地对勤工俭学班的同学们讲着鼓励的话。刚刚讲完，突然，他一头扑在讲坛上。同学们要扶他休息，他慢慢地说："我还要同其他同志商量工作……"话没说完，他倒下了，永远倒下了……

不，他没有倒下！他依然活在四川外语学院师生员工心中，活在党和人民心中！1984年2月26日，新华社播发了我和其他人一起撰写的《膳食科长陈明义》的长篇通讯，全国各报刊刊载。3月17日，四川省委和重庆市委、市政府分别授予他"模范共产党员"和"模范后勤工作干部"的光荣称号。前学院党委书记撰文悼念他说："你是师生们的知心良友，你一生虽没有豪言壮语，但默默无言的行动赢得了师生们的无限爱戴和崇敬，你是高风传万里、亮节照后人。你的名字像一面不落的旗帜，将永远镌刻在师生们的心中。"

怀念肖朝福

春节期间，给校友冉庄兄拜年，他告诉我肖朝福走了。我不禁大吃大惊，他才发现患癌症几个月，怎么竟这样快就走了呢？我立即打电话给肖朝福夫人。她说老肖已去世好多天了。她只打电话告诉了冉庄，请老冉打电话告诉我们校友会的同志。

去年8月，我正在空调屋里赶着修改《中国二十世纪传记文学史》，突然接到老肖的电话，说他得了肺癌；窦瑞华知道后，已给重医领导去了电话，请他们关照；重医已给他一个单间，并派了知名专家给他治疗。

我赶紧通知了川大重庆校友会的常务理事冉庄、何爱华、杨帮伟等，买了花篮、水果一起到医院看望他。他在病房里同我们谈笑风生，很有精神，也很有信心。我们都为他的精神状态高兴，希望他能早日战胜病魔，恢复健康！

肖朝福是一位热爱母校、热爱生活的好同志、好校友。他在五十年代后期考入川大数学系。由于他性格开朗、热心公务，进校后担任了学生会干部，做了很多工作。毕业后到重钢担任教学及教育行政工作。前几年，为了加强校友间的友谊和沟通，加强同母校的联系，更好地为母校多做贡献，我们在川大数学系校友、重庆市委副书记、市长王鸿举，重庆市前副市长、现市政协副主席窦瑞华领导下，筹备川大重庆校友会成立事宜。我们联系了原川大、成都科大、华西医大各方面的代表，经过几次酝酿，拟选王鸿举作名誉会长，窦瑞华为会长。但有关方面认为窦瑞华系现职领导干部，不能担任会长，于是大家遂推选王鸿举和窦瑞华作名誉会长，我做会长，肖朝福作秘书长，并选出热心校友会工作并在各方面有代表性的校友组成理事会。2003年6月，四川大学副校长张肇达等领导来到重庆，召开了重庆校友座谈会，传达了母校对我们学子的关怀，宣布成立重庆校友会，并批准了我们的理事会人选。

校友会成立后，我同肖朝福接触的机会更多了。我们几次到川大请示、汇报工作。我们重庆校友会每年召开一次校友联谊会。校友们会聚一堂，畅谈工作，畅诉友谊，商量怎样回报母校对我们的培养和关怀，非常融洽，非常高兴。校友会的工作很琐碎、很细致，又没有启动资金，跑路坐车、发信打电话，都得自己掏钱。这几年我同肖朝福于春节前后联系在邮电大学、市委党校等单位召开校友联谊会，我都只负责联系这些单位领导，具体的洽谈筹办、发通知、布置会场等，都是老肖负责在做。他总是说："母校是我们的妈妈，我们都是母校的儿女。为母校和母校同学办事，就是给妈妈尽孝心，为兄弟姊妹尽力，是应该的！"

他常给我讲他在母校读书时的一些故事，给我印象最深的是有一个冬天天气很冷，他下了课就在过道上蹦跳，以驱逐寒冷。突然我们的戴校长走过来看到了，见他穿得很单薄，关切地问他："你怎么穿这么少？"又摸了摸他的裤腿，惊讶地说："你怎么只穿了一条单裤？不冷吗？冷病了怎么办！"他只大大咧咧地说："没关系，我不冷。我的棉裤晾在过道，掉了！"上课铃响了，他又去上课了，也没把此事放心上。谁知晚饭后有人在寝室外喊他，他出去一看，原来是总务科的同志送来一条棉裤！说是戴校长亲自叫总务科给送来的！老肖穿着这条棉裤感到好温暖、好温暖！老肖多次说过要把母校对他的培养和他对母校的怀念写出来，我也多次激励他早日写出，可是因为忙，因为身体状况，他没能写出，十分遗憾！但是我知道，他正是怀着对母校的深厚感情和对母校优良校风的深切怀念之情，在生命的晚年，满腔热忱而又默默无闻地从事着校友会的工作！

老肖走了，但他那诚挚美好的品德和对母校、对校友的深挚感情，却永远留在我们心头！

我常想，我们都应该有感恩之心，对培养了我们的母校、对教育过我们的老师，都应该怀有感激和怀念之情，都应该尽自己的努力给以回报！老肖正是这样说也这样做的。这也是我要在医院中照顾病人都要抽空写这篇悼文的原因！

仗义执言的人民代言人

　　刘绍璋，早年毕业于四川大学工学院，高级工程师，历任国企技术员、副厂长、副总经理兼总工程师。1991 年 1 月加入民建，曾任渝中区政协八、九两届副主席，四川省八届人大代表，重庆市一、二两届人大代表，渝中区工商联常务副会长，重庆市三届政协委员、市三届政协城环委委员，民建市委参政议政委员会副主任等。

　　作为川大毕业生，刘绍璋有着数十年一以贯之的为人立身之道，那就是勤奋、执着、敬业、严谨。不论是在工厂技术管理岗位还是供职于党政机关或参政议政，刘绍璋一直保持着这样的信念，并受到同行的称道。刘绍璋作为工程技术人员曾为凉山地区和重庆的工业发展做出贡献，但是他更大的贡献是作为民主党派参政议政者为国家建言献言。

　　刘绍璋突出的特点，一是建言多，二是采用率高，三是质量高。1997 年他当选为重庆市第一届人大代表，2003 年换届再次当选为市人大代表。在第七次市人代会期间，他领衔提出 76 件议案，其中 44 件被大会采纳，立案率达 58％。2004 年，刘绍璋领衔提出议案 5 件，全部被列为正式议案，立案率达 100％；人们常称人大代表刘绍璋为"议案大王"。第三是他的提案或建议质量高，影响大，产生的效益好。比如，2007 年由他执笔的民建 207 号提案《关于加强水利设施建设，保障农业生产和农民生活用水的建议》，在政协五次会议期间被市委书记汪洋亲自点名督办，在全市产生了重大影响。在当年 8 月 6 日市委提案督办会议上，汪洋书记指出："该提案针对性强，一针见血、切中了要害、抓住了关键；创新性强，提出的八个方面建议，其中五个方面涉及体制机制创新，都体现了改革创新的精神，对于我们是一个有力的促进和推动；操作性强，主题鲜明，内容提纲挈领，包含了很多真知灼见。这些建议都是基于我市水利发展实际和经济社会发展需要提出来的，既有一定的理性思考，又有良好的实践基础，可以转化为推进全市水利发展的实际举措。"

刘绍璋的议案质量为啥这么高？一是他的政治敏锐性强，关注重庆建设中的大事。二是他关注民生。有人说他是一个"称职的人民代言人"；称赞他铁肩担道义，一头连着政府责任，一头连着百姓冷暖。渝中区区长评价说："他始终着眼于富民兴渝的目标，胸怀发展大局，积极为政府献计献策，替百姓排忧解难。他提出了许多高水平、高质量的议案和建议，对重庆市和渝中区政府工作起到了积极的推动作用……"

刘绍璋自己则说："多渠道了解人民需求是我的履职秘诀，具体包括从群众反映中知情、从本职工作中知情、从参加会议中知情、从报刊简报中知情等。"比如，由刘绍璋执笔的 2011 年市政协三届四次大会民建市委大会发言"加强我市菜篮子、菜园子工程建设，保障民生"就直接关系群众生活，市委副书记张轩和市委统战部部长范照兵都立即做出了批示："菜篮子"虽小但不可小视，尤其是要建设现代化特大中心城市，更需及早研究，做好应对。

刘绍璋不仅以资历老、每年提交议案多而闻名，更是以敢于仗义执言的强烈责任感和履职风采赢得了官员的敬佩和人民群众的信任。2007 年重庆市民建授予他"特殊贡献奖"。2007 年，时任市委书记书赠"绍璋同志：两届人大代表、十年履职为民"，时任市长书赠"人民代表刘绍璋同志：尽职尽责、践言践行"，时任市政协主席书赠"绍璋同志：同舟共济、同心同德，参政议政、有责有位"，时任副市长为之题词："人民活在我心中，我为人民鼓与呼"。

作为川大重庆校友会副会长兼秘书长，刘绍璋积极协助会长工作，联系母校、联系校友、联系兄弟校友会、协调各方面的关系等，做了大量工作。

勤劳致富的薛大哥

这些年，逢到双休日和节假日，我们都爱约上亲朋好友到郊区的"农家乐"度假。

昨天，朋友老陈约我们到农安山庄去玩。车子从沙坪坝曾家镇开进山间小路，停在碧波之旁、橘林之间。我们在柑橘林中散步，硕大的、金灿灿的广柑和蜜橘碰着我们的头。山庄的主人薛兴贤笑容满面地说："你们选最大、最红、最甜的吃吧！明天再给你们摘最大、最红、最甜的带回去。"我们吃着蜜橘，围着山庄漫步。果林之间，有3个几百平方米的池塘。在这三个池塘之下，还有一个波光粼粼的大水库。晚上十一点钟，薛兴贤夫妇为我们烤起了一头山羊，大家吃着烤羊肉、喝着啤酒、吃着红苕稀饭，也品尝着生活的甜蜜。

晚上，老陈告诉我们说："这三个池塘都是薛兴贤自己挖的，山上的果树是他栽的，连这条四公里长的公路也是他修的。他是远近闻名的勤快人。大家都叫他薛大哥。"听了老陈的介绍，对薛大哥顿生敬佩之情，并决定采访他。

早晨天刚亮，我就起了个大早，只见薛兴贤同妻子早已在灶台边忙着给我们煮红苕稀饭、烙麦粑、煮鸡蛋。他敦实的个子，结实的身板、黝黑的皮肤，国字形的脸膛，两眼闪耀着智慧的光芒。薛兴贤父亲原是重钢的工人，1962年困难时期下放到这儿。当时厂里给他们修了几间土房，他爸爸要养婆婆、爷爷和他们几个孩子，生活十分困难。薛兴贤1952年出生，他从10岁就开始干农活，做家务。小学毕业后，家里没钱供他上学，才13岁的孩子就不得不当了小社员。那时候生产队10个工分只有3角钱，他个子小，上一天班只给他算3个工分9分钱，生活极其艰难。

粉碎"四人帮"以后，他同勤劳俭朴而又聪明能干的农村姑娘石仕容结了婚，两夫妻克勤克俭，走上了兴家创业的路。

告别时，握着他那粗黑的、壮实的、像老树皮一样多皱而坚硬厚实的手，我想起了毛泽东同志称赞过的古代的壮士愚公。薛兴贤不就是当代的愚公吗?！凭着这双手，他挖出了水塘、建起了果园、修起了公路，给自己和村民带来了财富和幸福。在他身上，体现了我们民族勤劳朴实的优良传统和时代的奋进精神！这种精神，是多么值得提倡啊！

2003年11月9日于四川外语学院

送牛奶的小伙子

在茄子溪重庆肉联厂给电大学员讲完毕业论文写作，转车到杨家坪，天已快黑了。上了电车，我借着车上的灯光习惯性地拿出一本书看起来。到了石坪桥，上来几个担牛奶桶的农民。他们就站在我旁边。我感到，旁边有人在注视着我。轻轻侧目一瞧，是一位二十多岁的年轻农民。

突然车灯关了。我眼前一片漆黑，赶忙把书合上。抬起头来，眼前是一对亮晶晶的眼睛，原来那位青年农民在凝神看着我。他看我收好了书，才启唇说道："你真用功。""车上没事嘛。""车子这么抖，你看起不吃力呀？""有点吃力，习惯了。""你还是要注意眼睛哟！"

我轻轻地点了点头："谢谢！"这是一个很有人情味的新农民。我看了看他和他周围的农民，猜想他是送牛奶的，就习惯性地问起他的生活、工作来。

"你一年能净挣多少钱？"

"几千块。"

这可不是个小数字，我们当时一个讲师的工资还不到一百元。

"你有多少头奶牛？"

"现有十头，今年准备再养几头。"

旁边站着的一位五十来岁的老农，我以为是他的父亲，可他说不是，他还指着周围几个农民说："他们都是我请来送奶的人！"

旁边一个三十多岁的农妇说："牛奶场就是他办的！"

我不觉大吃一惊："你这么多牛怎么喂呢?"

小伙子有些得意地说："我专门请了几个人给我割牛草;另外,再买些精饲料。"

"这些奶牛都是你一个人买的?"

小伙子不无自豪地点了点头："土地分下来以后,农民一年年富起来。我存了些钱,先买了一头奶牛,以后再逐年增加起来的。今年我想把牛奶场搞大些,多喂几头奶牛,为城乡人民多提供一些鲜奶。"

我不觉仔细地打量他:他中等个儿,黑里透红的脸庞显得憨厚朴实。他也打量了我一阵,客气地问道："你是做什么工作的?"我说:"教书的,也写些文章。"

他一听我是搞写作的,立刻热情地说道："欢迎你到我们奶牛场来参观,看一看,写一写!我们那儿可以写的东西还不少哩!"

我说:"好啊!"

他热情地说:"那你来了,我一定给你喝最新鲜、最浓、最好的牛奶!等你喝个够!"

啊!年轻的朋友,我能喝多少牛奶呢?但是,你的真情厚意、你的勤劳致富的经历却使我这天晚上又失眠了!

生命的交响曲

　　我耳边回荡着激昂的旋律，我心中激扬着奔放的交响曲：它使我激动、奋发、深思，促使我提起笔来记下那些感人的事迹，记下那些难忘的形象。

　　他，喻中一，我重庆二轻工业学校的电大学员。瘦削的身材，文静的性格，说话思思文文，腼腆得像个大姑娘。他曾有过幸福的童年，有过远大的理想和抱负。可是，因父亲遭受不白之冤，他不得不含着眼泪离开学校，小小年纪就承担起了全家的生活重担。他同哥哥一起到山里砍来竹子，连夜精选、熏烤、钻孔、刷漆做成笛子、箫，乘赶场天挑到各个乡镇上卖，换回一家人的口粮。以后又是上山下乡、进工厂……在那艰辛的人生道路上，他没有消沉，更没有颓唐，凭着亡羊补牢的决心和锲而不舍的精神，他刻苦地学习着。他像一颗埋在冰雪中的种子，当春风吹化了多年的积雪，就迎着阳光生根、发芽、开花了：他终于跨进了电大的大门！实现了多少年的梦想！几年苦读，功夫不负有心人，他热情洋溢的《当我接到录取通知书的时候》《电大礼赞》等作文，由我推荐给报刊发表了。现在，他已经毕业，在一个中专学校任教学科长。他把满腔的心血倾注在学生身上。

　　她，李克志，是我在无线电厂的一位电大学员。恬静的外表下燃烧着炽烈的激情，清秀的眉眼里闪射着青春的光彩。

　　考进电大后的一天，她突然感到腹部左侧疼痛难忍，医院检查结果是腹部左侧有一个六厘米的包块！这无情的检查报告单是那样重、那样沉，像一块大石压在她心上！医生劝告她："你可别再读书了，把病治好再说！"

能这样做吗？能不读书吗？不能！上电大，读大学，这是自己多少年的愿望，也是这些年艰苦拼搏换来的成果，怎么能轻易放弃！

难道就此躺在床上，听凭病魔摆布？她抬起头，看见窗前歌乐山上的松柏。它们在秋雨之中笔直地挺立着！狂风暴雨，只是冲掉了它们身上的尘土，反而让它们显得更加苍翠碧绿、更加生机蓬勃了。自己，一个共产党员，一个电大学员，难道竟被疾病吓倒，变得懦弱而卑怯？

不！"生命之树常青。""希望绝不会失去，即使在坟墓之旁！"是的，希望绝不能失去！离开了奋斗、离开了拼搏，哪里还有什么希望！她以顽强的毅力迎接病魔的挑战，做了肿瘤摘除手术，完成了电大学业，以新的姿态走上了工作岗位！

是什么力量在鼓舞着我们的学员？有人说，他们不过是为了一纸文凭！可是，难道他们仅仅是为了一纸文凭吗？

让我们再看看另一位学员曹泽禄吧！他，憨厚而朴实，一套军装穿在身上，像山野里的一棵大青树。他收拾好行李就要返校住读了。面对瘫痪的母亲、消瘦的妻子和刚满半岁的女儿，他不敢停步，不能停步！他丢不下这个家，可是他又不能不暂时离开这个家！因为他心里揣着一团火，心里烙着血与火的记忆：

弹光闪闪，炮声隆隆……一发发炮弹未能命中敌军，而敌人却迅速扩散开来！真是要命！在这个节骨眼上，他这个炮兵侦察员计算的数据有误！他急得直捶自己。突然，炮弹准确地命中敌人，在敌群中绽开鲜红的火花！敌人损失惨重，丢下数十具尸体狼狈逃窜了！原来是另一位战友准确地算出了敌人的方位，报告了炮兵部队。战斗胜利了，他却内疚了！他发誓：为了祖国，一定要学好科学文化！

从部队转业以后，他考上了电大。今天，家中的困难怎么能消磨他学习的决心。他毅然迈出坚实的步伐，走向了电大！

呵，这就是我们的电大学员！从他们身上，我们看到了祖国崛起的身影，看到了民族复兴的希望！

"席勒与中国·中国
与席勒"国际学术讨论会

一、天府之国的盛会

1985 年春天，在中国，在天府之国的四川外语学院，由中国和德国的 60 多位专家、学者参加的"席勒与中国·中国与席勒"国际学术讨论会正式开幕了。

席勒，是德国著名的诗人、戏剧家，在世界文学史上占有重要地位。他的创作受到 16 世纪开始传入欧洲的中国古典哲学和文化的熏陶和影响。而他的《强盗》《阴谋与爱情》《威廉·退尔》等杰出剧本和许多优秀诗篇，从辛亥革命以后相继传入中国，对中国广大读者以及新文学的缔造者郭沫若、田汉等也产生了积极的影响。研究"席勒与中国·中国与席勒"，对于促进中德两国的文化交流和友谊，有着重要的意义。

正因为如此，所以这次国际会议受到中德两国有关领导的支持。德国外交部给予了赞助。中共中央候补委员，中国作家协会副主席，中国社会科学院副院长，著名学者、作家钱钟书教授，及中国作家协会副主席、外国文学学会会长冯至教授分别发来了贺电。

"嘉宾莅临，校园生辉。"刚刚修建的校园大门，高扬着中华人民共和国和德意志联邦共和国的国旗；八层的现代化教学大楼前悬挂着国际学术讨论会的会牌和会标；院刊编辑部赶印出会议专刊；德语系师生热情地为会议的接待、展览和演出有计划地准备着。整个校园闪耀着春天的光辉，洋溢着友谊的气息。

3月25日，来自德国和国内各地的参会者60余人步入会场。会议发起者之一的四川外语学院副院长杨武能副教授主持了会议。他用流畅的德语和汉语，宣布大会开始。四川外语学院院长群懿教授致开幕词，对来自德国和国内各地的学者专家表示热诚的欢迎。他说："中德两个民族都是伟大的民族，中德两国人民都曾经为人类的进步做出过卓越的贡献，中国和德国都曾培育了整个进步人类为之感到自豪的优秀儿女。无论是歌德或是席勒，也无论是杜甫还是李白，他们的思想都是全人类共同的精神财富，都受到我们同样的珍视。今天在这里举行的讨论会，就是有力的证明。"

开幕式结束时，德语系的学生用德语和汉语唱起了由席勒作词、贝多芬谱曲的《欢乐颂》。优美、庄严的旋律在大厅里久久回荡，中德友好之情更充溢在中德学者、专家的心中。

这次的"席勒与中国·中国与席勒"国际学术讨论会，是我国外语界举办的第一次规模较大的国际学术交流活动，其能够顺利召开，不能不提到几位发起人的贡献。

1982年夏，在德国海德堡举行的"歌德与中国·中国与歌德"国际学术讨论会上，由著名华裔德籍的加拿大学者夏瑞春教授等中德专家、学者发起，决定两年后在中国举行"席勒与中国·中国与席勒"国际学术讨论会。夏瑞春教授即与德国席勒协会等有关机构及学者、专家进行了广泛联系，也同中国有关机构及学者进行了联系。后来，德国席勒协会秘书长策勒教授及海德堡大学汉学系系主任德博教授也做了大量的组织和筹备工作。中国方面，四川外语学院杨武能副教授更为讨论会的成功召开付出了巨大努力。在中德专家、学者的热心推动下，在中德有关单位，特别是德国外交部、德意志研究协进会、洪堡基金会、席勒协会，以及中国社会科学院、四川省社会科学院、重庆老年高等教育工作者协会、四川外语学院的大力赞助和热情支持下，"席勒与中国·中国与席勒"国际学术讨论会召开了！

二、五代同堂

中国对席勒的研究和介绍可以追溯到六七十年前。而这次讨论会上，德高望众的老前辈张威廉教授就是最早的研究者之一。张教授多年来从事教育工作，呕心沥血，辛勤耕耘，早已硕果累累。这次讨论会上他的学生就很多。张威廉教授的学生、南京大学的叶逢植副教授出席了会议。而这次会议的发起者和组织者之一、四川外语学院的杨武能副教授和德语系主任朱雁冰副教授、德语系副主任汪沂，都是他们两位教授的高足。杨武能、朱雁冰副教授在川外的学生吕龙沛，曾自费赴德进修，获得博士学位。他在这次会上作了报告——《席勒的〈世外桃源〉与陶渊明的〈桃花源记〉》。吕龙沛博士的学生、1975年毕业的李昌柯讲师，担任了会议秘书组组长，为大会做了大量的工作。李昌柯的学生也有一些担任了大会的翻译工作。当我谈到五代同堂的可喜现象时，张威廉教授欣慰而又谦逊地说："杨武能在南大读书时成绩就很好，在冯至那儿当研究生，也很受赏识！他和朱雁冰等人的学生吕龙沛博士也很不错！真是青出于蓝而胜于蓝！"

三、为了中德文化交流

早在高中和大学时代，我就熟读钱春绮先生翻译的海涅的《诗歌集》和《新诗集》以及德国民族史诗《尼伯·龙根之歌》等。今天我幸采访他时更为他的博学、正直和朴实所感动。钱先生是学医的，可是他却通过自学掌握了英、俄、德、日、西班牙等国的语言，特别是德文更好。二十多年来，他已翻译出版了十多部德国诗集。除上面提到的三部外，尚有海涅的《罗曼采罗》《阿塔·特罗尔》，歌德的《歌德抒情诗选》《歌德诗集》《歌德叙事诗集》《歌德戏剧集》，席勒的《威廉·退尔》《席勒诗选》《德意志民主共和国诗选》《德国诗选》等。他现在已经六十多岁，可是依然雄心勃勃。钱先生不但翻译诗，还自己写诗。但他的诗从未拿出去发表。正是因为他自己爱诗、写诗，因此他的译诗优美流畅，富于音乐感，很受年轻人欢迎。他翻译的《歌德抒情诗选》前后再版 40 万册以上。

与会其他学者教授，大都有很多译作和论著。上海复旦大学外文系董问樵教授，翻译了歌德的名著《浮士德》，还翻译了一百万字的长篇小说《亨利四世》，编写了《席勒》一书。还有北京大学的杨业治、严宝瑜教授，北京语言学院傅惟慈教授，中山大学章鹏高副教授，中国社会科学院外文所高中甫副教授，广州外国语学院魏家国副教授，上海外国语大学余匡复副教授，上海译文出版社韩世钟副编审以及我国著名美学专家、复旦大学蒋孔阳教授等，也都以自己的教学、著述和译作，为中德文化交流做出了贡献。

啊，真是高朋满座，胜友如云，新知旧雨，济济一堂。

四、日耳曼学者云集

会议结束前，我访问了会议的发起者和组织者之一的德国席勒协会秘书长策勒教授。策勒是德国近代文学研究中心——德国文学文献馆的负责人、席勒协会秘书长、著名的日耳曼学者和席勒研究专家。他介绍了与会的日耳曼学者的情况。他说，这次到中国参加会议的大多是日耳曼学者和汉学家，而日耳曼学者大都是席勒研究专家。欧勒尔斯教授是德国日耳曼学者协会主席、席勒全集的编者之一，出版了研究席勒在 19 世纪的作用和影响的著作。科普曼教授专门从事对于席勒的评论的研究，写了不少关于席勒的研究报告。正在澳大利亚作客座教授的克拉福特教授是直接从澳大利亚飞到重庆来参加会议的。他写了不少研究席勒和卡夫卡的专著。

策勒教授热诚地说："我们到中国来，希望亲眼看到席勒及其著作在中国传播的情况，并希望能找到新的途径增加对德中两国的了解。"策勒教授把手一挥，高兴地说："在这次讨论会上，中德两国学者发表了自己的论文，阐述了各自的观点，开得很成功。尤其有两件事使我大吃一惊：一个是中国学者的德语水平很高，技巧纯熟。其次是中国学者的勤奋钻研的精神。他们在得不到席勒全部著作的情况下从事席勒的研究，能取得这样多的成果是很不容易的，也是令人高兴的。"

五、传播中国文化的使者

与会的汉学家特别引起了笔者的注意。这次到会的汉学家有汉堡大学的傅吾康教授、乔伟教授、施密特教授、格林泽尔教授。他们都是德国著名的学者，特别是傅吾康教授更是德国汉学权威。

我这里记录的只是与会的两位年轻的汉学家关愚谦博士和顾彬博士。我首先访问了从中国去德国的汉学家关愚谦博士。他说他在国外十分思念祖国，决心尽自己的力量把祖国悠久灿烂的文化介绍给外国朋友。经过一段艰苦磨炼和顽强拼搏，他终于在汉堡大学获得博士学位，并担任了该校终身讲师。他在向德国大学生传授中国文化的同时还编撰和出版了《现代汉语一般规律》《曹操的一生》《中国民间故事》《中国文化和名胜指南》等书。最后一书约 50 多万字，全面地介绍了中国的文化和名胜古迹，在德国影响很大，初版 4000 册（这在德国出版界已是较大的数字）很快就销售一空。此书帮助德国朋友到中国参观访问，配合了祖国的对外开放政策。此外，关先生又是欧洲华人协会的常务理事及该协会创办的《旅华》杂志的副主编，还是德国《德中论坛》杂志的中文主编。在这些工作中，他都热心地为中德文化交流服务。

参加会议的最年轻的德国汉学家顾彬博士，1973 年毕业于波鸿大学，获博士学位。大学毕业后到中国北京语言学院学习了两年汉语，回国后又考上了教授。他喜爱中国文学、中国古典诗歌，尤其是李太白的诗。1977 年以来他开始从事中国现当代文学的教学和研究工作，取得了可喜的成果。近年来，他先后撰写和编译了《中国现当代文学评论集》《中国当代小说选》《中国现当代文学研究资料》等著作。近年来，顾彬博士还数次到中国，先后访问了王蒙、丁玲、冰心、茹志鹃、谌容、张抗抗、张洁、王安忆、遇罗锦、舒婷、顾城、北岛等作家，预计今年将写出《中国当代妇女文学》。顾彬博士还热心组织国际汉学家参加中国现当代文学国际座谈会。1978 年以来，他在科伦大学和德国研究协进会的资助下，和同事们邀集国际汉学专家到德国举行了"解放后中国文学的发展""中国妇女与中国文学""中国近年来的文学"等四个专题的国际学术讨论会，会议分别用德文、英文和中文进行。会后，他又把与会者的论文和发言汇编出版。

3月29日下午，举行了隆重的闭幕式。重庆市副市长出席了会议，代表重庆市政府，对会议取得圆满成功表示热烈祝贺。为期七天的"席勒与中国·中国与席勒"国际学术讨论会虽然结束了，但是，中德两国专家学者们在春天的山城播下的友谊的种子必将在来年开花结果，他们用深情点燃的文化交流的火炬也将放射出更加灿烂的光辉！

中国独立学院发展的康庄大道

一

改革开放以来，中国的政治、社会、经济、科技、文化、教育事业全面发展，取得了举世瞩目的辉煌成就。在教育方面，独立学院的创设和发展也充分显示了教育改革所取得的巨大成绩和重大成果。十多年来，独立学院从无到有、从小到大、从弱到强，没花国家一分钱，却建立了数百所高等学院，为国家培养了数百万大学生，为国家培养了上万名年轻的大学教师，为国家教育事业的发展做出了重要贡献，也为我国民办教育的发展开创了一条道路。这十多年来，独立学院是怎么走过来的？为什么能取得这样的成绩？其主要的经验是什么？其主要的方法有哪些？笔者作为西南大学育才学院的一位全职教授和作家，亲身经历了西南大学育才学院的成长发展的艰辛而光荣的历程，亲眼见证了学院的跨越式却又扎实稳健的发展，并对四川外语学院南方翻译学院、重庆师范学院进行过一些采访和调查，遂以西南大学育才学院的成长发展的成绩为典型例子，论述独立学院生机勃勃的发展道路及其主要经验。

二

1939年中国著名教育家陶行知先生在考察了欧洲和美洲地区的25国后回国，来到合川草街镇凤凰山古圣寺创办了育才学校。在不到十年的时间里，育才学校为革命事业输送了包括后来成为国家主要领导人的李鹏以及文学家高缨、艺术家程贻鑫、伍必端等优秀人才。当时，陶行知还想创办育才大学，只是限于当时的条件，陶行知的这个美好的心愿没能实现。可是，在半个多世纪以后，经过西南大学和重庆利昂实业有限公司的通力合作，在国家教委的宏观引导下，在重庆市教委的关怀、指导下，在合川区委、区府的支持和协助下，经过一大批忠诚党的教育事业、艰苦创业、热心办学的教师和干部的勤勤恳恳、呕心沥血的探索创造和艰辛努力，陶行知先生这个愿望终于实现了——今天，就在当年育才学校旁边的凤凰山下，一所青山环绕、绿荫覆盖、建设气派、设备齐全、多次受到教育部门表彰的万人大学——西南大学育才学院巍巍然建立起来了！

2000 年秋季西南大学育才学院创办之时，学生才 299 名，专职教师才 10 余名，校舍还是借用的合川市委党校的一栋楼。11 年来，学院实现了跨越式发展，在校学生达到 16000 多人，专职教师已达 1000 余名，基本上形成了独立的教学队伍，保证了学校的教学质量。学院本科毕业生考研率很高，而且考研的级别也较高，全国一流重点大学复旦大学、中山大学、浙江大学、武汉大学、四川大学、北京师范大学、中国传媒大学、广东暨南大学等校均有学生考入。学院基础设施设备逐步完善。占地 2000 多亩的森林校园内，十几栋崭新的教学大楼和崭新的图书馆、音乐厅、理工科实验室、计算机大楼等现代化的大楼拔地而起；连通全校的宽带网、数十平方米的大型电视屏幕、塑胶运动场、风雨操场等各种设施设备基本上满足了教学需要；宽敞的硬化公路四通八达；院内森林覆盖，校干道绿树垂荫，教学楼周围鸟语花香。

2005 年 1 月，在教育部组织的全国独立学院专项检查中，学院工作得到了专家组的高度评价，被评为重庆第一、全国一流；2005 年 3 月，在教育部召开的全国独立学院改革与发展网络视频会议上，又因办学条件较完善、管理严格规范、教学质量较高受到教育部表扬，进入了全国 249 所独立学院的前五名。2010 年，学院通过上级单位验收实现了本科学位授权。2011 年，学院更提出了创立全国一流独立学院目标，提出了招收研究生的规划。学院面临着更大的发展。

一个僻处西部山区、仅仅才创办 11 年的独立学院，何以能取得这么突出的、跨越式的，却又是坚实而稳健的发展，取得那么骄人的成绩，而走在全国独立学院的前列呢？

梅花香自苦寒来。育才学院的卓越成绩的取得不是偶然。根据笔者七八年的亲身体验和调查研究，笔者以为，中国独立学院的发展成长，首先是得力于改革开放的大好形势和党的教育方针政策的正确指引，其次就是申办方、投资方和办学方的协同努力，通力合作。尤其是办学方，在这 11 年中，兢兢业业、呕心沥血，进行了卓有成效的探索，付出了艰苦卓绝的努力，才取得了今天的成绩。西南大学育才学院的成功，至少有以下几方面的原因：

第一，申办方、投资方和办学方的协同努力，通力合作。

独立学院是在科教兴国和人才强国的时代背景中，我国高等教育领域创生的一种新的办学模式，即由普通高等学校向政府申请、由社会力量投资、双方依法合作另行单独开办的普通本科层次的高等教育教学实体。申办方、投资方和办学方的协同努力、通力合作，是独立学院创立和发展的基础，当然也是育才学院得以蓬勃发展的最根本的原因。

育才学院是由具有悠久办学历史的教育部直属重点大学西南师范大学（现与西南农业大学合并为西南大学）向政府申办，由重庆利昂实业有限公司出资共同创建的。申办育才学院时，当时西南师范大学校长宋乃庆向教育部周济部长汇报申办育才学院的有关情况时郑重表态："我们西南师范大学既然申办育才学院，就有决心尽责任把它办好、办大、办强。"西南师范大学领导是这样说的，也是这样做的。他们首先组织西南师范大学和育才学院干部、教师学习教育部《关于同意试办西南师范大学育才学院的批复》等有关文件，让全校师生员工深入领会独立学院的创办是新形势下我国高等教育的一种创新和延伸，是学校为国家社会多培养人才的一种方式和渠道，也是学校发挥资源优势增加教师和学校收益的一种开拓和扩展。其次，学校党政领导经常到育才学院调研、帮助和指导工作，把西南师范大学的好传统、好经验、好作风传送给育才学院。再次，学校推荐刚从学校领导岗位退下来的德高望重的王长楷、何向东教授担任院长，派出党委书记、副书记等得力干部和优秀教师参与学院管理和教学工作，为育才学院发展提供了人才资源保证。第四，对育才学院进行教学管理和监督。育才学院教学督导委员会主任和成员是西南师范大学副校长和西南师范大学各二级学院分管教学的院长或副院长。

育才学院投资方是重庆利昂实业有限公司。该公司董事长李学春教授原来是中国人民解放军的一位高级军官，是一个有国际交往和国际商贸经验的儒商。他大胆决策，买下了当时交通还很不方便、群山环抱中的一个军工厂搬迁后遗留下的 2000 多亩土地作为校址，并不惜每年投入大量资金建设校园环境，兴建教学设施，增添教学设备，完善办学条件，一心要把这里建成有大学格局、大学品位的，有优美环境的校园，表现了十分可贵的教育情怀和长远眼光。他重视人才，不惜以高薪聘请高层管理干部和副高职称以上和硕士学位以上的教师。他放手让办学方独立地按教育方针办学。他不以办学为盈利目的，做到了十年内不求回报，自觉地把投资办学当作提升个人的素质和修养、实现自己的社会价值和报效社会的方式。

2000 年 5 月育才学院创办时实行的是校本部延伸管理，2003 年3 月教育部批准育才学院为试办的独立学院之后，确立了董事会领导下的院长负责制，聘请有教育思想、管理经验和学术影响的教育专家王长楷、何向东、张卫平等人组成院级领导班子（即管理方），负责学校的机构设置和规范管理。王长楷在美国获硕士学位，曾多年担任西南师范大学党委书记，既有教育思想、管理经验和学术水平，又善于团结同志和协调各方面的关系；何向东长期担任西南大学校级领导，是博士生导师、全国著名专家，有丰富的教学和管理经验；张卫平书记从学院初创时就负责学院党组的领导工作，在极其艰难困苦的条件下和同事们一起，不计报酬、不辞艰辛，为育才学院的发展倾注了全部心血。其他几位院领导也大都来自全国各个高校，都曾在相应职务上工作多年，具有丰富的管理经验、高度的工作能力和责任心。

办学方在发挥自身的主动权和创造性的同时，积极协调与申办方西南师范大学的关系，充分运用其优质教学资源和教学管理的有益经验来组织、管理和实施好教学，确保教学的质量；办学方还积极协调与投资方的关系，促使其根据教学的需要不断加大投入，逐步完善办学的条件与设施。

同时，育才学院还注意协调好与中央、地方教育行政部门和属地政府及周边社区的关系，以保证学院各项工作的顺利进行。育才学院领导深知，作为一所民营学院，离不开国家各级教育行政主管部门的领导和指导。因此，他们经常向国家教委、民委，重庆市教委、民委汇报工作，主动争取并接受市教委的指导和管理；这就使学院的招生就业、学生管理、师资队伍及校园建设等工作都得到了从国家教委到重庆市教委的及时指导和大力帮助。由于育才学院校址原是工厂旧址，历史原因形成几十户农民杂居其中，与校园景观太不协调，在一定程度上影响了教学秩序。为了规范管理，保证教学环境，学校密切同合川市政府合作，并同当地镇政府联合成立了协调办公室，对农民进行宣传教育，收到了良好的效果。农民群众的文明程度有所提高，校园也变得更加清静、整洁、美观。

第二，健全体制，完善机制，理顺办学思路，逐步形成自己的办学特色。

育才学院的领导群体是既有管理决策能力又有学术水平的学科带头人和知名专家。他们深知，要把一所刚刚才创办的、基础较差的独立学校办好，就必须坚持以马克思主义、毛泽东思想、邓小平理论和"三个代表"重要思想为指导，坚持科学发展观，坚持党的教育方针，充分发挥独立学院的新机制、新模式办学，努力在"独、特、优"三个字上下功夫，健全体制，完善机制，理顺办学思路，形成自己的办学特色。

育才学院创办初期，实行的是校本部的延伸管理，即西南师范大学派出干部教师到学院进行教育管理和教学工作。那时候条件很差，学生很少又不安心读书，经常要求退学，不稳定。但是，院领导发扬了艰苦创业和爱岗敬业的精神，一面坚持做思想工作，一面狠抓教学质量，终于稳住了阵地，使学校稳步发展。2003 年前 3 月，学院被教育部批准为独立学院。学院建立了以董事会领导下的院长负责任制为基本框架的领导体制，健全完善了领导班子议事规则、决策程序和一系列管理制度；健全了机关职能部门和二级教学管理机构，并对二级教学单位实行学院制管理；同时，学院成立了中共西南大学党委领导下的二级党委和纪委，在二级学院成立了直属党支部；建立了工会和教代会。

育才学院充分发挥了民营机制的优点，实行全员聘用制，建立起能上能下、能进能出的用人机制。育才学院没有公办学校的"铁饭碗""铁工资""铁交椅"，以能力、敬业和效益为用人条件。学院制订了按工作质量、管理效益和教学效果进行考核的办法，并严格执行，坚持斗硬。学院不但对院级领导班子进行全员监督，而且严格实行聘期考核制、年终考核制、试用期考核制，使规范管理落到了实处，保证了教师和干部的质量，做到人尽其才、才尽其用，做到了待遇与业绩、贡献挂钩，较好地发挥了教职员工的积极性。

校领导在实践中逐渐理顺自己的办学思路，形成学院的办学特色，这就是：以突出应用性、技能性人才培养为办学着眼点，以教师教育、民族教育、艺术教育为办学增长点，为学院实现可持续发展提供了科技内涵。

校领导还汲取人民教育家陶行知先生在这里办学的宝贵的历史资源，大力倡导陶行知的办学精神，号召全院干部和教师发挥主人翁精神，加强责任感和使命感，努力感受、实践、工作，以艰苦创业、爱岗敬业、勇于探索、求真务实、团结协作的精神，尽力办好历史上没有先例的独立学院，以推动民办高等教育事业的发展。

正是靠着这种育才精神，育才人艰苦奋斗，踏实工作，硬是把

2000年才招200来名学生、毫不起眼的、僻处西部山区的民办学校建设成了全国一流的、在校生达16000多名的独立高校。

第三，以教学为中心，着眼于社会发展需求，严格规范管理，推进教学质量稳步提高。

育才学院领导牢固确立人才培养是高等学校的中心任务、教学质量是高等学校的生命线、教学工作在高等学校各项工作中的中心地位的观点，遵循教育教学规律，以最大的精力、最大的财力，加强教学工作，严格规范管理，切实提高人才培养质量。

首先，让以教学为中心的观点深入人心。

为了将以教学为中心的观点贯彻到全院教职员工中去，学院于2004年3月19日至20日召开了首届教学工作会议，旗帜鲜明地提出并坚定地确立了教学工作是全院各项工作的中心，把全院教职工的关注点和热情与精力引向了教学。2005年6月初，学院又召开了第二届教学工作会议，总结第一次教学工作会议以来的成绩和经验，认真贯彻教育部1号文件精神。以后每年都召开一次全院教学工作会议，群策群力，总结上次教学工作会议以来的成绩和经验，确保教学中心地位，稳步提高教学质量。

其次，以教学为中心，健全机构，强化管理。

育才学院把以教学为中心首先落实在指导思想和机构建设上。学院院长、书记总是把教学作为工作的重心，专设两名副院长主管教学工作。学院院务会每月至少开展一次教学工作专题研究。在机构设置上，不搞大而全，追求精干高效，首先是组建和充实一支保证教学正常运转的教学管理队伍。教务处配正副处长三名，分管教务行政科、教学实践科、教学科研科；其次是组建学生管理机构，保证学生日常教学管理；其三是组建招生就业机构，用以保证生源的数量和质量，拓展学生的就业空间，力求高就业率；其四是组建后勤保障机构，用以保证教学的条件设施，满足教学和师生的学习、生活需要。

育才学院全力抓好二级学院建设。育才学院设立了8个二级学院。二级学院主要领导都是原公办高校的学科和学术带头人，他们都具有正高职称、丰富的教学及教育管理经验。他们工作积极主动，尽心尽责，乐于奉献，把各个二级学院办得红红火火。

其三，以教学为中心，狠抓建章建制。

育才学院对所有机构、设施，都实行严格的考核制，使规范管理落到了实处。为此，由院长亲自挂帅，狠抓了建章建制。在规章制度的建设上，既没照搬校本部的制度，也不照抄企业的制度，而是根据育才学院的特点制定。在培养方案上，确定了"精简课程设置，浓缩教学课时，扩大自主空间，加强读书指导，开阔知识视野，突出技能培训"的指导思想，突出了专业核心课程，加重了技能性、应用性课程，增加了素养性、讲座性课程。育才学院也没有照搬公办高校现行的学分制，而实行了学年制。

围绕培养方案，学院完成修订了"青年教师培养方案""主干课和必修课教学大纲""学期进程计划""教学日历""课程表""期中和期末教学工作总结"等7个方面的内容，基本上形成了比较完整、具有育才特色的教育文件体系。

其四，以教学为中心，加强质量监控。

在强化管理方面，育才学院还十分重视教学质量的监控。2004年7月9日，育才学院选举产生了中共西南师范大学育才学院党委会和纪律检查委员会，党委书记一正两副，下设机关支部和二级学院支部，使全院师生的思想政治工作和纪律检查工作有了保证。学院还先后成立了工代会、教代会，让教职工参与学院的民主管理和监督工作。

在完善教学管理方面，育才学院特别重视教学管理制度的完善和教学质量监控体系的强化。育才学院的领导认识到，制度管人、制度管事是依法治校的体现。几年里，学院制订并修订完善了教学管理和教学质量监控制度。如《教师教学管理办法》《教材选用、征订管理办法》《考试工作条例》《学生成绩记载管理办法》《教学工作督导条例》《各主要教学环节质量标准》《教学质量监控保障制度》《校、院（系）两级听课评课制度》等。

育才学院不仅制定了符合学院教学特色的完整的教学管理及监控制度，而且在实践中坚决地贯彻这些制度。学院坚持每年表彰优秀教师干部，表彰优秀学生，同时按规定公开辞退严重违纪的教师，处分严重旷课和违反校纪、考纪的学生。

教学工作中心地位的确立使育才学院教学质量稳步提高。

其五，建立一支适应独立学院需要的高质量的教师队伍。

育才学院前三年没有自己的教师队伍，基本上是聘请西南师范大学的教师上课。这给教师的使用和管理都带来了不少问题。于是在教育部批准建立独立学院后，育才学院决定组建自己的师资队伍。学院首先想到了挖掘和利用刚刚退休下来的老教授，他们有渊博的学识和丰富的教学经验，又有很高的思想修养和奉献精神，是一笔宝贵的教育财富，遂以高薪聘请了他们，让他们成为学院的骨干和牌子，并请他们指导和培养青年教师；同时学院又在全国遴选优秀的本科毕业生和硕士研究生，经过培训进修和资深教师指导而担任部分课程。2005年，学院聘用全职教师达到601名，占全部教师的60％以上。2009年左右学院聘任的全职教师已达到教师总数的80％，基本上实现教师自给自足。

学院还重视科研工作。学院一建立即创办了《民办高等教育研究》学报，以发表学院教师论文为主。学院还充分发挥老教授的专长，成立了朱德研究所、中国西部传记文学创作研究中心等科研组织。学院还为教师举办学术研讨会、个人独唱音乐会等。积极鼓励资深教师带青年教师编写适合三本院校的教材，如《文学理论与鉴赏》《文学写作》《实用写作教程》《写作文鉴》等，促进了学校的教学科研工作。学院还给教学科研成果颁发各种奖项、奖金，以激发教师的科研积极性。

由于全职教师中有相当一批学识渊博、经验丰富的老教授，又有大批来自全国的优秀青年教师，使育才学院的教师队伍得到了保障。尽管学生是以"第三批本科"录入学校，基础较差，刚入学时部分学生还有一种自卑感、失落感，但是，在优秀的教师的带动和教导下，在严格而活泼的校风中，他们很快获得了一般公办大学生的自信和从容。他们开阔了视野，增长了见识，自身的积极性、上进心和荣誉感被调动起来了。专科的学生要求升本科，本科的学生要求考研。他们不但在课堂上学好基础课、专业课，而且很重视毕业论文写作和答辩。他们还积极投入第二课堂，投入各种社团活动，投入各种职业培训，以提高自己的实际能力和社会竞争能力。他们敢于报考并有不少人聘上了南京大学、复旦大学、四川大学、暨南大学、对外经贸大学的研究生，他们敢于应聘并有不少人聘上了大学和重点中学的教师。他们积极参加国家公务员的招聘考试并有不少人考上了公务员。

经过多年的实践，育才学院看到了聘请资深教师的好处：这批教师在学院起到了稳定、带动和提高的作用，是学院的宝贵财富！同时，学院也非常重视青年教师的选用、培训和提高。首先是让他们在干中学、在教学工作中提高自己；其次是实行以老带新的导师制，由资深教师负责对青年教师进行对口指导与培养；三是组织青年教师课堂教学比赛，对优胜者予以表彰奖励，获得第一名的破格晋升院内职称；四是选派优秀青年教师攻读在职研究生或到国内甚至国外大学进修；五是大胆重用并提拔青年教师和干部担任各级领导干部和讲师、副教授。这些措施使青年教师得到了较快提高，也使学院的教学质量得到了稳步提高。

其六，加强思想教育，推动学风建设，提高学生的素质和水平。

在抓好教师队伍建设的同时，学校还狠抓了学生思想教育和学风建设，从而提高学生的素质和水平。

11年来，育才学院党政领导团结互助、密切配合，坚持思想政治教育的基本制度，做好了学院的思想政治工作。学院建立了教师工会、教代会。学院领导认真抓好思想政治理论课教学，抓好新生的军训。学院重视基层党组织的建设，积极发展党员。11年来，学院先后在学生中发展了多名党员。学院创办了学报、院报、电视台、广播站，设立了大型电子屏幕，向学生传递党和政府的声音及国内外、校内外的信息。学院积极组织学生开展社会实践，举办全院性的大型政治、文化、艺术、体育活动，各二级学院也经常举办小型政治、文化、艺术、体育活动。学院还支持和规范学生社团活动。11年来，学生社团从无到有，从少到多。它们已经成为校园活动的生力军，大大丰富了学生的文化生活，促进了校园的文化建设，强化了校园的文化氛围。积极向上的旋律始终在校园占据着主导地位。

在学风建设方面，学院首先抓课堂教学，要求学生不迟到、不早退、不旷课，要求学生认真听课，做好笔记。王长楷、何向东院长和各级干部经常深入课堂教育第一线，听老师上课（王长楷、何向东院长就听过笔者的课，并同笔者探讨教学规律和方法），同教师一起讨论教案、教学大纲等。同时严格考试纪律，考前对教师和学生进行动员，要求老师严格管理、学生严守考场规则，考出真实成绩，向祖国人民汇报。学院坚决执行纪律，对违规泄题的教师和违反考纪的学生，坚决及时给予严肃处理。

育才学院还十分重视考研、专升本以及英语和计算机过级考试。学院由三位副院长分别牵头，成立了考研领导小组、专升本领导小组、英语四六级和计算机等级考试领导小组，有力地促进了这几方面的工作。育才学院的院系领导认识到：对于育才学院这样的独立学院、民办高校，要想在竞争中求生存、谋发展、创品牌，就必须高度重视学生的考研工作，把学生的考研工作作为院系的日常工作、重要工作来抓，而且抓紧、抓好、抓扎实。不但学院成立了考研领导小组，由主管教学的副院长亲自挂帅，而且各个二级学院也成立了考研领导小组，负责整个考研的动员、组织和引导工作，从学生一进校就鼓励他们考研、专升本，激发他们的学习热情，培育他们的远大志向。同时，充分发挥辅导员和老师的积极性，从各个方面鼓励学生考研，并切实地给考研学生以具体的指导和帮助。各二级学院（特别是文学与新闻传播学院、外语学院、经政学院）都聘请了校内外专家学者举行与考研有关的学术讲座，还为考研同学提供复习资料、专门的学习场所，并组织上届考研成绩较好的同学来校交流经验，激励考研热情；在考研后经常了解他们的情况；复试阶段尽力帮助一些同学解决录取过程中遇到的问题。由于采取了上述措施，育才学院 2004 年考研率达到 9.6％，2005 年达 16％，以后每年都有很多毕业生考入全国一流重点大学。这也从一个方面反映了育才学院的较高的教学水平。

育才学院对专升本英语四六级考试、计算机过级考试的工作也抓得很紧。

学院非常重视学生实际能力的提高。育才学院同重庆的一些中学和社会单位联系，建立了各专业的固定实习基地和实训场地，保证了学生的实习和实训，使他们的动手操作能力得到较好锻炼。

学院还结合课堂教学开展了丰富多彩的第二课堂活动以培养学生的学习能力、交往能力、实践能力和创业能力。学院还举办生动活泼的科技文化活动及多种讲座，如"大学生素质教育系列讲座""人文、科技、心理健康系列讲座""关于考研指导的系列讲座""就业择业的形势讲座""应对技巧和礼仪规范系列讲座"等。学院不但陆续聚集资深教授、专家开设讲座，还约请全国知名专家到校讲学，如原南昌大学校长潘际銮、英国剑桥大学刘煜炎教授、原上海戏剧学院院长余秋雨教授等都到学院讲学。学校还启动了学生阅读书目工程，规定学生按教师开列、学院审订的书目每年至少阅读 3~5 本书，并写出读书笔记、心得和评论，纳入相应的课程成绩考核。

学院还根据社会需求和就业走向狠抓学生的技能培训，要求学生在四年学习期中至少获得一项以上的职业资格证书，为此，学院专门成立了职业技能培训中心，举办了"办公自动化""人力资源管理""秘书与涉外秘书""汽车驾驶""会计上岗证"等多个专业的职业技能培训班。在校学生绝大多数都通过培训，拿到了一种以上的职业资格证书，增加了技能本领，拓展了就业门路。

为了提高学生素质，育才学院还成立了由学院领导挂帅和各职能部门牵头的"周末大学"，组织学生利用周末时间学习各种技能技术、补习各种功课，促进学生整体素质和学习风气的提高。这在大学还是一种创举！

其七，建好校园环境，增加教育设施，保障办学条件。

独立学院必须具有独立的校园和基本的办学设施，独立进行招生、独立颁发学历证书、独立进行财务核算、具有独立法人资格、能独立承担民事责任。而独立的校园和基本的办学设施则是其核心条件。这种建设的基础性要求建院初期即应为学院未来长足发展做好铺垫，必须注意高起点、规范化、制度化、科学化。学院建设的规模、规划、质量不仅反映出办学者的战略眼光和远见卓识，还透露出办学者的诚意和胸怀。

而育才学院正是在这一点上显示了投资者的远见卓识、宽阔胸怀和实干精神。

从 2001 年育才学院迁到现址后，投资方就开始规划校园。学院拥有 2100 亩土地，在群山环抱之中，绿树成荫，鸟语花香，但是，由于它原来是一个废置的军工厂，要将厂区改造为校园，还需做大量工作。学院董事长李学春以雄才大略和远见卓识对校园进行了科学规划和整体布局。他邀请北京市建筑设计院专家到现场勘察设计，然后亲自挂帅进行建设。11 年来，董事长陆续投入巨资，建成了十几栋几十万平方米的教学楼（包括影视大楼、音乐大楼、实验教学大楼、美术大楼、外语教学大楼、文学教学大楼、管理学院大楼等）、教师公寓、学生宿舍、大礼堂、图书馆、田径运动场、网球场、游泳池、音乐演奏厅、形体房、体育馆等设施，构成了办学的基本条件；学院还花数千万元从嘉陵江引水到校园，解决了师生的饮水问题，投资上千万元构建了校园网；现在学校已有教学计算机 2700 多台，计算机和电子实训室 5 个，各种实验室 19 个，多媒体教室 4800 多座位，语音教室 2000 多座位，藏书上百万册。在兴建和改建教学设施、生活设施的同时，学院还展开了绿化、美化和文化工程，改建、新建了花园、花坛，沿路种植了观赏树木、花草，铺设了步行街，建成了百川文化广场，在广场上添置了大型电子屏幕，修建了贯穿全校的宽敞公路。学校还为校园内的教学楼、宿舍、食堂、道路命名，使校园环境逐渐变得有格局、有品位、有读书气息、有育人意味、有浓厚的文化氛围。

2011 年年初，育才学院提出了将学院建成全国一流独立学院的口号并做出了实现这个目标的规划，正向着未来扬帆奋进！

2012 年 5 月于西南大学育才学院一元庄

后　记

我从小热爱文学，进入重庆一中以后，黎功迪老师把我引荐到学校《前进报》当记者，我由此又爱上了新闻。考入四川大学中文系之后，受时代风潮的影响，我逐渐形成了英雄情结。我敬佩历史上那些为国家统一、社会富强、人民幸福而英勇奋斗的政治家、思想家、军事家；还尊敬那些为文学艺术、科学技术的发展而呕心沥血、做出巨大贡献的文学家、艺术家、教育家、科学家、企业家；也敬重那些在平凡岗位上勤勤恳恳、无私奉献的普通劳动者。正是这种英雄情结，促使我爱上传记文学、报告文学。在40多年的岁月中，我经过艰苦调查采访，精心立意构思，反复修改打磨，写出了《陈毅青少年时期的故事》《罗世文传》《雁翼传》《柯岩传》《梁上泉评传》《张俊彪传》《袁隆平传》等长篇传记。在采写这些长篇传记的同时，我还留意身边的人和事，挤出时间撰写了我熟悉的、尊敬的、采访过或者有所了解的，在学术上、事业上有成就和贡献的作家、教授、学者、翻译家、出版家以及美术家，如蜚声日本诗坛的川外教授黄瀛、歌德金奖获得者杨武能、"西南写作一枝花"董味甘、爱国的"叛国者"关愚谦、文学理论专家林兴宅、在癌症手术前后还坚持在医院写作的王群生、屈原研究专家黄宗模，以及著名画家魏传义、江碧波、李际科、晏济元、李毅力，著名翻译家黄新渠、杜承南等。他们在文学艺术、教学科研、国际文化交往等方面以自己的渊博学识、高度才华和勤奋努力为祖国的文化事业做出了卓越贡献。他们都是我心目中敬重的

"英雄"！

从 1979 年到 1983 年，为采写《罗世文传》，我经过艰苦调查，在采访了杨尚昆、郑伯克、王众音等领导人之后，终于了解了罗世文妻子王一苇的事迹，满怀义愤地写出了报告文学《不应被遗忘的绿叶》，被《报告文学选刊》杂志选刊，产生了较大反响。

1981 年，在川外工作期间，我目睹了膳食科科长陈明义怎样在短短的时间内把我校的伙食从全重庆最差办成了全重庆甚至全国一流水平。我在学院院长陈孟汀引导下采访了陈明义和膳食科职工，写出了长篇通讯。恰逢教育部办公厅主任和全国总工会教育工会主席来校视察学校后勤工作，学校派我向他们汇报了陈明义的事迹，他们大受感动，极为重视，让我将稿件交给他们转送党中央书记处。稿件很快在新华社播出，全国各大报立即转载，造成了极大反响。全国各高校纷纷派人前来川外取经。这使我看到了纪实作品的重大社会意义和巨大影响！

1986 年，在德语翻译家杨武能副院长主持下，四川外语学院召开了"席勒与中国·中国与席勒"的国际学术讨论会。我为大会写了一篇报告，还采访了与会德籍华人专家关愚谦先生，写出了报告文学《爱国的"叛国者"》，受到热烈欢迎。

1989 年，我在重庆前副市长、市人大副主任冯克熙指导下，联络了几位记者，采访了几十位企业家，编写出版了《当代西南企业和企业家》一书，唱响了一曲改革的颂歌，赞颂了以重钢总经理郭代仪为代表的许多优秀的企业家。

2003 年我退休后应邀到西南大学育才学院文学院任教，在自己亲身观察体验的基础上，写了《中国独立学院发展的康庄大道》，用我的视角和观点总结了育才学院的办学理念和经验。

这本《耀眼的星座》，就是我四十多年来写的中短篇纪实文学作品的一个选集。

大学毕业五十多年来，我走遍了大半个中国，采访过数百位各行各业的杰出人物，写出了近千万字的文章，出版了二三十部著作。我希望用我的笔，为祖国山河存照，为英雄人物立传，为伟大时代放歌！我非常关注身边的和社会各方面的有作为、有贡献、有建树、有成就、有影响的英雄人物。我希望能用笔记载他们的事迹，描绘他们的形象，宣扬他们的精神，以激励广大群众向他们学习，共同推动我们的社会前进，共同去实现我们的中国梦！虽然，我已经奋斗了五十多年，但是，我初衷不变、痴心难改，我身体尚健、精神犹佳！我还要呕心沥血、竭忠尽智，为神圣的文学事业奋斗终身！

郭久麟

2016 年 12 月 1 日